百泉遺集

백천유집

지은이 **류함**(柳涵, 1576-1661)

문화류씨(文化柳氏)로, 자는 자정(子淨), 호는 백천(百泉)이다. 이괄의 난 때 족손(族孫) 백석(白石) 류집(柳楫)과 함께 의병을 모집하고, 정묘호란 때에는 조카 류응량과 함께 전라도에서 의병을 일으켰다. 병자호란 때 화순에서 기의(擧義)하여 맹주(盟主)로서 의병을 이끌고 청주까지 올라갔으나, 화친의 소식을 듣고 통곡하며 돌아와 환산정(環山亭)을 짓고 절속(絶俗)하였다. 서암(瑞巖) 산중에 우거하며 샘 옆에 별장을 지어 백천재(百泉齋)라 하고, 성리학에 전심하면서 지봉 이수광, 우복 정경세 등과 더불어 도의(道義)로 사귀고 이기(理氣)로 문답하여 「사서설(四書說)」을 남겼다. 90세가 넘은 부모를 극진히 모셔 백천효자(百泉孝子)로도 이름이 높아 언동사(彦洞祠)에 배향되었다.

역주자 **김균태**(金均泰)

1948년 생으로, 1986년 서울대학교 대학원 국어국문학과에서 박사학위를 받았고, 현재 한남대학교 명예교수로 있다. 저서로『이옥(李鈺)의 문학이론과 작품세계 연구』,『한국 고전소설의 이해』(공저),『구비문학대계』(장성·화순·우즈베키스탄·카자흐스탄 편, 공저),『부여의 구비설화』(공저),『금산군 구비설화』(공저),『금강 본류 유역 구비설화』(공저),『알기 쉽고 재미있는 초학 한문』,『우즈베키스탄 고려인의 이주와 삶』(공저)이 있고, 역서로『이옥(李鈺) 문집』,『부여효·열지』,『한국선교이야기』(공역),『한국문화이야기』(공역)가 있다.

百泉遺集 백천유집

초판 1쇄 발행 2020년 12월 7일

지은이 | 류함
역주자 | 김균태

펴낸곳 | (주)태학사
등록 | 제406-2020-000008호
주소 | 경기도 파주시 광인사길 217
전화 | 031-955-7580
전송 | 031-955-0910
전자우편 | thspub@daum.net
홈페이지 | www.thaehaksa.com

편집 | 조윤형 최형필 김성천
디자인 | 이윤경 이보아
마케팅 | 김일신
경영지원 | 정충만
인쇄·제책 | 영신사

ⓒ 김균태, 2020. Printed in Korea.

값 30,000원

ISBN 979-11-90727-43-3 93810

태학명문 4

百泉遺集

백천유집

류함 지음
김준태 역주

태학사

열역재(悅易齋) 류덕용(柳德容), 배(配) 안동김씨(安東金氏) 묘소 전경.
소재지: 전라남도 화순군 동면 복암리 산121-10번지(구암리1구 넘은골 도선산).

묘비. 1935년 건립.

묘비. 1984년 중수.

대명처사(大明處士) 백천(百泉) 류함(柳涵), 배(配) 공인(恭人) 창녕조씨(昌寧曺氏) 묘소 전경.
소재지: 전라남도 화순군 동면 대포리 산53-1(구수마을).

묘비. 1880년 1차 중수.

묘비. 1994년 2차 중수.

환산정(環山亭, 화순군 향토문화유산 제35호). 소재지: 전라남도 화순군 동면 백천로 236-1(서성리 147번지).
류함(柳涵)이 1637년에 의병을 해산 후 이곳에 누정을 짓고 은거하였다. 최초 정자 방 1칸의 소박한 초정
(草亭)이었고, 1896년 1차 중건, 1933년 보수, 2010년 2차 중건하였다.

백천재 류 선생 유적비(百泉齋柳先生遺蹟碑).
1982년 5월 건립(환산정).
소재지: 전라남도 화순군 동면 백천로 236-1(서
성리 147번지).

의병장 백천 류함 선생 창의비(義兵將百泉柳涵
先生倡義碑). 2011년 11월 26일 건립.
소재지: 전라남도 화순군 동면 백천로 235(서성
리 하서마을).

환산정의 봄.

환산정의 여름.

환산정의 가을.

환산정의 겨울.

발간사

의병(義兵)의 명가 문화류씨(文化柳氏) 화순(和順) 종중의 브랜드로 살아가자!

문화류씨 검한성공파(檢漢城公派) 화순 종중은 증병조참의(贈兵曹參議) 열역재(悅易齋) 류덕용(柳德容, 백천의 부) 선조님께서 화순 고을에 뿌리를 내리신 후 지금까지 이곳에서 살아왔다.

최근에 발견된 『백천유집(百泉遺集)』은 병자호란 때 화순에서 거의(擧義)하여 맹주(盟主)로 활약한 백천(百泉) 류함(柳涵)께서 남기신 글로, 이 유집(遺集)을 통해서 문화류씨 종중은 충효의열(忠孝義烈)의 정신이 충만한 가문임이 밝혀졌다.

백천공(百泉公)의 부친 열역재(悅易齋) 류덕용(柳德容) 선조님은 김제(金堤)에 계실 때 효자 정려를 받으셨고, 장형(長兄) 이의재(履義齋) 류홍(柳泓) 선조님은 임진왜란 때 평양에서 순절(殉節)하여 선무이등공신(宣撫二等功臣)에 책봉되셨으며, 백천재(百泉齋) 류함 선조님은 병자호란 때 화순에서 맹주로 거의하셨고, 백천공의 막내 여동생이자 최서생(崔瑞生) 부인은 정유재란 때 흥덕(興德) 사진포(沙津浦)에서 열사(烈死)하여 열녀로 정려를 받으셨다. 이처럼 한 가문에서

2대에 걸쳐 충(忠)·효(孝)·의(義)·열(烈)이 났으니 종중의 영광이 아닐 수 없다.

1821년에 창건된 종중의 사당 언동사(彦洞祠)에는 태종대왕 정미갑계(丁未甲契)의 일원인 정묵재(靜默齋) 류선(柳善) 선조님을 비롯해서 열역재(悅易齋), 이의재(履義齋), 백천재(百泉齋) 선조님들을 영구불멸의 제사인 불천위(不遷位)로 모시고 있어 류씨 가문의 목족정신(睦族精神)이 도도하게 흐르고 있다.

따라서 우리 후손들은 문화류씨 화순 종중 브랜드로 대대손손 명문거족의 자부심을 갖고 살아가야 한다. 우리 종중이 화순에서 4백년 이상 살아온 명문 가문이라는 것이 『백천유집』을 통해 확인되었고, 이 명성은 무한경쟁 사회에서 당당하게 살아가는 데 필요한 가치 있는 브랜드가 되었다. 문화류씨 화순 종중이 지금까지 살아온 무등산 동남쪽 산자수명(山紫水明)한 화순(和順)은 미래 세대들에게 새로운 삶터가 될 것이지만, 특히 백천공께서 창건하신 환산정은 오래도록 찬연히 유전(遺傳)되어 우리 종중의 구심점이 될 것이다.

끝으로 『백천유집』 발간에 애써 주신 종중 회원 여러분과 상의 고문님, 광열 전 회장님, 정훈 사무국장님, 백천 선조님의 '유집(遺集)'을 번역해 주신 김균태 박사님, 그리고 편찬 간행에 물심양면으로 도와주신 태학사 지현구 회장님의 노고에 심심한 사의를 표합니다.

2020년 9월
문화류씨 검한성공파 화순종중 회장
백천공 11대손 류원기

『백천유집』 출간을 자축하며

　　백천공(百泉公)이 운명하신 지 359년. 『백천유집(百泉遺集)』이 목판으로 발간된 지 101년이 되는 2020년에 만인(萬人)과 소통할 수 있도록 국역으로 출간하게 되니 감개무량하다. 이는 숭조정신(崇祖精神)이 남달랐던 검한성공파(檢漢城公派) 화순(和順) 종중 사무국장인 백천공 13대손 류정훈(柳貞勳)이 화순읍 삼천리 고사정(高士亭)에 소장되었던 『백천유집』을 찾아냄으로써 화순(和順) 종중사(宗中史)에 큰 획을 긋게 되었다. 구전(口傳)되어 오던 공(公)의 행적을 이제 직접 확인할 수 있게 되었으니, 후손들로서는 자긍심과 자존감이 영원하리라 믿는다.

　　목판본 출간한 지 백일 년 되는 해에
　　만인과 소통하는 국역본 빛을 보니
　　이 경사 종중은 물론 향토사에 기쁨이네
　　　　　　　　　　　　　　－은계(隱溪)

　　공(公)은 병자(1576)년 정월 초3일에 풍양(豐壤, 지금의 楊州) 관동정사(官洞精舍)에서 태어났으며, 기축옥사(己丑獄事)와 임진왜란(壬辰

13

倭亂)을 겪은 뒤에 전주와 김제를 거처 화순에 입향(入鄕)하여 60여 년을 기거하다가 신축(1661)년 정월 18일에 생을 마치니 향년 86세이 시다.

공은 천성이 엄숙 침착하고 성정이 온후하며 절도가 있었고, 양친 봉양에도 변함없는 얼굴로 정성을 다하니, "효자 가문에서 효자 났다." 하여 백천효자라 불리었다. 공은 일찍이 홍주목사(洪州牧使)를 지낸 중부(仲父) 교리공(校理公)한테서 수학하고, 지봉(芝峯) 이수광(李晬 光), 우복(遇伏) 정경세(鄭經世) 등과 더불어 도의(道義)로 교우하며, 이기(理氣)로 문답하고,「사서설(四書說)」을 이 유집(遺集)에 남겼다. 그리고 지봉이 광산현감(光山縣監)으로, 우복은 전라관찰사(全羅觀察 使)로 재직 중에 공을 만나려고 화순 서암(瑞巖)까지 방문했다는 사실만으로도 공의 심오한 학문의 경지와 선비로서의 고고함을 능히 짐작할 수 있다. 그러나 공이 벼슬길을 외면한 채 부모님을 봉양하며 초야의 선비로 지냈던 것은 기축옥사 때 중부 교리공의 참변과 임진왜란 때 장형(長兄) 홍(泓)의 순절(殉節)도 영향을 미쳤으리라 짐작된다.

공은 비록 초야의 선비로 지냈지만, 나라가 어지럽고 위태로울 때마다 분연히 일어선 충성심은 이괄(李适)의 난과 정묘호란(丁卯胡亂) 때 창의(倡義)와 병자호란(丙子胡亂) 때 화순에서 맹주(盟主)로서 거의(擧義)한 데서 그 빛을 발했다. 이 유집에 수록된 공의 「거의격문(擧 義檄文)」과 「병자거의일기(丙子擧義日記)」를 통해서 우리 후손들은 화순 거의(擧義)에 대한 새로운 사실(史實)을 알게 되었다. 격문(檄文) 에 나타난 공의 충절과 애국정신은 백성들의 거의 참여를 독려함에 조금도 부족함이 없었고, 일기(日記)는 류훤(柳萱) 화순현감(和順縣 監)으로부터 한밤중에 전갈을 받고, 동헌(東軒)에서 인조대왕의 교문 (敎文)을 접한 병자(1636)년 섣달 24일부터 청주까지 진출 후 화의(和 議) 소식을 접한 정축(1637)년 2월 초4일까지 40일간의 거의(擧義) 실상을 생생하고 조리 정연하게 기술해 놓았다. 공이 61세의 노구(老軀)로 엄동설한 중에 40일 동안 의병 524명을 이끌었다는 것은 맹주로서의 품위와 올곧은 충성심의 발로가 없이는 불가능했을 것이다.

공을 대명처사(大明處士)라 일컬은 「예조문서(禮曹文書)」,『해동삼강록(海東三綱錄)』과 백천과 다섯 아들의 의병활동을 기록한『조선환여승람(朝鮮寰輿勝覽)』은 공의 심오한 학문과 고고한 선비정신 그리고 소임을 다하는 충의정신을 드러낼 뿐만 아니라, 병자년 공의 거의(擧義) 활동을 입증하는 자료로서도 가치가 있다. 이에 더해 공의 유집(遺集)은 병자(丙子) 창의(倡義)에 관한 화순 향토사(鄕土史) 연구에 올바른 길잡이가 될 것이라 믿는다. 그리고 열역재(悅易齋)와 백천공(百泉公) 양대에 걸쳐 실천한 충(忠)·효(孝)·의(義)·열(烈)의 정신을 이어받은 우리 후손들은『백천유집』발간을 계기로 숭조목종(崇祖睦宗)하여 나라에 필요한 동량지재(棟梁之材)가 되도록 끊임없는 노력을 기울여야 할 것이다.

끝으로『백천유집』을 번역하는 수고를 아끼지 않은 김균태 문학박사에게 경의를 표하며,『백천유집』출판에 각별한 신경을 써 주신 태학사 지현구 회장님께도 진심 어린 사의를 표한다.

2020년 9월
문화류씨 검한성공파 화순종중 직전 회장
백천공 13대손 류광열

차례

국역 백천유집

『백천유집』 해제

김균태(金均泰)

　『백천유집(百泉遺集)』은 백천(百泉) 류함(柳涵)의 유고(遺稿)로 후
손들에 의해 1919년에 간행되었다. 이 유집에 실려 있는 류흥경(柳
興慶)의 「발문」이 경진(庚辰, 1820)년에 작성되었는데 이때 발간을 시
도하다가 중단되었고, 기정진(奇正鎭)의 「서문」이 을묘(乙卯, 1855)년
에 작성되었지만 이때도 발간을 시도하다가 중단되었다. 그러다가
송천공(松泉公) 류동식(柳東植)의 「발문(跋文)」이 기미(己未, 1919)년 2
월 상한(上澣)에 작성된 것으로 보아서, 『백천유집』은 류흥경의 「발
문」이 작성된 때로부터 무려 99년 만에 발간되었다. 그러나 이 유집
마저 그동안 사장(死藏)되었다가 다시 1백 년이 지난 2019년에 세상
에 빛을 보게 되었으니 그나마 불행 중 다행이다.

　『백천유집(百泉遺集)』의 주인인 류함(柳涵, 1576-1661)은 문화류씨(文
化柳氏)로 자(字) 자정(子淨), 호(號) 백천(百泉)이다. 세록지신(世祿之
臣)의 가문으로, 시조(始祖) 휘(諱) 차달(車達)은 고려(高麗) 삼한공신
(三韓功臣) 대승(大丞)이고, 중시조(中始祖) 휘(諱) 원현(元顯)은 검한
성판윤(檢漢城判尹)이다. 류함(柳涵)의 5세조(世祖) 정묵재(靜默齋) 류
선(柳善)은 태종대왕(太宗大王) 동갑계(同甲契) 안(案)에 참여했다. 그

는 부모에 효도하고 형제간의 우애가 돈독했는데 양호(兩湖)의 사림(士林)들이 공(公)의 공훈(功勳)과 덕망(德望)을 사모하여 순묘(純廟) 21년 신사(辛巳, 1821)년에 화순(和順) 언동(彦洞)에 사당을 세웠다.

류함(柳涵)의 조부(祖父) 서하(西河) 류수언(柳秀薦)은 명종(明宗)조에 문과(文科)에 급제하여 홍문관 교리(弘文館敎理) 양덕현감(陽德縣監)을 지내고 사복시정(司僕寺正)에 추증(追贈)되었다. 선고(先考) 열역재(悅易齋) 류덕용(柳德容)은 류수언(柳秀薦)의 양자(養子)로 행양덕현감(行陽德縣監)을 지내고, 수질(壽秩)로 첨추(僉樞)가 되었으며, 모친을 지극 정성으로 모셔 1610년에 효(孝)로 정문(旌門)을 받아서 병조참의(兵曹參議)에 추증(追贈)되고 언동사(彦洞祠)에 배향(配享)되었다. 류함(柳涵)의 장형(長兄) 이의재(履義齋) 홍(泓)은 임진왜란(壬辰倭亂) 때 백의종사(白衣從事)하고 평양에서 순절한 뒤에 평양 사당에 모셔졌으며, 2009년 종친회의 결정으로 언동사에 배향되었다. 막냇누이는 최서생(崔瑞生)의 부인으로 정유재란(丁酉再亂) 때 사진포(沙津浦)에서 투신하여 절의(節義)로 받은 정려가 최씨 문중에 모셔져 있다.

백천공 역시 선조나 형제들에 뒤지지 않았다. 이괄(李适)의 변란(變亂, 1624) 때 족손(族孫) 백석(白石) 류집(柳楫)과 함께 의병을 모집하여 양호(兩湖)로써 근왕(勤王)의 계획을 세웠고, 정묘호란(丁卯胡亂, 1627) 때에는 조카 류응량(柳應良)과 함께 전라도(全羅道)에서 의병을 일으켰으며, 병자호란(丙子胡亂, 1636) 때는 화순(和順)에서 거의(擧義)하여 맹주(盟主)로서 의병을 이끌고 청주(淸州)까지 올라갔다가 화친(和親)의 소식을 듣자 통곡하고, 돌아와서 환산정(環山亭)을 짓고 절속(絶俗)하였다. 그는 90세가 넘은 부모를 극진히 모셔 백천효자(百泉孝子)로도 이름이 높아 언동사에 배향되었다.

백천공은 이러한 의병활동과 인품만이 아니라 학문(學問)과 시문(詩文)에도 뛰어났다. 일찍이 과업(科業)을 일삼지 않고, 서암(瑞巖)

산중에 우거(寓居)하며 샘 옆에다 별장을 지어 백천재(百泉齋)라 하고, 성리학(性理學)에 전심하면서 지봉(芝峯) 이수광(李睟光) 우복(愚伏) 정경세(鄭經世) 등과 더불어 도의(道義)로 사귀면서 이기(理氣)로 문답(問答)하고 「사서설(四書說)」을 남겼다. 시문(詩文)으로는 남아 있는 시(詩)가 84수(首)에 지나지 않아서 아쉽지만, 그의 시(詩)는 "낙하절창(洛下絶唱)이요, 남중독보(南中獨步)"라고 평을 받을 정도로 단아하고 진솔하다. 그의 문(文) 역시 "소박하고 곧아서 세속의 아름답고 화려함이나, 애절하고 기교를 추구하는 자들이 발돋움하며 바랄 바가 아니다."라는 평을 받을 정도였다. 이런 시문은 바로 그가 백천재(百泉齋)와 환산정(環山亭)에 머물면서 자연을 벗 삼아 내양(內養)한 결과가 아니겠는가.

백천의 부친 열역재, 맏형 이의재, 본인 백천공 그리고 막냇누이 4인은 한 집안, 두 세대에 걸쳐서 충(忠)·효(孝)·의(義)·열(烈)을 이루었으니 세상에서 보기 드문 일이 아닐 수 없다.

아, 백천공(百川公)의 삶과 문학은 백천(百泉)만큼이나 맑고 그윽하구나.

『백천유집』은 전체 4권으로 되어 있는데 수록된 내용은 다음과 같다.

- 권1: 시(詩) 「근차퇴계선생도산재사시운(謹次退溪先生陶山齋四時韻)」을 비롯해서 89수[부제현시집(附諸賢詩什) 5수 포함], 표(表) 「우백우청안여지(虞伯禹請安汝止)」를 비롯해서 3편.
- 권2: 서(書) 「계오자서(戒五子書)」를 비롯해서 13편, 서(序) 「백천재서(百泉齋序)」 1편, 기(記) 「죽와기(竹窩記)」 등 2편, 잡저(雜著) 「유산록(遊山錄)」을 비롯해서 6편.
- 권3: 부록(附錄) 「병자창의사실(丙子倡義事實)」, 「교문(教文)」, 「거의격문(擧義檄文)」, 「병자거의일기(丙子擧義日記)」, 「부오현거의

통문(附五賢擧義通文)」.

- 권4: 부록(附錄) 천목(薦目)인 「정경세완백시포 계(鄭經世完伯時襃 啓)」, 「민정중수의시포 계(閔鼎重繡衣時襃 啓)」를 비롯해서 「삼현사창건사실(三賢祠刱建事實)」, 「삼현사창립시관학통문(三賢祠刱立時舘學通文)」 「춘추정향문(春秋丁享文)」, 「전라도유생청정포소(全羅道儒生請旌襃疏)」, 「예조포 계(禮曹襃 啓)」 등과 「행적(行蹟)」, 「대명처사류공묘갈명병서(大明處士柳公墓碣銘幷書)」, 「부정묵재행적(附靜默齋行蹟)」, 「춘추정향문(春秋丁享文)」, 「갑계안(甲契案)」, 「부제현추모갑계운(附諸賢追慕甲契韻)」, 「부열역재행적(附悅易齋行蹟)」, 「춘추정향문(春秋丁享文)」, 「부판서공행적(附判書公行蹟)」, 「백천유집권후발문(百泉遺集卷後跋)」, 「발(跋)」.

『백천유집』 복사본의 앞표지 안쪽에는 '高士亭'이란 글자가 보이고, 뒤표지 안쪽에는 '道谷柳基南來 乙丑十二月 日'이라는 글자가 보인다. 이것으로 볼 때, 아마도 류기남[1876-1952, 초명(初名)은 기홍(基泓)]이 50세 되던 을축(乙丑, 1925)년에 고사정(高士亭, 화순읍 상심 2길 31)에 『백천유집』을 기증한 것으로 보인다.

그동안 유실된 것으로 알고 있던 『백천유집』이 고사정(高士亭) 중건(重建) 때 보유하고 있는 문헌목록을 정리하는 과정에서 발견되고, 이 소식을 들은 백천공(百泉公) 후손 류정훈(柳貞勳) 씨가 고사정 책임자에게 요청하여 2019년 7월에 복사물로 세상에 나오게 되었으며, 원본은 아직도 고사정에 보관되어 있다고 한다.

고사정은 최후헌(崔後憲, 1594-1679)이 그의 부친 인재공(忍齋公) 최홍우(崔弘宇, 1562-1636)를 위해 건립한 누정이다. 인재공(忍齋公)은 화순(和順) 출신으로 임진란(壬辰亂) 때 의병을 일으킨 죽계공(竹溪公) 최경장(崔慶長)의 아드님이자, 삼계공(三溪公) 최경회(崔慶會)의 조카다. 그는 임진란 때 중부(仲父) 최경회와 부친 최경장을 따라 여러 전투에서 공을 세웠다. 임진란이 끝난 뒤에는 은거하였다가, 인조 (仁祖) 2(1624)년 이괄(李适)의 난 때 다시 의병을 모집하여 태인(泰仁)까지 올라갔으나, 난이 평정되었다는 소식을 듣고 돌아와 초야에 묻혀 평생을 마쳤다.

인조가 최홍우(崔弘宇)의 행적을 기리어 '남주고사(南州高士)'라는 호를 내려주자, 그의 아들 최후헌(崔後憲)이 이를 기념하여 숙종(肅宗) 4(1678)년에 고사정(高士亭)을 세웠고, 현판은 원교(圓嶠) 이광사(李匡師)가 썼으며, 고사정 팔경시(八景詩)도 남아 있다.

일러두기

· 목차와 본문에 차이가 있는 것은 본문에 따라서 목차를 수정했다.
· 각주는 독서의 편의를 위해서 쪽수가 다를 경우에는 중복 제시했다.
· 인물의 나이 표기는 한국식 계산법으로 하였다.
· 참고한 문헌은 각주에 표시를 했으나, 일반 사전류는 제시하지 않았다.
· 번역 과정에 '한국고전번역원'과 'NAVER' 검색창의 도움을 받았으므로 이 자리를 빌려 감사함을 표한다.
· 「병자거의일기」에 관련된 인물들의 문집[류훤(柳萱)의 『절초당집(節初堂集)』, 류집(柳楫)의 『백석집(白石集)』 등]을 찾아 관련 내용을 확인했으나 도움이 될 만한 자료는 발견하지 못했다.
· 문중(門中) 관련 자료[『문화류씨세보(文化柳氏世譜)』, 『해동삼강록(海東三綱錄)』, 『조선환여승람(朝鮮寰輿勝覽)』 등]는 문중 사무국장 류정훈 (柳貞勳) 씨의 도움을 받았다.

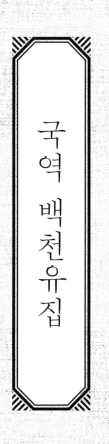

국역 백천유집

백천유집 서(百泉遺集序)

백천 류 공(柳公)[1]은 몸소 임진(壬辰, 1592)・병자(丙子, 1636) 두 병화(兵火)를 겪었다. 임진년에 형과 여 형제[2]가 모두 순절했고, 병자년에는 공이 또 의병을 모집하여 임금을 위해 충성을 다하였다.[3] 비록 화의(和議)가 이루어지는 가운데 지조와 절개는 펴지 못하였으나, 존주(尊周)[4] 일념은 늙음에 이르도록 시들지 아니했다. 금(金)나라와 명(明)나라가 하나로 이어졌지만, 가슴의 피는 오히려 선연하니 삼한충의(三韓忠義)가 비록 한 가문(家門)에 모였다고 할지라도 지나친 말이 아니다.

지어놓은 시와 글이 화재에 액을 당해서 남아 있는 것이 거의 없

---

1 류함(柳涵, 1576-1661): 자(字) 자정(子淨), 호(號) 백천(百泉), 문화인(文化人). 이수광(李睟光), 정경세(鄭經世) 등과 교유. 인조 14년(1636) 병자호란 때 교문(敎文)을 보고 조수성(曺守誠) 등과 함께 의병을 일으켜 청주(淸州)까지 북상하였으나 강화가 성립되었다는 소식을 듣고 통곡하면서 돌아왔다. 귀향 후 서암(瑞巖)에 환산정(環山亭)[현 화순군 동면 서성리)를 건립하여 은거함.(『한국향토문화전자대전』 참조)
2 여형(女兄): 여 형제는 막내 여동생. 최서생(崔瑞生) 부인으로 정유재란(丁酉再亂) 때 순절했음.
3 근왕(勤王): 임금을 위해 충성을 다함.
4 존주(尊周): 『춘추(春秋)』의 존주양이(尊周攘夷)에서 온 말로 중국 천자 즉 황조(皇朝)를 높인다는 뜻.

는데도 후손인 사진(思振)[5] 씨가 그 친척들과 함께 의논하고 판각하
여 그 유전함을 오래하려고 정진(正鎭)[6]에게 서문을 의논하였다. 정
진이 삼가 대답하기를 "자손은 선조부(先祖父)에 대해서 비록 땅에
떨어진 침방울[7]일지라도 오히려 공경해야 하거늘, 하물며 글을 읊조
린 나머지에는 바로 정신과 심술(心術)이 깃든 바이니 그것이 없어
지도록 둘 수 있겠는가?"라고 하였다. 금일의 일은 진실로 내가 듣기
원한 바이나, 류 씨가 다만 그 말씀을 전하는 것이 중함만을 알고
그 실천하는 것이 급함을 알지 못하면, 조상의 업적을 이어받아 기
술하는 도리가 두 번째 의의로 전락할 것이다.

그윽이 살펴보니 공(公)이 자녀에게 경계한 글 「계자일서(戒子一書)」
는 충효와 학문을 먼저하고, 아이를 가르치고 집을 세우는 것을 끝
에 했으니, 그 일을 말한 것은 일반사람도 모두 통하여 행할 수 있
고, 그 급함을 말한 것은 금일 힘씀이 바로 마땅하며, 그 지극함을
미루어 말한 것은 종신토록 노력해야 할 것이 있어서다. 그러나 다
하지 않은 것이 있으니, 세상에 아부하여 총애를 취하는 일과 세속
의 지위에 이르러서는 아버지가 가르치고 형이 힘쓸 것을 하나도 언
급하지 않았다. 이는 공(公)이, 공(公)이 되는 이유이고, 자손이 마땅히

---

5 류사진(柳思振, 1800-1867): 백천공(百泉公) 8세손. 자(字) 창여(彰汝), 호(號) 괴당(槐堂),
68세 卒. 56세 때 『백천유집』 서문을 노사(蘆沙) 기정진(奇正鎭) 선생에게 받아옴.(후손
류정훈(柳貞勳) 씨 제공)

6 기정진(奇正鎭, 1798-1879): 조선을 대표하는 마지막 유학자 중 한 사람. 81세의 긴 생애
동안 거의 벼슬하지 않고 학문에만 몰두해 조선 유학의 중요한 주제인 주리론(主理論)을
심화시킴. 그의 학문은 이념에만 머물지 않고 현실에도 적극적으로 개입해 근대의 격동에
대응한 주요한 흐름인 '위정척사(衛正斥邪) 운동'을 태동시켰음.(『한국민족문화대백과』
참조)

7 해타(咳唾): 재채기할 때 튀어나오는 침방울. 『장자(莊子)』 「추수(秋水)」에 "그대는 저 침
을 튕기는 것을 보지 못했는가? 재채기해서 뿜어내면 큰 것은 구슬 같고, 작은 것은 안개
같은 걸.(子不見夫唾者乎 噴則大者如珠 小者如霧)"이라는 말에서 유래된 '해타성주(咳唾
成珠)'라는 말이 있는데 이것은 시문(詩文)을 가리키기도 함.(『장자(莊子)』 외편(外篇), 「추
수(秋水)」)

이어서 떨어뜨리지 말아야 할 바가 아니겠는가?

사진(思振)이 "이것은 진실로 불초자의 바라는 바라, 문서를 직접 발휘(發揮)해서 후손들에게 알리려는 것이다."라고 했다. 그러나 내 이미 병으로 혼미해서 그 부탁을 사양하였으나 얻지 못해서 그 말을 차례로 책머리에 쓰게 했다.

을묘(1855)년 8월 상순 행주 기정진 서
(乙卯八月上澣幸州奇正鎭序)

백천유집 목록(百泉遺集目錄)

사람을 두려워함(畏人)

가난을 두려워함2수(畏貧二首)

여섯 가지를 권함(六勸)

학문을 권함(勸學)

농사를 권함(勸農)

근면을 권함(勸勤)

정성을 권함(勸誠)

공경을 권함(勸敬)

정직을 권함(勸正直)

열 가지를 경계함(十戒)

여색을 경계함(戒色)

술을 경계함(戒酒)

말을 경계함(戒言)

권력을 경계함(戒權)

재물을 경계함(戒財)

사치를 경계함(戒奢)

교만을 경계함(戒驕)

잠을 경계함(戒睡)

붕당을 경계함(戒朋黨)

장기와 바둑을 경계함(戒博奕)

백천재 원운(百泉齋原韻)

백천재 팔경(百泉齋八景)

학도의 저녁 안개(鶴島暮烟)

오잠의 아침 해(烏岑朝旭)

연사의 새벽 종소리(淵寺曉鍾)

관아의 새벽 호각(官衙曉角)

종산의 낙조(鍾山落照)

서석의 돌아가는 구름(瑞石歸雲)

한산의 늦은 단풍(漢山晚楓)

세해의 가을 벼(細海秋稻)

선산 지주비를 읊조리다(咏善山砥柱碑)

가다가 청주에 이르러 강화 소식을 듣다(行到淸州聞講和)

가마동(駕馬洞)공의 선조 대대로 장사지낸 양주에 자손 연(連)이 가마를 타고
와서 그로 인해 동의 이름이 되다(公先世世葬楊州子孫連乘駕馬而來故因爲洞名)

서울에서 류 인동을 만나다(洛中遇柳仁同)명 운룡, 호 겸암(名雲龍號謙菴)

류 사군에게 드림2수(贈柳使君二首)명 훤, 호 절초당, 당시 고을 수령이었
음(名萱號節初堂時爲邑宰)

옹성에 올라(登甕城)성은 복천에 있는데 병자란에 지기를 펴지 못하고 시
에다 이와 같이 쓴다(城在福川經丙亂志氣未伸發於詩如此)

백구정을 지나면서(過白鷗亭)정자는 김제에 있는데 공의 선고 참의공의
효자정문이 있는 곳으로 임진(1592)년에 이곳에 살았다(亭在金堤公先考參議
公旌孝之所壬辰寓居于此)

정 랑에게 줌(與鄭郞)공의 사위, 이름 직, 벼슬 별제, 진주인(公之婿名稷官別
提晉州人)

허 하곡봉이 찾아오니 기뻐서(喜許荷谷菶來訪)

허 하곡이 서울 가는 것을 전송하다(送許荷谷之京)

추석(秋夕)

환산정 원운(環山亭原韻)

대나무 별장(竹窩)

스스로 위로함(自遣)

서울 여러 친구에게 부침(寄洛中諸友)

양주 선조 묘에 절하고(拜楊州先墓)

양주 선조 묘를 추억하며(憶楊州先墓)

전주를 지나면서 느낌이 있어(過全州有感)

서석산에 오르다(登瑞石山)

지난 일을 돌아보고 느낀 회포(感懷)

회포를 풀다(遣懷)

속세를 떠난 삶(幽居)

양주 이 씨 친구에게 부침(寄楊州李友)

마음에 품은 생각을 말하다(述懷)

완산 이 씨 친구에게 드림(贈完山李友)

정 순상과 이별하다(奉別鄭巡相)명 경세, 호 우복이 전라도 관찰사로
　　서암 환산정을 방문하였는데 깊은 회포에 경도되어 출발에 임해서 시 한 수를
　　보운8으로 화답함(名經世號愚伏完伯訪于瑞巖環山亭傾倒底蘊臨發出一首詩步韻以答)

을사년 여러 공들의 소환을 기뻐함(喜乙巳諸公召還)

완산 이 씨 친구 만사(輓完山李友)

제야(除夜)

김 우송에게 화답함(和金友松)명 세규, 진사(名世奎進仕)

느낌이 있어(有感)

학문에 힘쓰는 자(勉學者)

이 지봉수광에게 보냄(送李芝峯睟光)

정사에서 늦은 흥취(精舍晚興)

부 제현 시편(附諸賢詩什)

만사(輓) ─ 구봉 조엽9(九峯曺熀)

백천 선생 환산정 운을 공경히 차운하다3수(敬次百泉先生環山亭
　　韻三首) ─ 이도희(李道熙)호 풍계, 덕수인(號豐繼德水人)

새 운으로 율시 한 수를 삼가 드림(謹呈新韻一律)

---

8 보운(步韻): 타인의 시에 화답하여 매 연(聯)에 모두 본래의 운을 사용하는 작시 방식.
9 구봉(九峯)의 휘(諱) '熀'의 음이 (엽, 황) 두 가지인데 어떤 음으로 읽었는지 알 수 없어
　일단 '엽'으로 통일함.

백천 선생 환산정에 씀(題百泉先生環山亭) ― 종손 후학 풍렬(宗後學灃烈)호 사우, 지 능주(號四愚知綾州)

표문(表)

순임금에게 당신 마음이 그치는 곳에서 편안히 하시기를 백우가 청함(虞伯禹請安汝止)

한나라 군신들이 태공과 여후가 초나라에서 한나라로 돌아옴을 축하함(漢羣臣賀太公呂后自楚歸漢)

협서율을 없앤 것을 한나라 군신들이 축하함(漢羣臣賀除挾書律)

백천집 권2(百泉集卷之二)

서(書)

다섯 아들에게 경계하는 글(戒五子書)

공부하는 아들에게 경계하는 글(戒學子書)

정 순상에게 답한 서한(答鄭巡相書)

허 사관에게 드림(呈許使官)

김 우송에게 보낸 서한2편(與金友松書二)

친구에게 부친 서한(寄友人書)

여러 친구에게 답한 서한(答諸友書)

조 청강수성에게 보낸 서한(與曹淸江守誠書)

친구 최가 술을 보낸 것에 감사함(謝崔友送酒)명 홍우, 호 인재(名弘宇號忍齋)

류 사군훤에게 감사함3편(謝柳使君萱三)

구봉산인조엽에게 보낸 서한(與九峯山人曹熁書)

서(序)

백천재서(百泉齋序)

기(記)

대나무 별장기(竹窩記)

---

10 목차에 누락되거나 차례와 제목명이 본문과 다른 것은 주로 본문을 따랐음.

백천집 권1(百泉集卷之一)

시(詩)

퇴계 선생 도산재 사시 운에 삼가 차운함(謹次退溪先生陶山齋四時韻)

봄날에 속세 떠난 삶도 좋으니	春日幽居好
경물의 새로움을 홀로 아노라	獨知景物新
푸른 빛 생겨나니 버들엔 새가 울고	青生鳴鳥柳
붉은빛 떨어지니 꽃 쓸어 자리 만든다	紅落掃花茵
즐겨 한가로움을 찾는 자는	肯作偸閒者
비파를 내려놓은 사람¹ 생각하는데	追思舍瑟人
뜰 앞의 풀 푸른빛이 교차하니	庭前草交翠
스스로 아끼는 것 일상의 봄이로세	自愛一般春

여름날 속세 떠난 삶도 좋으니	夏日幽居好

---

1 공자(孔子)가 제자 증점(曾點)에게 "점아 너는 어떠하냐?(點 爾 如何)"라고 묻자, 그는 비파 타기를 드문드문하더니 땅하고 비파를 놓고 일어나 대답하였다.(鼓瑟而希[稀] 鏗爾舍瑟 而作 對曰) -중략- "늦봄에 봄옷이 마련되면 관자(冠者) 5, 6인과 동자(童子) 6, 7인으로 더불어 기수(沂水)에서 목욕하고, 무우(舞雩)에서 바람을 쐬며 노래하고 돌아오겠다.(莫 [暮]春者 春服旣成 冠者五六人 童子六七人 浴乎沂 風乎舞雩 詠而歸)"라고 한 고사가 있 음.(『논어』 「선진(先進)」25 참조)

훈풍이 사방에서 불어오고	薰風吹四野
갈아놓은 밭이랑을 바라보며	觀耕田畝間
나무 그늘 아래서 더위 피하네	避暑樹陰下
본시 맑고 한가로운 사람인데	素是淸閒人
어찌 오활하여 사정 모르는 사람이랴	豈爲憽憻者
불볕더위 심하다고 말하지 마소	莫言炎熱多
나 홀로 여름 석 달 아낀다오	吾獨愛三夏

가을날 속세 떠난 삶도 좋으니	秋日幽居好
농가엔 농사 일 이미 끝내고	田家事已休
노란 국화는 술 빚으라고 재촉하며	菊黃催酒釀
붉은 대추를 부모 위해 거둬들이네	棗赤爲親收
지사는 슬픈 감정이 많은데	志士多悲感
농부는 괴로운 수심을 푸는구나	農夫解苦愁
일 년 중 인간세상 즐거움이야	一年人世樂
바로 가을이 가장 좋음을 알겠노라	知是最宜秋

겨울날에 속세 떠난 삶도 좋으니	冬日幽居好
찬바람은 북에서 불어오는데	寒風自北從
마당에 쌓은 곡식 일찍 거두고	築場曾納稼
흙 바른 집에 농사 이미 끝내니	墐戶已休農
바로 조롱에 갇힌 새가 되었네	乃作羈籠鳥
누가 알리요, 누워 있는 설룡²이	誰知臥雪龍
추운 날 눈 덮인 집 안에서	天寒白屋裏
시와 술로 겨울 석 달 지내는 것을	詩酒度三冬

---

2 설룡(雪龍): 눈을 맡은 신. 여기서는 시인을 가리킴.

화분 속의 매화(盆梅)

화분 속의 매화 너를 사랑하노니	愛爾盆中梅
그윽한 향기는 섣달의 눈을 재촉하여	暗香臘雪催
봄소식을 먼저 얻으니	消息春先得
버들가지 감히 시샘하지 못하네	柳枝不敢猜

동산의 소나무(園松)

동산 가운데 소나무 너를 사랑하노니	愛爾園中松
밑바탕 뿌리는 늙은 용 같고	根盤若老龍
높은 절개는 눈서리를 능가하니	高節凌霜雪
부끄러움은 복숭아 자두의 모습이어라	恥爲桃李容

섬돌 아래 국화(階菊)

섬돌 아래 국화 너를 사랑하노니	愛爾階前菊
노랗고 노란 것이 바른 색을 얻었네	黃黃得正色
동쪽 울타리 곁에서 따고 또 따서	採採東籬傍
막걸리에 띄워서 홀로 마시누나	泛醪獨自酌

정원의 대나무(庭竹)

뜰 앞의 대나무 너를 사랑하노니	愛爾庭前竹

사계절에도 색이 바뀌지 않아	四時不改色
옛 군자가 많이 얻어다가	所以古君子
손수 심은 이유라네	取之多手植

겨울 잣나무(冬栢)

눈 속의 잣나무 너를 사랑하노니	愛爾雪中栢
추운 날씨에도 높은 절개를 앎이라	歲寒高節識
우리 공자께서 경계하고 타일러서[3]	所以吾夫子
사람들을 힘쓰게 한 이유라네	勉人垂戒勅

못 속의 연꽃(池蓮)

못 속의 연 너를 사랑하노니	愛爾池中蓮
가을바람에 빛깔이 바로 깨끗함이라	秋風色正鮮
주렴계[4] 노인이 꽃을 찾아서	所以濂溪叟
'애련설' 한 편을 지은 이유라네	探芳咏一篇

---

3 『논어(論語)』「자한(子罕)」27에 "공자가 말씀하시기를 '날씨가 추워진 뒤에야 소나무와
잣나무가 늦게 시듦을 알 수 있다.'(子曰歲寒然後 知松栢之後彫[凋]也)"라는 구절이 있음.

4 주렴계(周濂溪, 1017-1073): 본명(本名) 주돈이(周敦頤), 자(字) 무숙(茂叔), 호(號) 염계(濂
溪), 시호(諡號) 원공(元公). 북송(北宋) 시대 유학자로 성리학의 기초를 닦았다. 염계(濂
溪)는 1072년 강서성(江西省)의 여산(廬山) 개울가에 집을 짓고 살면서, 그 개울을 염계라
하고 스스로를 염계 선생이라고 부른 데서 비롯되었음. 「애련설(愛蓮說)」이 있음.(『두산
백과』 참조)

중부 교리공[5] 묘에 절하고(拜仲父校理公墓)

조카가 절하고 서 있는 땅은	小兒來拜地
풀도 쇠하고 꽃도 이우러졌네	衰草與殘花
남기신 글은 상자 속에 남았는데	文字留箱篋
명성은 집안을 쇠퇴케 했네	令聲替室家
지극한 원통은 하늘이 느끼고	至寃天有感
남겨진 애통은 땅도 끝이 없는데	遺痛地無涯
곡을 마치고 머뭇거리는 곳에	哭盡盤桓處
수심 잠긴 구름에 해 또한 저물었네	雲愁日亦斜

기축년[6] 제현의 원통함을 푼 것에 감격하여(感己丑諸賢雪寃)

맑고 밝은 세상을 바로 맞으니	正值淸明世
임금의 은혜가 죽은 이에게 미치네	天恩及死人
자손들은 옛 적을 슬퍼하는데	子孫悲感古
사우들의 기운은 다시 새롭네	士友氣更新
여론이 바른 데로 돌아가니	公議歸於正
그윽한 원통함이 막혔다가 펴져	幽寃鬱則伸
사방에선 모두가 축하 노래 부르니	四方皆頌賀
온화한 기운 하늘과 땅에 가득하네	和氣滿乾坤

---

5 중부(仲父) 교리공(校理公): 류덕수(柳德粹)로 문과(文科), 선산부사(善山府使), 홍주목사 (洪州牧使)를 지냄. 기축옥사(1589년) 때 옥사(獄死)함.

6 기축옥사(己丑獄事): 기축(己丑, 1589) 10월에 정여립이 역모를 꾀하였다 하여 3년여에 걸 쳐 그와 관련된 1천여 명의 동인계(東人系)가 피해를 입은 사건.(『한국민족문화대백과사 전』 참조)

광산 원 이 지봉수광[7]에게 드림(贈光山倅李芝峯晬光)

해질 무렵 대숲 속으로 난 길에서	斜陽竹裏路
돌아감은 짐짓 더디고 더디구려	歸盖故遲遲
북쪽 대궐은 근심이 나뉘어 한가하고	北闕分憂暇
남쪽 고을은 친구가 찾아오는 때여라	南州訪友時
젊을 적엔 깊은 사귐 의도하지만	青春深契意
늙어보면 곧바로 서로 알게 된다오	白首乃相知
또, 채찍 치며 가자고 재촉 마소	且莫征鞭促
다시 만날 기약일랑 응당 어렵네	應難更見期

봄날 산에서 놀다(春日山遊)

좋은 날에 진객 찾아	勝日尋眞客
대지팡이 의지하고 옛 성을 나서는데	扶筇出古城
바람과 안개 모두 흥을 돕지만	風烟皆助興
산과 물이 가장 많이 다정해	山水最多情
꽃의 요염함은 봄빛에 아름답고	花艷媚春色
새의 지저귐은 짝 찾는 소리일세	鳥鳴喚友聲
석양의 무한한 경치들을	夕陽無限景
시구로 모두를 명명하긴 어렵구만	詩句摠難名

---

7 이수광(李晬光, 1563-1628): 본관(本貫) 전주(全州), 자(字) 윤경(潤卿), 호(號) 지봉(芝峯). 조선 중기의 문신이자 학자. 나라가 어려웠던 임진란 때 중요한 관직을 지냈고, 세 차례 나 명나라 사신으로 다녀왔음. 전라도(全羅道) 광산현감(光山縣監) 때 화순(和順)에 살던 백천(百泉) 류함(柳涵)을 방문.(국립중앙도서관 디지털컬렉션: 한국의 위대한 인물 참조)

풍우행(風雨行)

큰 자연이 한 기운을 부니	大塊噓一氣
바람이 서북에서 불어오네	有風從西北
사방은 구름에 어둑어둑하고	四野雲冥冥
만 리 하늘은 끝없이 넓으니	萬里天漠漠
지척의 땅도 분별할 수 없고	不辨咫尺地
물상은 서로 보이다 사라지다 하네	物象互明滅
번개치고 우렛소리 드러내더니	雷霆動光怪
이윽고 빗줄기를 드리우네	已而垂雨脚
새 짐승 흩어지며 놀라 울부짖고	鳥獸紛驚呼
초목은 회오리바람에 다 떨어지네	草木盡飄拂
처음에는 수수(睢水)가 언덕에서	初如睢水岸
한나라 병사 달아날 때 우레8 같더니	漢兵走霹靂
하늘과 땅이 어두워지고	天地爲晦冥
나무가 뽑히고 또 집이 뽑혀 날아가니	拔木又拔屋
다시 곤양성(昆陽城)9에서	更如昆陽城
도적이 탄 말10 정신없이 달리는 것 같아	賊騎奔怳惚
호랑이와 범도 모두 무서워 벌벌 떨고11	虎豹皆股戰

---

8 한병주벽력(漢兵走霹靂): 한(漢)나라 군대가 초(楚)나라 군대에게 쫓기다가, 10여만 명이
모두 수수(睢水)에 들어가니 수수의 물이 막혀 흐르지 못했다. 이때 초나라 군대가 한나
라 병사를 세 겹으로 에워쌌는데 대풍(大風)이 서북방에서 일어나더니, 나무를 뽑고 지
붕을 날리는가 하면, 대낮이 칠흑처럼 어두워지면서 바람의 방향이 초나라 군대를 향하
니 군대가 혼란해졌다. 이 틈에 유방이 빠져나와 도망쳤다는 고사가 있음.(『사기(史記)』
권7「항우본기(項羽本紀)」 참조)

9 곤양성(昆陽城): 후한(後漢) 광무제(光武帝)가 왕망(王莽)의 대군을 격파한 성.(『두산백과』
참조)

10 적기(賊騎): 도적이 탄 말. 왕망의 군사를 가리킴.

11 호표개고전(虎豹皆股戰): 왕망의 병사들은 크게 무너져서 달아나는데 마침 천둥이 치고

강물이 펄펄 끓는 물처럼 흩어졌네	江水沸湯析
하느님의 조화 이치를	天公造化理
태극에게 청하여 묻고자 하다가	請欲問太極
두보 노인 시가 생각나서 외는데	起誦杜老詩
집에서 새는 물방울 상마다 떨어지네	屋漏床床滴

금오산[12]2수(金烏山二首)

깊기로는 동락수[13]요	千尋東洛水
높기로는 금오산이라	萬丈金烏山
산수는 무너지지도 마르지도 않으니	山水無頹渴
충혼이 이 사이에 있도다	忠魂在此間

우리나라 오산[14] 또한 수양산이니[15]	東海烏山亦首陽
고금의 높은 절개 무너진 기강 떨치네	古今高節振頹綱
국화꽃으로 매양 충신 의기 제사하니	黃花每祭忠臣骨

바람이 불어서 집의 기와가 모두 날아가고, 비가 마치 물을 쏟아 붓듯이 내려서 치천(滍川)이 넘치니 호랑이와 표범도 모두 두려워서 벌벌 떨었다는 고사가 있음.(국역(國譯)『여헌집(旅軒集)』「역대사선(歷代史選)」권9, 〈한기(漢紀)〉 참조)

12 금오산(金烏山): 경상북도 구미시・칠곡군・김천시의 경계에 있는 산. 고려 말 충신 야은 길재(吉再)를 추모하기 위해 지은 채미정(採薇亭), 신라 도선국사(道詵國師)가 수도하던 도선굴 등과 금오산 마애보살입상(보물 490), 선봉사 대각국사비(보물 251호), 오봉동 석조석가여래좌상(보물 245호) 등의 유서 깊은 문화유적이 있음.(『두산백과』 참조)

13 동락수(東洛水): 구미시 옛 명칭인 선산 지역을 흐르는 대천(大川)으로 지금의 낙동강임. (『한국지명유래집』(경상편) 참조)

14 오산(烏山): 금오산의 다른 이름.

15 수양산은 주(周) 무왕(武王) 때 지조를 지킨 백이(伯夷) 숙제(叔齊)가 고사리로 연명하다가 죽은 산으로, 고려 때 지조를 지킨 야은(冶隱)이 오산에 은거한 것을 대비함.

지하에서도 한 줄 글을 응당 따라 짓겠지　　地下應從作一行

한강을 건너다2수(渡漢江二首)

먼 길 나그네가 고향 떠난 길이라　　遠客離鄕路
더디고 더디어서 멈추다 가다 하네　　遲遲故住行
강 물결은 흘러 다함이 없는데　　江波流不盡
천 리 길 돌아갈 정을 애석해 하네　　千里惜歸情

이곳에서 오성16까지 몇 리나 될 거나　　此去烏城間幾里
이울어진 꽃에 수심 가득 강 머리를 건너니　　殘花愁殺渡江頭
어떻게 남녘땅을 다시 향할까　　如何更向南中土
느꺼운 눈물 까닭 없이 물과 함께 흐르네　　感淚無緣水與流

한 가지 후회(一悔)

게으름을 후회함(悔惰)

게으름은 범사에 걸쳐서 해가 되니　　惰之爲害繫凡事
끝까지 이와 같으면 마침내 이룰 수 없고　　終始如斯竟不成
늙어 크게 후회하는 마음 이를 바 없으니　　老大悔心無所及
응당 알아야지, 스스로 평생 그르칠 것을　　應知人自誤平生

---

16 오성(烏城): 화순(和順)의 옛 지명.

세 가지를 두려워함(三畏)

하늘을 두려워함(畏天)

높고 높이 위에 있어 모르는 것 같지만	高高在上若無知
일마다 사람에게 들으니 낮을 수밖에[17]	事事於人聽則卑
화선복음 모두를 주재하나니	福善禍淫皆主宰
우레와 벼락 아래 비 서리 내리는 때라	雷霆之下雨霜時

사람을 두려워함(畏人)

인심이 험악하기가 얼 못 같은데	人心險惡若冰淵
헤아리기 어려운데 어질고 어리석음 어찌 분간해	難測何分愚與賢
두려워 할 바는 차라리 말에 있음이 아니라	可畏寧非言語上
내 몸의 폄훼된 명예 사람으로 인연함일세	吾身毁譽以斯緣

가난을 두려워함2수(畏貧二首)

나에게 궁핍한 바는 꽉 막힌 사람이라	於吾所乏是窮人
덕도 없고 재주도 없고 또한 가난하지만	無德無才亦一貧
매사 여유 있어야 참으로 즐길 수 있으니	事事有餘眞可樂
이 같이 한 뒤라야 몸이 편안케 된다오	如斯然後卽安身

---

17 "하늘은 높은 곳에서 낮은 곳의 말을 다 듣고 있는데, 임금께서 임금다운 말씀을 세 번이
나 하셨으니, 형혹성도 응당 감동이 있을 것입니다.(天高聽卑 君有君人之言三 熒惑宜有
動)"라는 말이 『사기(史記)』 권38, 「송미자세가(宋微子世家)」에 나옴.

가난한 사람 몸가짐이 가장 어려우니	貧人行己最爲難
세상에 처한 삶이 잠시도 편안치 않아	處世生涯不暫安
초가집 황량한 마을에 날 또한 저무는데	白屋荒村天又暮
배고프고 추위에 떠는 처자 그 탄식 어찌하리	妻飢兒凍奈其歎

여섯 가지를 권함(六勸)

학문을 권함(勸學)

성현을 도(道)로 삼고	聖賢之爲道
학업으로 가르치니	學業以教人
천 년 전할 마음 법은	千載傳心法
삼강과 오륜일세	三綱與五倫

농사를 권함(勸農)

삼농[18]은 느슨하게 할 수 없으니	三農不可緩
때를 잃지 않게 신중히 하소	愼勿失其時
그것이 굶주림과 추위 면할 방도이니	以免飢寒道
부지런히 하고 힘쓰는 데 있다네	在勤斯務斯

---

18 삼농(三農): 봄에 밭 갈고[春耕] 여름에 김매고[夏耘] 가을에 거두는 것[秋收].

근면을 권함(勸勤)

군자가 지녀야 할 마음의 도(道)는	君子持心道
근면으로 몸 치료의 말씀[19]을 삼고	勤爲藥石言
부지런함과 착실함으로	孜孜與惓惓
일의 근원을 삼아야 하네	爲業之根源

정성을 권함(勸誠)

오직 정성이 하나의 도(道)니	惟誠之一道
모든 일이 이에 관계되는 바라	凡事乃攸關
이것이 없으면 나태해지니	無是爲懶怠
짧은 순간에도 어찌 잊겠나	何忘造次間

공경을 권함(勸敬)

'생각에 간사함이 없다[思無邪]' 세 마디는	思無邪三字
공경하는 근원이라	爲敬之根源
옛날에 우리 공자님께서	昔日吾夫子
가름하여 이 말씀을 하셨다네[20]	蔽之有此言

---

19 약석(藥石): 약과 침으로 몸을 치료함. 약석지언(藥石之言)의 줄임말.
20 공자가 "시경(詩經) 시 삼백여 편을 한마디로 요약하면, 사무사(思無邪)라고 할 수 있다. (詩三百 一言以蔽之 曰思無邪)"라고 하였음.(『논어(論語)』 「위정(爲政)」2)

정직을 권함(勸正直)

사곡[21]은 우리 도(道)가 아니니	邪曲非吾道
사람들 모두 비천하게 여김이라	人皆鄙賤之
마음 쓰기를 바르고 곧게 하면	用心以正直
아무 때고 몸에 해가 없을 것이네	身無害及時

열 가지를 경계함(十戒)

여색을 경계함(戒色)

크게는 나라 기울고 작게는 집안 무너지니	大則傾城小敗家
밝고 밝아서 거울 앞에서도 흠결 없어야	昭昭至鏡照無瑕
이는 색계가 심성 바꿈을 아는 것이니	是知色界移心性
일신이 무너지는 것 한 번의 실수라네	壞了一身在一差

술을 경계함(戒酒)

술이란 물건은 인성을 해치고	酒之爲物伐人性
미치게 하는 약이라 생사를 치료하기 어렵고	狂藥難醫死與生
삽을 메고 고래 타듯 모두 허탄한 소리라	荷鍤騎鯨皆誕妄
술 마시는 자가 이름났단 말 듣지 못했네	未聞飲者有其名

---

21 사곡(邪曲): 성행(性行)이 올바르지 못한 모양(模樣).

말을 경계함(戒言)

말 많음을 일찍이 많은 사람이 꺼림은	多言曾是衆人忌
입은 뾰쪽한 칼 같고 혀는 톱 같음이라	口若尖刀舌若鋸
일단 실언하면 바로 큰 화 부르니	一發遽然招大禍
마음 가라앉히고 침묵함만 같지 못해	潛心守黙摠無如

권력을 경계함(戒權)

오만하고 교만한 마음 권력 좋아해 나온 것이니	傲習驕心出好權
어찌 경중을 알겠는가, 하늘 뜻대로 할 뿐인 것을	何知輕重一聽天
갑자기 그 위복22을 잃기도 하니	遽然若失其威福
재앙은 고질병23보다 심하다네	災禍甚於起疾烟

재물을 경계함(戒財)

재물과 이익은 사람들이 좋아하는 것이라	財利中人盡可憐
탐욕에 힘쓰다 보면 하늘에 떳떳치 못해	孜孜貪慾喪彝天
효제에 근원하고 의에서 행동하여	源於孝悌行於義
아이들로 하여금 농사를 좋아하게 해야	欲使兒曺作好田

---

22 위복(威福): 위엄과 복덕의 줄임말.
23 질연(疾烟): 고질병. 고질연하(痼疾烟霞)에서 온 말로 본래는 병마가 고황에 들어 고질병
이 되듯 자연에 애착을 가진 것을 의미.

사치를 경계함(戒奢)

살진 말 가벼운 털옷 잘 꾸며 입고	肥馬輕裘極盛飾
의기양양 하는 것 저자 애들 좋아하네	揚揚過處市童憐
그렇지만 집과 전답 한번 무너진 뒤면	雖然一敗家庄後
늙고 병든 때 거리에서 구걸하니 어찌할거나	行乞其何老病年

교만을 경계함(戒驕)

마음이 교만한 자 그 몸 잃는데	驕其心者失其身
살면서 사람 중에 누구와 친할 건가	居在人中孰與親
죽기 전에 좋은 일 할 수 있다면	死後生前能善事
겸손 덕망 어진 행실 같은 것 없네	莫如謙德與推仁

잠을 경계함(戒睡)

남양처사24가 경륜이 있어	南陽處士有經綸
유황25을 잠시 시험하려 늦봄에 잤다지만	假試劉皇睡暮春
이 후로 감히 누가 그걸 체득할 수 있으랴	此後敢誰能體得
낮잠에 분장인 소리 들은 재여26를 비웃네	笑他晝寢糞墙人

---

24 남양처사(南陽處士): 양양(襄陽)의 남쪽 융중(隆中)에서 밭 갈며 숨어 살고 있던 제갈량(諸葛亮).

25 유황(劉皇): 유비(劉備), 유황숙(劉皇叔)이라고도 함. 유비가 제갈량을 삼고초려(三顧草廬)할 때 제갈량이 유비를 시험코자 하여 늦봄에 자는 척했음을 이름.

26 주침분장인(晝寢糞墙人): 『논어(論語)』「공야장(公冶長)」9에 "재여가 낮잠을 자거늘, 썩은

붕당을 경계함(戒朋黨)

오호라, 붕당이 어느 시대 일어났나	嗚呼朋黨起何代
자고로 어진이가 때를 얻지 못하면	自古賢人不得時
너를 상대하여 원우[27] 일 말하고 싶지만	對汝欲言元祐事
당일의 지극한 원통 누가 있어 알아주나	至冤當日有誰知

장기와 바둑을 경계함(戒博奕)

장기와 바둑은 잡희 중에 가장 재미있어	博奕優遊挖雜戲
어떤 배운 자도 마음 어지럽게 된다네	如何學者亂其心
이 일이 한낱 무익함 바로 알았다면	乃知此事徒無益
바둑판 물리고 촌음 아낌만 못하네	莫若推枰惜寸陰

백천재 원운(百泉齋原韻)

초집을 새로 짓고 만년 취미 붙였는데	草屋新成寓晚趣
백천의 물은 솟아 흐르네	百泉之水泌而流
처마 끝의 아침 해는 오잠[28]에 오르고	簷端瑞旭烏岑出

나무로는 조각할 수 없고 썩은 흙으로는 흙손질을 할 수 없다.(宰予晝寢 子曰 朽木不可雕
也 糞土之牆不可朽也)"라는 구절이 있음.

27 원우(元祐): 북송(北宋) 철종(哲宗) 조후(趙煦)의 첫 번째 연호. 1086년에서 1094년까지 9
년간 사용. 원우 연간에 신구법당 간의 당쟁(黨爭)이 발생하였고, 원우는 구당(舊黨) 및
그 구성원을 지칭함.

28 오잠(烏岑): 까마귀 봉우리라는 의미로 붙인 백천재 주변 지명.

집 밖의 가을 안개 학도[29]에 떠 있도다 　　　軒外秋烟鶴島浮
반세상 먼지 속에 살다가 이제야 도성 머니 　半世囂塵城市遠
만년에 일어나는 흥취 골짜기 숲에 그윽하다 　暮年漫興壑林幽
남쪽에 와서 비로소 몸 쉴 곳을 얻었으니 　　南來始得棲身地
시냇가 사는 들 늙은이 날마다 노니노라 　　野老溪翁日與遊

백천재 팔경(百泉齋八景)

학도의 저녁 안개(鶴島暮烟)

학이 떠나니 섬은 비고 다만 안개뿐인데 　　鶴去島空只有煙
성 밖의 사방 하늘 때때로 짙어 가득하네 　　時時濃滿四郊天
국사[30]께서 가신 자취 기이하게 전하지만 　國師往跡傳奇異
짐짓 숲속의 안개비로 백년을 가두었네 　　故使林霏鎖百年

---

29 학도(鶴島): 학이 깃든 섬이라 해서 붙인 백천재 주변 지명. 화순읍(和順邑) 대리(大里)에
　소재한 학서도(鶴棲島)의 줄임말. 학정자(鶴亭子), 학살이뜰(鶴野坪)이라고도 함. 전설에
　따르면 배 씨 처녀가 새벽에 샘에 물을 길러 갔다가 오이를 주워 먹고 임신하여 옥동자
　를 낳았는데 처녀의 몸으로 아이를 키울 수 없어 숲속 정자나무 밑에 버리고 돌아왔다.
　다음 날 찾아가 보니 학들이 깃들어 아이를 돌보고 있어 부모가 의논하고 아이를 데려
　와 길렀는데 이 아이가 진각국사이다.(강동원 편, 『화순의 고승』, 광주, 민출판사, 1994.
　참조)
30 국사(國師, 1178-1234): 고려 고종 때 활동한 고승(高僧) 진각국사(眞覺國師)를 이름. 진각
　은 시호(諡號)이고, 법호(法號)는 혜심(慧諶).(앞의 책, 참조)

오잠[31]의 아침 해(烏岑朝旭)

새벽녘에 구르듯 오른 바다 동쪽 끝에	平明轉上海東頭
등 뒤로 떠오른 아침 해 옥루[32]를 바라보네	起負朝暾望玉樓
서생은 허비할 날 없어야 한다지만	寄語書生無費日
시간은 빠르게도 물과 같이 흐르네	光陰倏焂水同流

연사[33]의 새벽 종소리(淵寺曉鍾)

종소리가 한산[34] 북에서 들려오는데	鍾聲來自漢山北
바람 편에 일시에 지척에서 들리는 듯	風便一時若咫尺
작동안(作同安)[35] 세 글자 부적처럼 지니고	把作同安三字符
회옹[36]의 남긴 말씀 이 중에서 깨닫겠네	晦翁遺訓此中覺

---

31 오잠(烏岑): 화순읍과 동면의 경계에 있는 오성산(烏城山)의 봉우리.

32 옥루(玉樓): 천상(天上)에 있다는 백옥루(白玉樓)의 줄임말.

33 연사(淵寺): 만연사(萬淵寺)를 가리킴. 화순읍 동구리 만연산 계곡에 있음. 1208(고려 21 대 희종(熙宗4)년에 만연선사(萬淵禪師)가 창건.(강동원, 앞의 책 참조)

34 한산(漢山): 만연산(萬淵山)의 옛 이름 나한산(羅漢山)을 줄여 한산(漢山)이라고 함.

35 작동안(作同安): 송나라 때 주희(朱熹)가 동안(同安)현의 주부(主簿)로 있을 때 밤에 산사에서 종소리를 들은 일에 대해 말하기를 "오늘날 학자들이 큰 진전이 없는 것은 단지 마음이 보존되어 있지 않기 때문이다. 내가 젊어서 동안(同安)에 있을 때 밤에 종소리를 들었는데 한 소리가 채 끊어지기도 전에 마음이 이미 다른 곳으로 달아나 있었다. 이를 계기로 깨닫고 반성했으니, 이에 학문을 하려면 모름지기 전념해야 함을 알았다."라고 하였다.(국역(國譯) 『갈암집』 별집 권3 「답이자수서(答李自修書)」 주석 참조)

36 회옹(晦翁): 주희(朱熹, 1130-1200) 중국 복건성 남건주 출생. 남송시대의 사상가. 주자학의 대성자.

관아의 새벽 호각[37](官衙曉角)

동쪽 관아 해 뜰 무렵 새벽빛이 열리자	東閣曚曨曉色開
두어 마디 관각소리 바람에 이끌리어	數聲官角引風來
사람으로 하여금 고향 생각 꿈꾸게 하니	令人喚起思鄕夢
서쪽 서울 바라보지만 머리털은 벌써 하얗네	西望長安髮已皚

종산[38]의 낙조(鍾山落照)

산허리 노을이 붉은 빛을 거두고자 하는데	落照山腰欲斂紅
하늘과 땅은 석양 속에 반쯤 들어갔구나	乾坤半入夕陽中
어두워지자 안식도 시의[39]를 따르니	向冥安息隨時義
주역의 독실하고 공교함을 체득하노라	體得羲經慥慥工

서석[40]의 돌아가는 구름(瑞石歸雲)

첩첩 산중의 서석대는 뭇 봉우리 누르고	嶙峋瑞石鎭羣峯

---

37 효각(曉角): 새벽에 현(縣)에서 부는 호각소리.
38 종산(鍾山): 화순읍 앵남리 산70-3에 있는 종괘산(鍾掛山)의 다른 이름.(후손 류정훈(柳貞勳) 제공)
39 시의(時義): 사람이 세상을 살아가면서 각각 그때에 해당하는 의리. 『주역(周易)』에 나오는 괘효(卦爻) 역시 이 시의(時義) 아닌 것이 없다고 했는데 사람의 행동이 그때의 상황에 순응하여 그 의리에 맞게 되면 길(吉)한 결과가 오게 되고, 이와 반대로 하면 흉(凶)하게 되는 것도 시의를 말한 것임.(국역(國譯) 『계곡만필』 권1 「만필(漫筆)」 〈역의 복서(易之卜筮)〉 참조)
40 서석(瑞石): 광주(光州) 무등산(無等山)에 있는 대(臺) 이름.

그 사이로 나온 구름 몇 겹인지 묻노라　　雲出其間問幾重
우레와 비로 생긴 못은 골짜기에 잠겼는데　　在洞潛藏雷雨澤
도도히 흐르니 어느 날에나 용 따라 가려나　　溶溶何日往從龍

한산[41]의 늦은 단풍(漢山晚楓)

단풍잎의 붉은 빛은 어젯밤 서리 때문인데　　楓葉流丹昨夜霜
산 가득 밝게 비추이니 그림 병풍 빛이라　　滿山照耀畫屛光
나그네 수레 멈춤 단풍 사랑[42] 때문인데　　遊人所以停車愛
감상을 마치니 봉마다 이미 석양이로세　　賞盡峯峯已夕陽

세해[43]의 가을 벼(細海秋稻)

사방 들녘 황금물결 한눈에 바라보니　　四野黃雲一望平
농삿집에 해야 할 일 짐수레 다루기라　　田家時事役車行
한데 모여 벼 베려고 나서는 날에　　會將銍刈登場日
저 관아 올라가서 장수하시라 술 드리네　　躋彼公堂獻壽觥

---

41 한산(漢山): 화순(和順) 만연산(萬淵山)의 옛 이름 나한산(羅漢山)을 줄여 한산(漢山)이라
고 함.
42 정거애(停車愛): 수레를 멈추고 단풍을 사랑함. 당(唐)나라 두목(杜牧)의 시 「산행(山行)」
에 "수레 멈추고 앉아서 석양의 단풍 숲 감상하니 / 단풍잎이 이월의 꽃보다 더 붉구나(停
車坐愛楓林晚　霜葉紅於二月花)"라는 시구가 있음.
43 화순(和順)에 있는 지명. 옛적에 이곳까지 바닷물이 들어왔다고도 전해짐.

선산[44] 지주비[45]를 읊조리다(咏善山砥柱碑)

야은 선생 절개가 고상하여	冶隱先生有高節
남주의 여론이 사람을 흠모케 해	南州公議使人欽
바윗돌[46] 한 조각 썩지 않고 전해지니	雲根一片傳難朽
지주비 우뚝한 모습 만고 마음이어라	砥柱巍巍萬古心

가다가 청주에 이르러 강화 소식을 듣다(行到淸州聞講和)

머리 돌려 제잠[47]을 보니 한낮이 차갑고	回首鯷岑白日寒
오랑캐 조짐 남은 기운에 서울이 어두운데	胡氛餘氣暗長安
어떻게 하면 우리의 당당한 선비 이끌고 가서	何當携我堂堂士
결박하여 취한 호한아[48]를 막하에서 볼거나	縛取呼韓幕下看

---

44 선산(善山): 경상북도에 속한 지명.

45 지주비(砥柱碑): 지주비는 본래 중국의 황하(黃河) 거센 물살 가운데 우뚝이 서 있는 바위산을 가리키는 것으로 혼탁한 세속에 휩쓸리지 않고 꿋꿋하게 자신의 절조를 지키는 군자를 비유한 말임. 우리나라에서는 선조 19(1586)년에 인동현감(仁同縣監) 류운룡(柳雲龍)이 감사(監司) 이산보(李山甫)와 선산부사(善山府使) 류덕수(柳德粹)의 도움을 받아서 선산(善山)에 세운 고려 충신 야은(冶隱) 길재(吉再)의 유적비(遺蹟碑)를 '지주비'라고 함. 그 비의 전면(前面)에는 중국인 양청천(楊晴天)의 '지주중류(砥柱中流)' 글을 새겼고, 음기(陰記)는 류성룡(柳成龍)이 씀.(국역 『澗松集』 간송별집 제1권, 「록(錄)」, 〈지주비음기(砥柱碑陰記)〉 주석 참조)

46 운근(雲根): 벼랑이나 바윗돌을 의미하는 말. 두보(杜甫) 시에 "충주 고을은 삼협의 안에 있는지라 / 마을 인가가 운근 아래 모여 있네(忠州三峽內 井邑聚雲根)"라는 표현이 있음.(국역 『簡易集』 제6권, 습유(拾遺) 〈괴석(怪石)〉 주석 참조)

47 제잠(鯷岑): 옛날에 우리나라를 일컫는 미칭. 국역(國譯) 『조선왕조실록(朝鮮王朝實錄)』 「세종실록(世宗實錄)」 세종 1(1419)년 8월 25일 조에 "신은 삼가 제잠(鯷岑)을 정성으로 지키어 항상 강녕(康寧)하시라는 축복을 바치옵고(臣謹當恪守鯷岑, 恒貢康寧之祝)"라고 하여 조선을 가리키는 구절이 있음.

48 호한(胡韓): 호한야(胡韓邪). 선우(單于)를 가리킴.

가마동(駕馬洞) 공의 선조 대대로 장사지낸 양주에 자손 연(連)이 가마를 타고 와서 그로 인해 동의 이름이 되다(公先世世葬楊州子孫連乘駕馬而來故因爲洞名)

호남의 나그네가 금 채찍 하나 들고	湖南遠客一金鞭
필마 몰고 옥동천⁴⁹에 돌아들었네	匹馬驅回玉洞天
해 저물녘에 풍양⁵⁰역을 찾다가	落日行尋豊壤驛
길에서 노인 만나 서로 말을 건너네	路逢耆老語相傳

서울에서 류 인동⁵¹을 만나다(洛中遇柳仁同) 명 운룡, 호 겸암(名雲龍號謙菴)

지난날 남쪽 관아에서 찾아 뵐 때 기억하니	憶昔南衙拜謁時
오산⁵²영에 야옹⁵³ 비를 세울 때였네	烏山營立冶翁碑
공을 대하니 울적한 정 깨닫지 못하고	對公不覺情懷惡
옛일에 느껴 오늘을 슬퍼하니 눈물 절로 흐르네	感古傷今淚自垂

---

49 옥동천(玉洞天): 양주 선조 묘 근처의 마을 이름.

50 풍양(豊壤): 경기도 양주(현 남양주)의 옛 이름.

51 류 인동(柳仁同, 1539-1601): 본명 운룡(雲龍), 본관 풍산(豊山). 자 응현(應見). 호 겸암(謙菴). 시호 문경(文敬). 서애(西厓) 류성룡(柳成龍)의 형이며, 이황(李滉)의 문인. 선조(宣祖) 때 인동(仁同) 현감을 지내서 류 인동이라 부름. 임진왜란 때 사복시 첨정이 되고 풍기군수로 부임하여 토적을 소탕함.(『한국향토문화전자대전』 참조)

52 오산(烏山): 오산천변(烏山川邊)에 있는 마을이라고 해서 붙여진 마을 이름으로 처음 생긴 마을이라 하여 새터[新基]라고도 불렀음. 오산은 지금의 금오산(金烏山) 도립공원 입구 첫 마을로, 대성저수지가 인접해 있고, 금오산은 바위로 이루어져 있어 기암절벽과 급경사가 많음.(『한국향토문화전자대전』 참조)

53 야옹(冶翁): 길재(吉再, 1353-1419) 본관(本貫)은 해평(海平), 호(號)는 야은(冶隱), 자(字)는 재보(再父), 고려 말 삼은(三隱) 중 한 사람.(『한국민족문화대백과』 참조)

류 사군[54]에게 드림2수(贈柳使君二首)명 훤, 호 절초당, 당시 고을 수령이었음
(名萱號節初堂時爲邑宰)

서로 보고 옛날 얼굴 의심했는데 　　　　　相見疑然疇昔面
임금의 은혜로 옛 친구 또 만났네 　　　　天恩亦及故人逢
숲속의 사립문에 때때로 찾아와서 　　　　時時來訪林扉下
회포를 논하다가 시간 간 줄 몰랐네 　　　　論懷不覺到暝鍾

백세 친족의 정이지만 의기투합 겸했는데 　百世親情托契兼
나부끼는 빛난 수레 산골에 이르렀네 　　　翩翩華盖到山簷
맛있는 음식 좋은 술로 아름다운 맛 나누었으니 珍羞美酒分佳味
고상한 풍격 깨끗한 염치에 많이 감사하오 　多謝高風最潔廉

옹성[55]에 올라(登甕城)성은 복천[56]에 있는데 병자란에 지기를 펴지 못하고 시
에다 이와 같이 쓴다(城在福川經丙亂志氣未伸發於詩如此)

이울어져가는 성곽 높아 검각문[57] 같고 　　殘郭高如劍閣門

---

54 류 사군(柳使君): 사군은 주(州)·군(郡)의 관장(官長)에 대한 존칭. 여기서는 류훤을 말함.
　류훤(柳萱, 1586-1654)은 조선 후기의 학자로 호는 절초당(節初堂). 선조 37(1604)년에 성
　균시(成均試), 광해군 2(1610)년에 사마시(司馬試) 합격 후 영동(永同)과 화순(和順) 현감
　(縣監)을 지내고, 종부시주부(宗簿寺主簿), 의빈부도정(儀賓府都正) 등을 역임. 인조 2
　(1624)년 이괄(李适)의 난에 동조하였다는 모함을 받아 아버지가 큰 화를 당하자, 세상과
　인연을 끊고 경기도 이천(利川)의 설봉산(雪峰山)에 숨어 시주(詩酒)를 벗 삼아 삶. 외직
　(外職)에 있을 때 고을에 향약(鄕約)을 실시하여 풍속 순화에 앞장섰음.(『한국민족문화대
　백과』 참조)
55 옹성(甕城): 옹성산(甕城山)에 있는 성 이름. 옹성산은 화순(和順)현 북쪽 15리 떨어진 월
　봉리(月峯里)에 있다. 곡성(谷城)현의 경계에서 시작하여 송치(松峙)에 이른다. 바위의
　모양이 큰 항아리[甕] 같아서 지어진 이름.(『동복지(同福誌)』 권1, 참조)
56 복천(福川): 전라남도 화순(和順) 동복(同福)현의 옛 이름.(『동복지(同福誌)』 권1, 참조)

장대[58]에 남은 흔적 지금도 있으니   將臺遺跡至今存

태연히 말을 몰던 장사 삼천 무리가   安驅壯士三千隊

중원을 다 쓸고 철마로 주둔했네   掃盡中原鐵馬屯

백구정을 지나면서(過白鷗亭) 정자는 김제에 있는데 공의 선고 참의공의 효자정문이 있는 곳으로 임진(1592)년에 이곳에 살았다(亭在金堤公先考參議公旌孝之所 壬辰寓居于此)

옛적에 이사해서 이곳에 살았는데   憶昔移家此卜居

전쟁이 끊어진 지 8년여 만에   干戈阻絶八年餘

지난 자취 찾으려고 다시 찾아왔으나   爲尋往跡重來到

송죽만이 그대로 있는 옛 언덕이로세   松竹依依但古墟

정 랑에게 줌(與鄭郎) 공의 사위, 이름 직, 벼슬 별제, 진주인(公之婿名稷官別提晉州人)

여러 해를 자네 집[59]에 왕래하기 자주 했지만   數年甥舘往來頻

그댈 보니 타고난 자태 여럿 중에 뛰어났네   見爾天姿出衆人

부귀 비록 참으로 좋은 것이라 하더라도   富貴雖云眞樂好

배운 글 없으면 무엇으로 제 몸 다스리겠나   無文何以庀其身

---

57 검각문(劍閣門): 장안에서 촉으로 가는 길의 대검산 소검산 사이에 있다는 관문의 이름. (『두산백과』참조)

58 장대(將臺): 옹성에 있는 지명. 지휘관이 올라서서 명령하는 대(臺).

59 생관(甥舘): 사위의 집.

허 하곡봉[60]이 찾아오니 기뻐서(喜許荷谷崶來訪)

친구가 은근히 늙은 나를 찾아왔는데	親友慇懃訪此翁
어렸을 적 얼굴 늙어서도 그대로네	少時顏面老來同
만나자마자 서울 소식 먼저 묻고	逢場先問京消息
잡은 손 놓고 술 단지 앞에 생각은 다함없네	握敘樽前意不窮

허 하곡이 서울 가는 것을 전송하다(送許荷谷之京)

그대는 남쪽 고을에 왕명 받은 신하이니	君是南州奉命臣
돌아가는 수레 앞길 말릴 수는 없지만	前程未挽北歸輪
서울 사는 옛 친구들 서로 묻는 것처럼	洛中舊友如相問
궁벽한 시골 노인 버리지 말라 하여 주소	爲說窮鄕老棄人

추석(秋夕)

가을빛의 쑥대 줄기 사람을 슬프게 하니	蕭條秋色使人悲
벌레소리에 기러기 우는 때를 만났음이라	正値蟲吟雁叫時
달을 보니 마치 요순 세상 만난 듯하고	見月如逢堯舜世
안개 속의 꽃들은 온 나라에 밝고 밝네	煙花萬國共熙熙

---

60 본문에 하곡(荷谷) 허봉(許篈)은 우리가 알고 있는 분과 동명이인(同名異人)일 듯함. 하곡
(荷谷)의 생몰은 1551-1588년이고, 백천(百泉)의 생몰 연대는 1576-1661년이어서 하곡이
죽었을 때 백천의 나이 13세임. 다만, 『백천유집(百川遺集)』 권2 「서(書)」에 〈정허사관(呈
許使官)〉이란 글이 있는데 본명은 확인할 수 없으나, 편지 내용으로 보아 '허봉'은 '허 사
관'으로 추정됨. 다음에 나오는 시 「허 하곡이 서울 가는 것을 전송하다(送許荷谷之京)」
도 마찬가지임.

환산정[61] 원운(環山亭原韻)

마당엔 외로운 소나무 섬돌엔 국화   庭有孤松階有菊
진나라 율리 사는 도연명[62]에게 배웠네   學來栗里晉先生
세상이 시끄러워 처음 계획 어긋나니   乾坤磊落違初計
산수 그윽한 곳에 만년의 정 의탁했네   山水幽閒托晚情
봄가을의 나뭇잎에도 나이를 잊었지만   葉上春秋忘甲子
마음속엔 일월로 황명[63]을 보존했네   心中日月保皇命
날 추워야 늦게 시듦[64] 그 누가 안다 했나   歲寒後操其誰識
산 늙은이 세월 따라 불평도 사그라지는 걸   時與山翁和不平

대나무 별장(竹窩)

대를 현(賢)이라 함은 어진 이를 닮아서겠지   竹以稱賢蓋似賢
고인 집 마당 가득함은 그러함을 취해서라   古人庭實取其然
성근 뿌리 침상 마루 틈으로 들어오는데   踈根穿入床軒隙

---

61 환산정(環山亭): 전라남도 화순군 동면 백천로 236-1(서성리 147번지)에 위치한 정자. 류함(柳涵)이 1637년에 의병을 해산한 뒤에 여기 와서 누정을 짓고 은거함. 처음 정자는 방 한 칸의 소박한 초정(草亭)이었는데 후손들이 1896년에 1차 중건, 1933년 보수, 2010년에 2차 중건함.(『디지털화순문화대전』 참조)

62 도연명(陶淵明, 365-427): 자(字) 연명(淵明) 또는 원량(元亮). 이름 잠(潛). 동진(東晉) 말기부터 남조(南朝)의 송대(宋代) 초기에 걸쳐 생존한 중국의 대표적 시인. 「귀거래사(歸去來辭)」는 41세 때 팽택(彭澤)현 지사(知事)를 버리고 고향 율리(栗里)로 돌아올 때 심경을 읊은 시.(『두산백과』 참조)

63 황명(皇命): 명나라 황제의 명령

64 후조(後凋): 원문에 '후조(後操)'로 되어 있는데 의미상 후조(後凋)로 고쳐 번역함. 『논어』 「자한(子罕)」27에 "날씨가 추운 뒤에 송백이 뒤에 시듦을 안다.(歲寒然後知松柏之後彫[凋])" 라는 글이 있음.

빽빽한 잎 맑음은 안독65 앞에 생겨나네　　　　密葉淸生案牘前
바둑 국면 한창일 때 소리 절로 응하고　　　　碁局圍時聲自應
술잔 기울인 곳에 그림자 서로 이어지네　　　　酒盂傾處影相連
물욕 없는 물건으로 새 별장 지은 것은　　　　新窩構得亭亭物
된서리에 절개 홀로 오롯함을 사랑함이라　　　　爲愛嚴霜節獨全

스스로 위로함(自遣)

궁벽한 곳 터 잡음은 그윽함 취함이지만　　　　卜居窮巷取幽閒
사립문 적막하니 낮에도 오히려 닫혀 있네　　　　寂寞柴扉晝尙關
서울의 소식은 천 리 밖인데　　　　消息長安千里外
남쪽의 여유로움 백 년이로세　　　　優遊南土百年間
강산은 주인 기다리나 아주 깊어 멀고　　　　江山待主深深闢
풍월은 객이 되어 밤마다 돌아오네　　　　風月爲賓夜夜還
이 속에서 심회를 위로받기 어려운데　　　　這裏心懷難可慰
시론66과 경서만이 나를 기쁘게 하네　　　　時論經籍輒怡顔

서울 여러 친구에게 부침(寄洛中諸友)

한 해 저무는 강산에 오랜만에 비 갰는데　　　　江山歲暮雨初晴
아득히 바라보는 서울 길 멀기만 하네　　　　望望長安道路長
편지만 속절없이 전하지만 천 리 밖 얼굴이라　　　書札空傳千里面

---

65 안독(案牘): 관청의 문서, 문안(文案)과 간독(簡牘)을 아울러 이르는 말.
66 시론(時論): 그때그때 일어나는 시사(時事)에 대(對)한 평론(評論)·의논(議論).

문필67 오래 못 잡아도 백년의 정이로세 　鉛槧久曠百年情
서울 성 안의 번화한 친구들이여 　　漢陽城裏繁華友
서석 산중에 늙고 병든 목숨 살아 있어서 　瑞石山中老病生
오늘 아침에도 역마 편에 편지 보내려고 　驛使今朝歸便發
짧은 글 억지로 지어 소식 부치네 　　强題短句寄音聲

양주 선조 묘에 절하고(拜楊州先墓)

천 리의 내 행보 길조차 아득한데 　　千里吾行道路悠
마침 산소와 인연 있어 양주에 있네 　祇緣邱墓在楊洲
집안 명성 대대로 벼슬살이 지속되고 　家聲世世簪纓繼
동네 이름 가마동에 해마다 머무네 　洞號年年駕馬留
분망 중에도 비명 먼저 세세히 기억하고 　忙把碑銘先細記
무덤 떼 갈아입히고68 비로소 마치었네 　夐加莎草始完修
술 석 잔을 공손히 올려 제사 드리니 　三盃椒酒恭伸奠
옷깃에 떨어지는 느꺼운 눈물 못 깨닫네 　不覺襟前感淚流

양주 선조 묘를 추억하며(憶楊州先墓)

흘러서 호남에 산 세월이 바쁜 중에 　流寓湖南歲月忙
망향대 밖의 길은 아득하기만 하네 　望鄉臺外路茫茫

---

67 연참(鉛槧): 문필(文筆), 글 쓰는 붓과 종이.
68 경가사초(夐加莎草): '경가'는 무덤의 흙을 고쳐 덮은 것이고, '사초'는 무덤에 떼를 갈아입히는 것.

동네 이름 가마이니 집안 명성 빛났는데 　　　　洞名駕馬家聲爀
비에 새긴 기린 형상 세덕[69]이 상서롭고 　　　　碑刻麒麟世德祥
조상께 정성껏 제사하며[70] 내 늙음 탄식하니 　　追遠濱誠嗟我老
선조가 남긴 경사[71] 누가 이어서 드날릴까 　　繼先餘慶孰能揚
아득히 생각하니 선산 아래 잔약한 자손 　　　遙思山下孱孫在
거친 묘소 늙은 백양목 응당 보호하겠지 　　　應護荒原老白楊

전주를 지나면서 느낌이 있어(過全州有感)

문득 바라보니 전주 또한 고향이로세 　　　　却望全州亦故鄕
옛일을 말하자 한들 상처만 더할 뿐 　　　　欲言古事只增傷
앞 사람이 닦은 집터엔 화서[72]만 자라고 　　前人基垈生禾黍
선조의 무덤엔 늙은 백양목뿐일세 　　　　先祖墳塋老白楊
남도는 비록 내 자란 곳 아니지만 　　　　南土乃非生長地
서문에는 일찍이 유랑인들 살던 곳 　　　　西門曾是寓流場
객창에 기대 고향 가는 꿈에 깨었는데 　　旅窓驚起思歸夢
의구한 전주에는 새벽달만 빛나는구나 　　依舊完山曉月光

---

69 세덕(世德): 대대로 쌓아 내려온 미덕.
70 추원심성(追遠濱誠): 조상의 덕을 추모해서 제사에 정성을 다함.
71 여경(餘慶): 남에게 착한 일 많이 한 보답으로 뒷날 자손이 누리게 되는 경사.
72 화서(禾黍): 『사기(史記)』 권38 「송미자세가(宋微子世家)」에 "기자(箕子)가 주(周)나라에 조회하러 가는 길에 은(殷)나라의 옛 도읍을 지나다가 궁실은 무너지고 화서(禾黍)만 우 거진 것을 보고 -중략- 맥수의 시를 지어 노래하였다.(箕子朝周 感過殷虛 感宮室毀壞 生禾黍 -中略- 乃作麥秀之詩以歌詠之)"라는 구절이 있음.

서석산에 오르다(登瑞石山)

구불구불 한 줄기 곤륜[73]에서 비롯되어	逶迤一脈自崑崙
빼어나게 높은 것은 논할 것 없네	峻極其高不可論
가슴 앞의 큰 바다 온갖 괴이함 생겨나고	大海襟前生百怪
무릎 아래 뭇 산은 손자들처럼 벌여 있네	羣巒膝下列千孫
규봉[74]은 홀로 빠진 진편[75]의 자국이요	圭峯獨漏秦鞭跡
광석[76]은 본래 없는 우부[77]의 흔적이라오	廣石元無禹斧痕
먼 길손 산에 오르니 느낀 바가 많은데	遠客登臨多感慨
고향 산 바라보니 저문 구름 머물었네	鄉山望處暮雲屯

지난 일을 돌아보고 느낀 회포(感懷)

떠돌던 남향에서 가을 맞은 건 몇 번인가	流落南鄉閱幾秋
중간에 집안일을 생각하면 아픔뿐이라	中間家事痛悠悠
구름도 슬퍼하는 평양(平壤)에선 형 순절	雲悽平壤阿兄殉

---

73 곤륜(崑崙): 원 뜻은 신비스럽고 하늘 가까이 있으며 여러 신들과 선인들이 살고 있다고 알려진 곳. 여기서는 무등산을 비유한 것임.(『두산백과』 참조)

74 규봉(圭峯): 광주(光州) 무등산(無等山)에 있는 바위 이름.

75 진편(秦鞭): 채찍으로 돌을 때려 옮겼다는 진시황(秦始皇) 고사. 진시황이 석교(石橋)를 놓아 바다에 나가 해 뜨는 것을 보려 하자, 신인(神人)이 돌을 굴려 바다를 메우는데 돌이 빨리 구르지 않자 채찍으로 돌을 때리니 돌에서 피가 났다고 함.(국역(國譯) 『면암선생문집(勉菴先生文集)』 권1 시 「금란굴(金蘭窟)」 주석 참조)

76 광석(廣石): 광주(光州) 무등산(無等山)에 있는 광석대(廣石臺)를 말함. 입석대(立石臺)와 함께 천황봉(天皇峯) 아래에 있음.

77 우부(禹斧): 우(禹)가 천하의 하천(河川)을 개척할 때 용문산(龍門山)을 도끼로 끊었다 하여 우부(禹斧) 또는 우착(禹鑿)이라 함.(국역(國譯) 『면암선생문집(勉菴先生文集)』 권1 시 「금란굴(金蘭窟)」 주석 참조)

강물도 목이 메는 사진(沙津)에선 누이 투신 　水咽沙津季妹投

두견이는 수심 깊어 밤 달 보고 울고[78] 　杜宇愁深啼夜月

까마귀는 정성으로 봄 언덕서 반포보은[79] 　慈烏誠切哺春邱

예로부터 고향을 그리워함이 인정이지만 　人情自古皆懷土

천 리 길 서울은 꿈속에서나 놀 수밖에 　千里長安夢裏遊

회포를 풀다(遣懷)

아침엔 샘물 마시고 저녁엔 침상에 의지하니 　朝吸淸泉夜倚床

이 늙은이 생계야 가장 황량하지만 　此翁生計最荒涼

세상의 명예와 이익에 바빠 달리지 않고 　世間名利無奔走

마을 안의 안개와 노을 주장대로 맡기네 　洞裏煙霞任主張

아이들은 옛글 외며 학업을 닦고 　兒誦古書修學業

아내는 새 술 걸러 병 술잔에 부으니 　妻醸新釀引壺觴

산촌 집의 즐거움 이만하면 족한 거지 　山家樂事知爲足

벼슬 바다 돛대 달고 풍파 향해 즐겨 가랴? 　肯向風波宦海檣

---

78 두견새는 접동새, 자규(子規), 망제(望帝), 불여귀(不如歸), 귀촉도(歸蜀道) 등으로 불리는 애상을 상징하는 새. 달밤에 우는 두견새는 촉나라 망제(望帝)의 넋으로 고향에 돌아가지 못해 한을 품고 처절하게 울 때마다 피를 토하고 그 피가 진달래 꽃잎에 떨어져 꽃잎이 빨갛게 물이 들었다 하여 진달래를 두견화라는 고사가 있음.(『한국민족문화대백과』참조)

79 反哺報恩(반포보은): 먹이를 돌려드림으로써 은혜에 보답함. 즉 깊은 효심을 가리키는 말. 까마귀는 자라서 어미에게 먹이를 물어다 주어 키워준 은혜에 보답하는 반포지효(反哺之孝) 동물이라 함.

속세를 떠난 삶(幽居)

조용한 띠 집에 대나무가 빗장이라	蕭然茅屋竹爲關
특이한 세상이 이 사이에 있네그려	別樣乾坤在此間
쇠한 지경 저문 회포 백발을 한탄하니	衰境暮懷嗟白髮
만년의 그윽한 취미는 청산뿐이로세	晩年幽趣只靑山
물에 마음 없으니 속세가 멀어지고	物無馳念塵埃遠
일에 마음 아니 두니 언제나 한가롭네	事不留情日月閒
때때로 맑은 샘에 가서 도체[80]를 살피니	時往淸泉觀道體
가는 것이 이와 같되[81] 다시 오지 않네	如斯逝者夐無還

양주 이 씨 친구에게 부침(寄楊州李友)

먼 길 나그네 고향 떠나 이곳에 머물러도	遠客離家滯此土
꿈과 혼은 다만 한강 가에 붙어 있네	夢魂只着漢江邊
타향살이에 돌아갈 생각 많았지만	他鄕日月多歸思
고향의 바람 안개 늘그막에 맺혀 있네	故國風烟屬暮年
어렸을 적 그대 함께 죽마타고 지냈는데	共子靑春騎竹馬
백발 되어 나 홀로 두견 소리 듣고 있네	獨吾白髮聽花鵑
서쪽 서울 바라보니 구름만 아득하고	長安西望雲茫渺
얼마간 품은 정을 짧은 글에 부치노라	多少情懷寄短箋

---

80 도체(道體): 도의 몸(본체)을 말함. 성리학에서 우주의 현상과 인간의 심성과의 관계를 논하면서 이 두 가지의 본원적인 것을 도체라고 했다.

81 서자여사(逝者如斯): 공자가 시냇가에 있으면서 "가는 것이 이와 같구나. 낮이고 밤이고 멈추지 않는구나.(逝者如斯夫 不舍晝夜.)"라고 탄식한 말이 『논어(論語)』「자한(子罕)」16에 보인다.

마음에 품은 생각을 말하다(述懷)

궁벽한 시골에 누워 있으니 나그네도 찾지 않고	久臥窮村客不尋
스스로 가엾음은 늙어서 병이 날로 찾아옴이라	自憐衰病日相侵
푸른 끈에 엮은 책은 선사[82]의 얼굴이요	青編黃卷先師面
흐르는 물 푸른 산은 처사의 마음이라	流水青山處士心
그윽한 회포 위로코자 술을 자주 마시고	欲慰幽懷頻飲酒
문득 맑은 흥취로 거문고를 매양 타네	輒因清興每彈琴
서울의 옛 친구들 만나보기 드무니	洛中故舊稀逢着
다만 좋은 소식 얻으려고 편지 보내네	但寄便書得好音

완산 이 씨 친구에게 드림(贈完山李友)

여관이 쓸쓸하니 생각하는 바가 있어	旅館蕭條有所思
옛 친구 찾아와 즐거운 이야기 나눌 적에	故人來會笑談時
반가운 눈길[83] 서로 씻고 정성스런 뜻 담아	青眸相拭欸欸意
막걸리도 다정하게 연모하는 술잔이라	白酒多情眷眷卮
머리털에 백발 섞여 그대 늙음 알겠으니	頭髮霜侵知子老
타향살이 오래되니 나의 쇠함 깨닫는다	他鄉歲久覺吾衰
가련하구나, 백 리 먼 오성[84] 나그네	可憐百里烏城客
부여잡고 이별하는 자리 눈물만 끊임없네	握手離亭淚若絲

---

82 선사(先師): 공자(孔子)를 가리킴. 공자가 만년에 『주역』을 좋아하여 죽간(竹簡)을 묶은
   가죽 끈이 세 번이나 떨어질 정도로 탐독함.(『사기(史記)』 권47 공자세가(孔子世家) 참조)
83 청모(青眸): 반가운 눈길. 진(晉)나라 완적(阮籍)이 미운 사람을 보면 백안(白眼)으로 보
   고, 반가운 사람을 보면 청안(青眼)으로 보았다는 데서 유래되었음.
84 오성(烏城): 화순(和順)의 옛 지명.

정 순상[85]과 이별하다(奉別鄭巡相) 명 경세, 호 우복이 전라도 관찰사로 서암 환산정을 방문하였는데 깊은 회포에 경도되어 출발에 임해서 시 한 수를 보운[86]으로 화답함(名經世號愚伏完伯訪于瑞巖環山亭傾倒底蘊臨發出一首詩步韻以答)

빛난 옥절[87] 차고서 시골에 찾아오니	煌煌玉節訪林下
나는 입던 옷 추겨 입고 당신은 눈을 씻네	我拂山衣子拭眸
따라 놀던 때를 어제 일처럼 매양 기억하지만	每憶追遊如昨日
만남이 금년 가을일 줄 어찌 헤아렸겠소	豈料逢着在今秋
십 년의 서울생활[88]은 모두가 총각머리	十年洛社皆髦髮
천 리 타향살이에 백발이 다 되었네	千里他鄉盡白頭
이 세상에선 두 노인[89] 다시 만나기 어려우니	此世夐難逢兩老
멈춘 술잔 소매 잡고 머물기를 더디하네	停盃挽袖故遲留

을사년 여러 공들의 소환을 기뻐함(喜乙巳諸公召還)

동벽[90]이 처량하기 몇 년이나 되었던가	東壁凄涼問幾年

---

85 정 순상(鄭巡相): '순상'은 조선(朝鮮) 시대(時代)에 임금의 명을 받고 사신(使臣)으로 나가거나 지방을 순시하는 재상(宰相)으로 종2품(從二品) 임시(臨時)벼슬. 정 순상은 정경세(鄭經世, 1563-1633) 조선 중기 문신 겸 학자. 임진왜란 때 의병을 일으켜 공을 세운 뒤 수찬·정언·교리·정랑·사간을 거쳐 1598년 경상도 관찰사가 되고, 1610년 10월 외직을 원하여 나주목사에 배명되었는데 12월 부임하는 날에 다시 전라감사에 영전되고, 화순에 와서 백천을 만난 것은 1611년 8월로 추정되므로 세주(細註)의 '瑞巖環山亭'은 '百泉齋'일 듯.(『한국민족문화대백과』참조)

86 보운(步韻): 타인의 시에 화답하여 매 연(聯)에 모두 본래의 운을 사용하는 작시 방식.

87 옥절(玉節): 옥으로 된 부절(符節).

88 낙사(洛社): 본래 송나라 문언박(文彦博)이 결성한 문인들의 기로회(耆老會)이지만, 여기서는 서울생활을 의미함.

89 두 노인[兩老]: 당시 백천(百泉)의 나이가 36세이므로 여기 두 노인은 아마도 백천의 부친 열역재(悅易齋)와 정 순상(鄭巡相)을 지칭한 것이 아닌가함.

문장 궁달은 모두가 하늘에 달린 것	文章窮達摠由天
의젓한 모습 분주히 꾸미는 대궐[91] 앞에서	羽儀奔飾丹墀上
도깨비도 도망가기 어려운 임금님[92] 곁이라	魑魅難逃白日邊
평지풍파가 이로부터 그치니	平地風波從此息
강호의 늙은이가 비로소 편히 자네	江湖霜髮始安眠
맑고 밝은 성덕이 중흥하는 때에	淸明聖德中興世
벼슬하는 여러 인사 어짐이로세	官笏諸人莫不賢

완산 이 씨 친구 만사(輓完山李友)

지난 세월 나그네로 얼굴 함께 대했는데	往世旅窓共對面
그대 어찌 갑자기 오늘 떠났다 하는가	君胡今日遠云区
덕 추천하는 사람 없어 공정함을 차탄하고	人無薦德嗟公道
어질어도 오래 못 산 저 죽음 어쩔거나	理不壽仁奈彼蒼
뒷기약 처량하니 무량 세월[93]의 처지요	後約凄涼塵刼地
옛 정 아득하니 꿈에 놀던 장소로다	舊情微渺夢遊場
완산에 달 지고 상여 떠난 새벽에	完山落月歸輀曉
만사 지어 보내니 눈물만 옷에 가득	題送哀詞淚滿裳

---

90 동벽(東壁): 문장(文章)을 맡아 주관한다는 별 이름으로 실성(室星). 동쪽에 있기 때문에 동벽(東壁)이라고 함. 여기서 전하여 왕실 도서(圖書)의 비부(祕府)라는 뜻으로 쓰이기도 하고, 벼슬아치가 출근하여 모여 앉을 때 좌석의 동쪽에 있는 벼슬을 말하기도 함. 의정부 좌참찬(左參贊), 홍문관 응교(應敎) 및 부응교(副應敎), 통례원(通禮院) 인의(引儀) 등이 여기에 앉음.(『한국민족문화대백과』 참조)

91 단지(丹墀): 어전 또는 궁궐을 뜻함.

92 백일(白日): 임금님을 가리킴.

93 진겁(塵刼): 진겁(塵劫)으로 과거나 미래의 티끌처럼 많은 시간(불교용어).

제야(除夜)

외로운 이슬처럼 남은 인생 지금 보니	孤露餘生見此辰
찬 등불 가물가물 수심 어린 사람 대하네	寒燈明滅對愁人
아내는 차조 술 걸러서 손님을 기다리고	妻醮秫酒需賓客
아이는 복숭아 가지 꺾어 귀신을 쫓고 있네	兒折桃枝呪鬼神
폭죽 소리 속에 묵은해를 아쉬워하나	爆竹聲中憐舊歲
찬 매화 그림자 속에서 새봄을 반기네	寒梅影裏喜新春
눈 깜짝하는 세월에 어찌 모름지기 한탄하랴	光陰焂忽何須恨
장수하는 마을에서 숨어 사는 노인이로세	壽域乾坤老逸民

김 우송[94]에게 화답함(和金友松)명 세규, 진사(名世奎進仕)

노인의 고상한 취향 소나무와 벗함인데	斯翁高趣松爲友
타고난 성품이 평생 홀로 진솔함이라	天性平生獨率眞
벽엔 시서 가득하니 성현들의 업적이요	滿壁詩書先聖業
뜰엔 꽃나무 가득하니 집은 절로 봄이로세	盈庭花樹自家春
문하엔 덕으로 감화된 선비가 얼마던가	幾多門下薰陶士
산림에서 도(道) 즐기는 사람의 애석함일세	可惜林間樂道人
맑은 가르침 이어오니 물욕에 더럽히지 않고	淸誨承來無物累
대자리에 오르니 상쾌한 정신 도리어 깨닫네	登筵還覺爽精神

---

94 김세규(金世奎, 1538-1619): 본관은 부평(富平), 자는 경소(景昭), 호는 우송(友松). 선조
15(1582)년 식년 진사시에 합격하였다. 곤재(困齋) 정개청(鄭介淸)을 사사(師事)하였으며,
집안이 부평(富平)에서 화순(和順)으로 이주하고 우송재(友松齋)를 지었다고 하나 지금은
없음. 지봉(芝峰) 이수광(李睟光), 우복(愚伏) 정경세(鄭經世), 백천(百泉) 류함(柳涵) 등과
교유. 『백천유집』 권2에 「김우송에게 준 서한(與金友松書 二)」 두 편이 있음.(국역(國譯)
지봉집(芝峯集) 권18 「승평록(昇平錄)」 주석 참조)

느낌이 있어(有感)

한해 저무는 궁벽한 산 온갖 느낌 오랜데	歲晏窮山百感長
눈에 닿는 곳마다 슬픔이 더하네	無非觸目增悲傷
깊은 밤 달 보고 우는 두견새 싫도록 듣고	淡宵厭聽鵑啼月
해 지자 서리 보고 우는 기러기 수심으로 듣노라	落日愁聞雁叫霜
서석에서 세월은 머리 위로 지나지만	瑞石年光頭上過
양주의 물색은 꿈속에서도 자상하구나	揚州物色夢中詳
빈 집이 적막하여 잠 이루기 어려운데	虛堂寂寞難成寐
억지로 일어난 아이들 한잔 술 올리네	强起兒曹進一觴

학문에 힘쓰는 자(勉學者)

글을 한다는 것 반드시 헛된 영화 사모함 아니고	爲文不必慕浮榮
마음 바르게 하려면 먼저 뜻을 정성스럽게 해야[95]	先正其心在意誠
진실한 공부는 애를 써서 얻음으로 말미암고	眞實工由勤苦得
장차 학업은 스스로 확충하여 이룸에 있네	就將業自擴充成
휘장 내린 동중서[96]는 3년을 지냈고	下帷董子經三載
눈빛에 독서한 손강[97] 새벽에 이르렀네	照雪康公到五更

---

95 『대학장구』에 "그 마음을 바르게 하고자 하는 자는 먼저 그 뜻을 정성스럽게 하고,(欲正
  其心者 先誠其意)" 구절이 있음.

96 동자(董子): 동중서(董仲舒)를 말함. 진나라 분서갱유(焚書坑儒)로 육경(六經)이 지리멸렬
  해진 시기에 한(漢)나라에서 태어나 휘장을 내린 채 열심히 학문을 닦아 큰 사업에 마음
  을 기울여서 모든 유학자들의 우두머리가 됨.(『인물세계사』 참조)

97 강공(康公): 손강(孫康)을 말함. 그는 겨울밤에 눈[雪] 빛에 책을 비추어 새벽까지 열심히
  글을 읽었음. 집이 가난해도 굴하지 않고 꿋꿋하게 고학(苦學)함을 두고 이름.(『인명사전』
  참조)

예로부터 궁벽한 선비 책으로 목표 달했으니   從古窮儒書以達
방황하며 놀다가 끝내 이름 없는 자 되지 마소   浪遊莫使竟無名

이 지봉수광[98]에게 보냄(送李芝峯晬光)

서울 소식 그대한테서 알고 지냈으니   洛中消息自君知
여러 친구 존망을 몇 번이나 물었던가   諸益存亡問幾時
병들어 빈산에 누워 세월을 잊다보니   病伏空山忘歲月
오늘 아침에야 비로소 내 쇠함 알았네   今朝始覺我將衰

정사에서 늦은 흥취(精舍晚興)

한낮에 열면 산을 보는 지게문이요   晝闢看山戶
새벽에 열면 주역 읽는 창문이라   晨開讀易窓
속된 기운 거의 사라지고 흩어지니   塵氛近消散
꽃과 풀은 봄 강에 가득하구나   芳草滿春江

---

98 이수광(李晬光, 1563-1628): 본관(本貫) 전주(全州), 자(字) 윤경(潤卿), 호(號) 지봉(芝峯).
조선 중기의 문신이자 학자. 나라가 어려웠던 임진란 때 중요한 관직을 지냈고, 세 차례
나 명나라 사신으로 다녀왔음. 전라도(全羅道) 광산(光山) 현감 때 화순(和順)에 살던 백
천(百泉) 류함(柳涵)을 방문.(국립중앙도서관 디지털컬렉션: 한국의 위대한 인물 참조)

부 제현 시편(附諸賢詩什)

만사(輓)

구봉 조엽(九峯曺熀)

구십 세 오랜 삶을 누렸고	九十遐年享
자손 또한 집안에 가득하네	子孫又滿堂
한 마을이 어찌 슬퍼하리오만	一鄕何所恨
어른의 항렬[99]이 다시는 없네	無復丈人行

백천 선생 환산정 운을 공경히 차운하다3수[100](敬次百泉先生環山亭韻三首)

이도희(李道熙)

호 풍계, 덕수인(號豊繼德水人)

물 가까이 날개처럼 작은 봉우리에 의지하여	臨水翼然依小岫
좌로는 서암이요 우로는 용이 생겨나고	瑞巖左列右龍生
처음에 적벽 보니 옛 자취를 품었고	始看赤壁懷古蹟
환산정 중건[101]에 선인의 정 그리워라	重建環亭慕先情
들 색은 확 트여 가슴 속이 상쾌하고	野色通開胸海爽
산 모습 기이하고 빼어나 시선이 밝도다	山容奇秀眼波明

---

99 장인항(丈人行): 아내의 아버지인 장인 항렬이라는 뜻이지만, 여기서는 어른에 대한 존칭.

100 세주(細註) 3수는 제2수 다음에 신운(新韻)으로 따로 된 것을 포함.

101 환산정은 1896년에 1차 중건, 1933년 보수, 2010년에 2차 중건. 여기서는 1차 중건을 가리킴.

이제 띠 집의 들보와 천석 완성했으니　　　　今成茅棟兼泉石
별장 같은 님의 집 영세토록 평안하리　　　　別業君家永世平

바위는 거북이 엎드린 듯 천추에 상서롭고　　巖形龜伏千秋瑞
산세는 용의 반석 일맥으로 생겨났네　　　　山勢龍盤一脉生
육칠 리 행보를 어찌 사양하리오　　　　　　六七里行何所讓
서남 봉우리 아름다움에 다정함도 최고라　　西南峯美最多情
류 씨 문중 이룬 업적 마음껏 축하하니　　　柳門成業心誠賀
이 군수 오는 때에 눈도 밝고자 하네　　　　李郡來時眼欲明
언덕에 의지한 정자 그림자도 아득하니　　　亭立依崗影縹緲
잔치 열고 온종일 태평을 노래하네　　　　　宴高鎭日歌太平

새 운으로 율시 한 수를 삼가 드림(謹呈新韻一律)

하늘이 열리고 적벽을 누가 전담했는가　　　天開赤壁孰任專
인(仁) 지(智)로 소요하며[102] 백천으로 호를 했네　仁智逍遙號百泉
일세의 영화를 꿈속에 던져두고　　　　　　一世榮華投夢境
사계절 경물은 마음 밭에 심었네　　　　　　四時景物種心田
선생의 남긴 터에 정자를 수리하니　　　　　先生遺址亭修葺
태수의 식거[103]는 어진이 사모하는 예로세　太守式車禮慕賢
낙성연 처음 베푼 것이 중구일이요　　　　　落宴初高重九日
강산은 그림 같은 건양년[104]일세　　　　　江山如畫建陽年

---

102 인지소요(仁智逍遙): 산수(山水)를 즐긴다는 뜻. 『논어』 「옹야(雍也)」 21에 "지자는 물을
　　좋아하고 인자는 산을 좋아한다.(知者樂水 仁者樂山)"라는 말이 있음.
103 식거(式車, 軾車): 높은 분이 수레를 타고 가다가 답례(答禮)를 해야 할 때 수레 앞 가로
　　막대에 손을 얹고 경의(敬意)를 표하는 일. 여기서는 이 군수가 방문함을 가리킴.

백천 선생 환산정에 씀(題百泉先生環山亭)

종손 후학 풍렬(宗後學灃烈)

호 사우, 지 능주(號四愚知綾州)

생사를 부러워하지 않음을 누가 오롯이 하랴	不羨生死孰爲專
대의에 밝고 밝아 한결같은 백천이로세	大義昭昭一百泉
기개는 꿰고 뻗쳐 기백의 바다 기울이고	貫亘氣虹傾膽海
성리는 익히고 닦아 마음 밭을 다스렸네	講磨性理治心田
환산에 세운 정자 지금 다시 솜씨 내니	亭立環邱今復擅
벽은 기이한 전서체 되어 오히려 낫네	壁成奇篆已猶賢
때가 마치 중양절이라 겸해서 취했으니	時値重陽兼有醉
태평의 해에 서로 즐겨 길이 노래하네	永言相樂太平年

---

104 건양(建陽): 고종(高宗) 33년부터 이듬해 7월까지 사용한 연호(年號, 1896-1897)인데 1차 중건 일이 1896년이어서 '건양년(建陽年)'이라 함.

표문(表)

순임금에게 당신 마음이 그치는 곳에서 편안히 하시기를 백우가 청함105(虞伯禹請安汝止)

그지없는 아름다움 또한 아름다운 것은 바야흐로 당신 덕의 다스림이 그 그칠 바에서 그칠 것을 알아서 우러러 힘씀입니다. '당신 마음의 편안함'의 말을 감히 좇아서 한결같은 마음으로 태연하고, 온갖 이치가 바른 흠모를 따라서 하늘을 감동시키니, 그 덕은 매서운 바람에도 혼미하지 아니합니다.106 온갖 형체가 모여 중(中)을 잡아107 능히 인심(人心)과 도심(道心)의 차이를 살피고, 온갖 기미(機微)를 밟아서 아래 백성을 다스리니 오로지 정밀하고 전일한108 공(工)을 모

---

105 안여지(安汝止): 우(禹)가 순(舜)에게 권유한 말로, "당신의 마음이 그치는 곳에서 편안히 하여 기미를 생각하고 편안히 할 것을 생각하며, 보필하는 신하가 곧으면 행동하는 대로 크게 응하여 뜻을 기다리는 것입니다.(安汝止 惟幾惟康 其弼直 惟動 丕應徯志)"라는 구절에 대해서 그 전(傳)에, "지(止)는 마음의 그치는 바라. 인심의 영(靈)은 사물마다 각각 지선(至善)의 곳이 있지 않음이 없어서 옮길 수 없지만, 사람은 오직 사욕의 생각이 그 중에 동요하여 처음에는 이(理)에 몽매함이 있어 그칠 바를 얻지 못하는 것이니, 그칠 곳에 편안히 한다고 이른 것은 도심(道心)의 바름에 순히 나아가고, 인욕(人慾)의 위태로움에 빠지지 아니하여 일상의 모든 행동이 각기 마땅함을 얻는 것이다.(止者 心之所止也 人心之靈 事事物物 莫不各有至善之所而不可遷者 人惟私欲之念 動搖其中 始有昧於理而不得其所止者 安之云者 順適乎道心之正 而不陷於人欲之危 動靜云爲 各得其當)"라는 내용이 있음.(『서경(書經)』「우서(虞書), 익직(益稷)」참조)

106 열풍불미(烈風弗迷): 열풍에도 혼미하지 않음. [요(堯)가 순(舜)에게] "오전(五典: 오륜)을 삼가 아름답게 하라 하시니 오전이 능히 순하게 되었으며, -중략- 큰 산기슭에 들어가게 하시니 열풍(烈風)과 뇌우(雷雨)에도 혼미하지 않았다.(愼徽五典 五典克從 -中略- 納于大麓 烈風雷雨弗迷)"라는 구절이 보임.(『서경(書經)』「우서(虞書), 순전(舜典)」참조)

107 집중(執中): 윤집궐중(允執厥中)의 줄임말. 과부족이나 치우침 없이 마땅하고 떳떳한 도리를 취함. 『중용(中庸)』에 "진실로 그 중을 잡는다.(允執厥中)"라는 말이 보임.

108 유정유일(惟精惟一): 오직 정밀하고 전일함. 『서경(書經)』「우서(虞書), 대우모(大禹謨)」에 "오직 정밀하고 전일하여야 진실로 그 중을 잡으리라.(惟精惟一 允執厥中)"라는 구절이 있는데, 생각이 일어났을 때 그 선(善)과 악(惡)의 기미를 잘 살펴서 선을 가리어 전

두 우려롭니다.

이로써 천자의 덕화가 날로 새로워져 볼 만하고, 지극한 다스림에 감화되니, 생각건대 오직 임금의 마음이 추향(趨向)하는 즈음에 요체(要體)는 성상(聖上)의 생각을 조존(操存)[109]하는 방법에 있습니다. 안으로 수양하는[110] 공부는 지선(至善)의 경지에 마땅히 머물도록 능히 오롯하게 하는 것이어서, 밖에서 유혹하는 사물이 쌓여서 움직이지 못해도 본래 부여받은 천성을 보존할 수 있는 것은 오직 그 위태롭고 자질구레한 사이에서 스스로 모였다가 물리침이 있어서입니다. 아니면 흉중의[111] 두려움에 흔들리고 무너져서 침노해 오는 것이 쉽게 이르게 됩니다. 그러므로 이에 임금님의 마음이 혹 옮겨지면 반드시 인욕(人慾)이 서로 가리는 바가 되어 단전(丹田)의 서기(瑞氣)도 퍼져서 다 매몰되어 버립니다. 들고나는 때에 옥연(玉淵)[112]의 맑은 물결이, 달리고 달리는 생각을 흔들어 물리치니, 임금의 밝은 지혜[113]는 굳게 서는 데에서 덕이 이미 높아[114] 동정(動靜)의 방향을 소

일(專一)하게 지켜야 중도(中道)를 잡을 수 있다는 뜻이다. 이것은 동적(動的) 상태에서 마음의 작용을 성찰(省察)하여 조존(操存)하는 공부이므로 정적(靜的)인 상태에서 마음의 본체를 함양(涵養)하는 공부가 아니다.

109 조존(操存): 마음을 다스려 올바른 방향으로 길러 나가는 것. 『맹자(孟子)』「고자(告子) 상(上)」에 "마음은 잡아 두면 있고, 놓아 버리면 없어지는 것으로, 나가고 들어오는 것이 일정한 때가 없으며, 어디로 향할지 종잡을 수가 없는 것을 오직 마음이라 이름인저.(操則存 舍則亡 出入無時 莫知其鄉 惟心之謂與)"라고 한 공자의 말이 인용되어 있음.

110 내양(內養): 안으로 수양함. 《수진비록》에 소개된 내양(內養) 방법은 항상 두 눈을 내리깔고 마음을 돌려 내관(內觀)하면서 심화(心火)를 단전(丹田)으로 끌어내리고, 정신을 깊은 곳에 간직하여 밖으로 흩어지지 못하게 하면 정신(精神)과 기(氣)가 자연히 서로 조화를 이루어 장수할 수 있다고 하였음.(국역(國譯)『성소부부고(惺所覆瓿藁)』「한정록(閒情錄)」권15 〈섭생〉 참조)

111 방촌지상(方寸之上): 흉중 또는 심장을 말함.

112 옥연(玉淵): 투명하고 천진한 사람의 본성을 비유하는 말.

113 성명(聖明): 임금의 밝은 지혜.

114 수각(竪脚): 굳게 섬. 본문에 '소어수각(邵於竪脚)'으로 되어 있는데 문맥상 '덕 높을 소(邵)'로 보고 번역함.

홀히 하지 않습니다.

물아(物我)가 근원에서 형체를 바꾸고 어찌 본성을 함양하는[115] 의 (義)를 속이겠습니까? 방자하게 '안(安: 편안함)' 한 글자의 의미를 가지고 감히 사방(四方) 문(門)의 귀를 활짝 열어놓고[116] 이에서 그치겠습니까? 마땅히 사물이 왕성히 자라 움직이고 멈춰서[117] 두려운 생각이 편안히 정해질 것입니다. 어찌 견고한 대책을 살피지 아니하고서 마음을 태평하게 하며, 오롯이 정미하게 공경과 두려움의 도(道)를 소홀함 없이 뭇 이치를 꾸미고, 힘을 써서 을야(乙夜)의 정성[118]을 능히 더하는 것이 이른바 당신 마음에 편안함이니, 누가 '그 그칠 바를 얻었다.'라고 말하지 않겠습니까? 향하는 바에서는 털끝만큼이라도 어긋나기 쉬운데 어찌 움직여 본원(本源)을 굳게 지키고, 물욕은 이미 흔들림 속에서 떨쳐내기가 어려운데 짧은 순간이라도 고요할 수 있겠습니까?

실지로 성상(聖上)께서는 공부의 조예(造詣)가 이미 견고하여 비록 안택(安宅)의 이것을 알지라도, 인심의 왕래에 놓여 있어 일정함이 없으니, 바른 길이 혹 어긋날까 몰래 두려워하고, 그윽한 덕이 상제(上帝)를 대하듯이 임금을 대하는 것을[119] 볼 수가 있으며, 드리운 달이 화려함은 천체(天體)의 본래 본분이므로 능히 함께 탄일(誕日)을 선포하는데 마땅히 힘쓰는 성상(聖上)의 의지와 생각은 그 편안한 바를 보는데 망령된 행동이 아닙니다.

---

115 존양(存養): 본성을 함양함.
116 『서경』 「우서(虞書), 순전(舜典)」에 순 임금이 즉위하고 나서 "사악에게 자문을 구하며 사방의 문을 열어 놓고 사방의 눈으로 자신의 눈을 밝게 하고 사방의 귀로 자신의 귀를 통하게 하였다.(詢于四岳 闢四門 明四目 達四聰)"라는 말이 나옴.
117 진동(軫動): 진진동식(軫軫動息)의 줄임말. '진진'은 '만물익대(萬物益大)'로 사물이 왕성한 모양. '동식'은 움직이고 멈춤.
118 을야지성(乙夜之誠): 을야는 이경(二更 밤 9시-11시). 늦은 밤까지의 정성.
119 대월(對越): 대월상제(對越上帝)의 줄임말. 상제를 대하듯 임금을 마주한다는 뜻.

한나라 군신들이 태공과 여후[120]가 초나라에서 한나라로 돌아옴을 축하함(漢羣臣賀太公呂后自楚歸漢)

8년 동안 서쪽에서 바라보던 병[121]이 맺힌 것은 전쟁 때문에 길이 험했기 때문이었습니다. 양궁(兩宮)[122]이 동쪽에서 돌아오자 집과 나라에 기쁨과 경사가 넘치고, 근심이 풀리자 높은 곳에 올라가서 집안의 화목이 회복된 것을 기뻐했습니다. 공경하여 아버지를 사랑하고,[123] 정성이 깊어 아내에게 모범이 되니, 덕화가 흡족하여 날마다 문안을 두루 살펴서[124] 조석(朝夕)으로 자식의 직분을 거의 다했습니다.

탕산(碭山)에 채운(彩雲)이 서려 있어[125] 환란 중에 매양 고생을 함께 했는데, 이성(二聖)[126]이 초나라에 얽매인 굴욕을 입은 것을 생각하면, 오늘날 끊고 돌아온 것은 한(漢)의 소망이었습니다. 가고(笳鼓)[127]

---

120 태공(太公)은 한왕(漢王) 유방(劉邦)의 아버지이고, 여후(呂后)는 유방의 부인이다.(『사기(史記)』 권7 「항우본기(項羽本紀)」 참조)

121 한(漢)왕이 팽성(彭城)에서 초군(楚軍)에 대패한 후 패현(沛縣)에 있던 가족들을 데려오려다가 실패하고, 심이기(審食其)가 태공과 여후를 도와 유방에게 도망가려고 샛길을 찾다가 항우에게 볼모로 붙잡히고 항우는 이들을 8년 동안 군중에 두고 데리고 다녔음.(『사기(史記)』 권7 「항우본기(項羽本紀)」 참조)

122 한왕의 아버지 태공과 한왕 부인 여후을 가리킴.

123 태공(太公)이 항우(項羽) 진영에서 돌아온 뒤에 한(漢) 고조(高祖)는 닷새에 한 번씩 태공에게 인사를 드리러 왔는데 평민들 부자간의 예와 같았다.(『사기(史記)』 권8 「한고조본기(漢高祖本紀)」 참조)

124 주선(周膳): 두루 살핌. 주 문왕(周文王)이 세자로 있을 적에 아침과 점심과 저녁 등 하루에 세 차례씩 왕계(王季)에게 문안을 올렸다는 '문침시선(問寢視膳)'의 고사가 『예기(禮記)』 「문왕세자(文王世子)」에 있는데 황태자가 효성스럽게 황제에게 문안을 드리는 것을 말함.

125 한(漢)왕 유방(劉邦)이 처음에 망산(芒山)과 탕산(碭山)에 숨어 있을 때에 그가 있는 위에는 채운이 서려 있었으므로 그의 처 여 씨(呂氏)가 찾아갔다는 고사가 있음.(『사기(史記)』 권8 「한고조본기(漢高祖本紀)」 참조)

126 태공과 여후.

127 피리와 북 소리로 군악(軍樂)을 의미함,

에 엉긴 정이 얼마나 절실했으면, 용안이 부르짖으며 눈물 흘리고, 금슬(琴瑟)이 서로 즐기었겠습니까. 차마 말하자면 호랑이 입에 머무름이라. 수수(睢水)의 통한이 더욱 심하였으니,[128] 어느 때고 광무(廣武)의 군[129]이 되돌아 올 것을 말했는데, 이 거사를 생각하지 않은 날이 없었습니다.

마침 황후께서는 절박하게도 발을 절름거리고,[130] 나의 회명(懷命)은 유세사(遊說士)를 시켜서[131] 어가를 되돌려주도록 요청하는 것이라 하여, 비애(悲哀) 위주로 간절하게 소, 양, 돼지 같은 희생(犧牲)물로 공궤(供饋)하고, 절박한 고충과 견책의 말[132]로 상체(象揥)[133]의 귀국을 누누(縷縷)히 말했습니다. 홍구(鴻溝)의 약속[134]은 이미 정해져서 전(前)에 같은 말이 없었음을 보여주지만, 원숭이가 관을 쓴 마

---

128 유방(劉邦)의 한(漢)나라 군대가 항우(項羽)의 초(楚)나라 군대에게 계속 쫓기다가, 10여만 명이 수수(睢水)에 수장되니 수수의 물이 이 때문에 막혀서 흐르지 못했다. 이때 초나라 군대가 유방을 세 겹으로 에워쌓는데, 대풍(大風)이 서북방에서 일어나 나무를 뽑고 지붕을 날리는가 하면 대낮이 칠흑처럼 어두워지면서 바람의 방향이 초나라 군대를 향했으므로 초나라 군대가 혼란해진 틈을 타서 유방이 빠져나와 도망쳤다.(『사기(史記)』 권7 「항우본기(項羽本紀)」 참조)

129 광무지군(廣武之軍): 초(楚)나라 항우(項羽)와 한(漢)나라 유방(劉邦)이 각각 광무에서 몇 달 동안 대치했는데 항우이 광무산을 사이에 두고 한왕과 서로 대화를 나누었다. 한왕이 항왕의 죄목을 하나하나 지적하자, 항왕은 화가 나서 한바탕 싸우려 했으나, 한왕이 이에 응하지 않자 항왕은 숨겨온 쇠뇌를 쏘아 한왕을 명중시켰다. 한왕이 부상을 입고 성고(成皐)로 달아났다.(『사기(史記)』 권7 「항우본기(項羽本紀)」 참조)

130 심이기(審食其)가 태공과 여후를 도와 유방에게 가려고 샛길을 찾을 때 여후가 발을 다침.

131 회명(懷命)으로 유세사(遊說士)를 시켜서: 자신의 생각을 유세사[陸賈와 侯公]에게 명함.

132 한왕이 광무산을 사이에 두고 항왕과 대치하고 있을 적에 한왕이 항왕의 죄목 열 가지를 하나하나 지적한 것을 말함.

133 상체(象揥): 상아 비녀라는 뜻으로 여기서는 여후를 말한 듯.

134 『고금고(古今攷)』 「항우귀태공여후(項羽歸太公呂后)」에 "처음에 한왕이 육가(陸賈)를 보내어 항우에게 태공을 보내 달라고 청하였으나 항우가 듣지 않자, 재차 후공(侯公)을 보내어 홍구(鴻溝)를 경계로 천하를 반으로 나누어 서쪽은 한(漢)이 동쪽은 초(楚)가 가지기로 약속하니 항우가 태공과 여후를 돌려보냈다. 이때가 B.C. 203년 9월인데 태공(太公)과 여후(呂后)가 돌아오자, 군사가 모두 만세를 불렀다.(국역(國譯)『치평요람(治平要覽)』 권129 참조)

음[135]을 알지 못했으니, 어찌 금후(今後)에 되돌아올 희망이 있었겠습니까마는, 한 마디 말로 극복되었으니 얼마나 다행입니까.

양성(兩聖)께서 빠르게 돌아옴에 이르러서 임금 수레가 환영하여 일상의 예(禮)를 다시 닦고, 꿩 털로 장식한 수레를 기뻐 보게 되니 화락(和樂)의 정을 다시 펴게 되었습니다. 중간 8년의 세월에 눈물을 흘리며 울지 않은 적이 없으니, 상하 일국(一國)이 장구치고 춤을 추며 이 모두 기뻐 날뛴 정성입니다. 진실로 임금님의 연모하는 마음이 아니었다면 어찌 금일의 회합의 경사가 있었겠습니까. 예전처럼 문안을 드리고 다시는 눈앞에서 이별하는 회한이 없도록 하여 유신(維新)의 꿈을 함께하는 것이 이에 있습니다.

모두 모인 기쁨은 바로 하늘의 성의(誠意)가 이르렀음을 알고, 능히 날래고 사나운 마음을 돌렸으니, 이것은 땅을 떼어 주는 여유로운 약속으로 편안히 화락한 즐거움을 이루었습니다. 돌이켜 생각하면 길 사이의 수치(羞恥)는 오히려 초나라 백 년에 있으니, 중주(中州, 陝西省 지역)의 형상을 살펴보면 또한 한나라 태평이 되고, 임금의 용안[136]을 기뻐 올려다보고 궁중의 의례[137]를 기뻐 보았으니, 모두 서툰 재주[138]로도 성대한 모임을 얻어 본 것으로 생각됩니다.

궁궐의 혼정신성(昏定晨省)은 그윽이 효를 다한 것을 우러르게 하고, 여후(呂后)는 깊고 성실하여[139] 매양 임금 덕의 도움을 공경하

---

135 후관(猴官)을 쓴 마음: 원숭이가 모자를 쓴 마음으로 항우(項羽)를 가리킴. 누군가가 항우에게 "관중은 사방이 막혀 있고 땅이 기름지니 도읍으로 삼아 패주(霸主)가 될 만하다고 하자, 진(秦)의 궁실이 다 불타 무너진 것을 본 항우는 동쪽 고향으로 돌아가고 싶어서, 부귀를 이루고 고향으로 돌아가지 않는 것은 비단옷을 입고 밤길을 걷는 것과 같으니 누가 알아주겠느냐고 했다. 그 말을 한 자가, 초나라 사람은 목욕한 원숭이가 모자를 쓴 꼴이라고 말하더니 과연 그렇다고 하자, 그 말을 들은 항우가 그 말을 한 자를 삶아 죽였다.(『사기(史記)』 권7 「항우본기(項羽本紀)」 참조)

136 옥색(玉色): 임금의 용안.

137 곤의(壼儀): 궁중의 의례.

138 노자(鹵姿): 서툰 재주.

였습니다.

협서율[140]을 없앤 것을 한나라 군신들이 축하함(漢羣臣賀除挾書律)

도(道)를 보존하고 사문(斯文)[141]을 갖추도록 하여 바야흐로 밝은 교화의 정치가 위로 솟아올라 책을 읽어서 학문을 하도록 하였으니, 마침내 진나라의 법[142]이 멈추는 개혁을 보게 되었습니다.

어둠 속에서 허둥대기 몇 년 만에 글을 외는 소리가 들리는 지금, 삼가 교화를 입어 풍속이 좋은 쪽으로 변해서[143] 백성을 가르치는 삼물(三物)[144]이 흥하고, 주나라가 상나라를 본받듯이 학문하는 마음을 높여서 문덕(文德)을 때로 민첩하게 공경하고 높고 크게 하였습니다. 서책을 편찬한 의의는 성스러운 덕과 공경하는 덕이 날로 발전하고,[145] 오직 옛것을 따르고 경전을 밝혀서, 바라건대 선비들을 천

---

139 어헌연색(魚軒淵塞): '어헌'은 어피(魚皮)나 짐승 가죽으로 장식한 귀부인이 탄 수레인데 여기서는 여후의 수레로 여후(呂后)를 의미함. '연색'은 생각이 깊고 덕이 가득함.

140 협서율(挾書律): 진시황(秦始皇) 24(기원 전 213)년 이사(李斯)의 말에 따라 민간인(民間人)으로서 의약(醫藥)·복서(卜筮)에 관한 서책(書册) 이외의 책은 소유하지 못하도록 한 법. 이에 앞서 시서(詩書)를 불사르고 유생(儒生)들을 구덩이에 묻어 죽이는 분서갱유(焚書坑儒)를 단행한 적이 있다. 한 혜제(漢惠帝) 4년(기원 전 191)에 이 법이 폐지되었음.(『두산백과』 참조)

141 사문(斯文): 유교의 문화를 가리킴.

142 영법지휴(嬴法之休): '영법'은 '영'이 진나라 왕제의 성씨이므로 진나라 법을 말하는데, 본문에는 리(嬴: 파리할 리)로 되어 있다. 문맥상 '영(嬴)'으로 고쳐 번역함.

143 일변지로(一變至魯): 공자가 "제나라가 한 번 변하면 노나라에 이르고, 노나라가 한 번 변하면 도에 이른다.(齊一變至於魯 魯一變至於道)"라는 말이 『논어(論語)』「옹야(雍也)」22에 있는데 교화를 입어 풍속이 좋은 쪽으로 변함을 말함.

144 삼물(三物): 백성을 가르치는 세 가지 덕, 육덕(六德)·육행(六行)·육예(六藝)를 말함.

145 성경일제(聖敬日躋): 성군(聖君)을 비유할 때 쓰는 표현. 『시경(詩經)』「상송(商頌)」〈장발(長發)〉에 "상나라 탕왕이 제 때에 탄생하여, 성스러운 덕과 공경하는 덕이 날로 발전하였다.(湯降不遲 聖敬日躋)"라는 구절이 있음.

거하여146 교육을 일으킨 것이었습니다.

　다만 한(漢)나라의 도(道)가 바야흐로 왕성해짐을 생각할 때에, 진(秦)나라에서 실패한 협서(挾書)의 영(令)이 아직도 남아 있음을 면하지 못했습니다. 이미 혹독한 세상이 사라진 지 오래인데도 법의 폐단은 이에 이르렀으니, 이 일이 성조(聖朝)에 흠이 될 것입니다. 벽 사이에 남은 몇 권의 책으로는 책 상자를 짊어질 선비가 없음을 한탄하고, 불 탄 재에 남은 서적에도 땅을 쓴 듯한 탄식이 얼마나 절실했겠습니까? 마침내 성후(聖后)께서는 유가(儒家)의 마음을 중하게 여겨서, 많은 선비들이 이를 외워서 쓰고 있는 것을 마음 아파했습니다. 도(道)를 생각하건대 하늘이 유가(儒家)의 도(道)를 없애고자 한 것을 애통해 했는데,147 진나라 법은 오히려 남아 있어서 배우고자 해도 날이 없으니, 장차 공자님의 도(道)가 영원히 사라지게 될 것을 탄식하게 생겼습니다.

　옛날에 나라를 세울 적에는 이미 묵은 것을 고쳐 새롭게 할148 겨를이 없었지만, 지금은 마땅히 문덕(文德)이 탄생하는 시작이니, 반드시 옛것을 혁신하는 것이 의미가 있을 것이라 여기시고, 과연 면학의 깊고 밝은 뜻을 특별히 학문하는 온화한 말씀으로 내리셔서 가혹한 법은 모두 제거되어, 사람들이 동시(東市)149에 나가서 죽는 잘

---

146 조사(造士): 주(周)나라 학제를 설명한 대목에 나옴. 향학(鄕學)에서 사도(司徒)에게 천거된 뒤에 다시 국학(國學)으로 천거되어 오르는 자를 준사(俊士)라고 하고, 그중에서 학업이 뛰어나 사마(司馬)에게 천거된 뒤에 장차 등용될 자를 조사(造士)라고 함.(『예기(禮記)』「왕제(王制)」참조) 여기서는 선비를 만들어 세운다는 의미.

147 천상(天喪): 하늘이 유교의 도를 없앤다는 뜻. 『논어(論語)』「자한(子罕)」5에, "공자가 광(匡) 땅에서 경계심을 품으셨다. 문왕이 이미 돌아가셨으니 문이 나에게 있지 않겠는가. 하늘이 우리 유교의 도를 없애 버리려 하였다면 뒤에 죽을 사람인 내가 이 글(유교의 도)에 참여하지 못했을 것이나, 하늘이 이 문을 없애려 하지 않으셨으니 광인(匡人)이 나를 어찌하겠는가?(子畏於匡 曰文王旣沒 文不在玆乎 天之將喪斯文也 後死者 不得與於斯文也 天之未喪斯文也 匡人 其如予何)"라는 글이 있음.

148 정신(鼎新): 묵은 것을 고쳐 새롭게 함.

못도 없게 되었습니다. 밝게 씻은 선비들은 교서(膠西)[150]의 예공(隷工)들이 있어 짧고 간단한 상아찌[151]를 만들어 다시 육예(六藝)의 기술을 밝히고, 남아 있는 경서(經書)의 옥축(玉軸)[152]으로 백가(百家)의 말을 모두 열어서 이미 그 명령의 불편함을 제거하였으니, 장차 사도(斯道)[153]가 떨어지지 않음을 보게 될 것인데, 서책[154]으로 성인(聖人)을 대하면서 소 터럭만큼의 잘못된 글을 어찌 근심하겠습니까? 유생들도 띌 듯이 기뻐하니 서로 전술(傳述)한[155] 옛 사업을 닦을 수 있을 것입니다.

겨울 과일[156]이 형곡(硎谷)[157]에 있다고 꾀어서 거의 4백 유생들의 원혼을 결박해 놓았었습니다. 그러나 가을이면 학교에서 글을 외게 하니 반드시 삼황오대(三皇五代)의 정치가 어두운 집에 대낮처럼 드날려 오를 것이고, 역복(棫樸)[158]의 아름다움을 크게 밝힐 것이며, 어두운 거리에 임금님의 심원한 도(道)[159]를 떨쳐서 선비[160]들이 교화를 모두 우러를 것입니다. 문(文)은 이로부터 책으로 기술되어 생각

---

149 동시(東市): 장안(長安) 동쪽 시가지로 당시에 여기에서 사형이 집행되곤 하였음.

150 교서(膠西): 전한(前漢)시대 7국 중 하나인 교서국(膠西國). '교서(膠西)의 예공(隷工)'은 교서국의 노예 공인(工人).

151 아첨(牙籤): 상아로 만든 서적의 표찰(標札), 일명 상아찌.

152 옥축(玉軸): 옥으로 만든 두루마리. 귀한 두루마리.

153 사도(斯道): 유가(儒家)에서 이르는 유교와 도덕.

154 황권(黃卷): 서책.

155 아술(蛾述): 서로 전술함.

156 동고(冬苽): 동아. 겨울 과일

157 형곡(硎谷): 여산(驪山) 골짜기 이름. 진시황(秦始皇)이 분서갱유하던 당시 형곡에 함정을 만들어 놓고, 한겨울에 과실이 달렸다면서 선비들을 유인하여 한꺼번에 죽여 골짜기에 묻었다는 갱유사건이 일어난 곳.(『고문기자(古文奇字)』「서(序)」참조)

158 본문은 복역(樸棫)인데 『시경(詩經)』편명을 참고하여 역복(棫樸)으로 바로 잡아 번역. 역복은 더부룩하게 난 느릅나무.「모시(毛詩) 서(序)」에 주 문왕이 훌륭한 인물을 관직에 임용하는 것을 읊은 시.

159 현풍(玄風): 심원한 도. 임금님의 청정무위(淸靜無爲)한 교화(敎化)를 의미하기도 함.

160 청아(菁莪): 『시경(詩經)』의 편명. 인재 교육을 노래한 내용.

과 견해가 갖추어지고, 노둔한 자질이 요행을 얻은 때를 크게 만나서 옛 서적에 잠심(潛心)할 것입니다. 비록 교화를 펼치는 재주가 업신여김을 받을지라도 새로운 문장을 눈 비벼가며 보니 빛나는 정성을 거의 다할 것입니다.

백천집 권2(百泉集卷之二)

서(書)

다섯 아들에게 경계하는 글(戒五子書)

도정절(陶靖節)[1]의 「오자지책(五子之責)」은 다섯 아들의 유치하고 무지(無知)함을 책망한 것이라, 나의 '다섯 아들 경계'는 도정절의 책(責)과 다르다. 생각건대 너희 오자(五子)는 각자 나의 갑신(甲申, 1644)년의 경계를 들었으니, 이제는 오로지 너희의 성(性)에 관한 것, 기거(起居)에 관한 것 그리고 서조(瑞兆)에 관한 것이다.

장년이 되어 많이 듣는 것을 화(和)요, 혜(惠)라고 하는데 어리지 않으니 관례(冠禮)도 알 것이다. 우리 집은 과거 일은 대대로 서울에 살면서 공적으로 봉지(封地)를 받고 과거시험에 장원하여 대대로 이어와 당대에는 화려한 귀족문벌이어서 우리 집처럼 빛나는 곳도 없었다.

오호통재(嗚呼痛哉)라, 말만 하려고 해도 목이 메는데 임진(壬辰,

---

1 도정절(陶靖節, 365-427): 본명 도잠(陶潛) 또는 도연명(陶淵明) 동진(東晉) 여강(廬江) 심양인(潯陽人). 자(字)는 연명(淵明) 또는 원량(元亮). 오류선생(五柳先生)이라 자호(自號)하였다. 안제(安帝) 의희(義熙) 2(406)년 41세 때 누이의 죽음을 구실 삼아 팽택(彭澤) 현령을 사임하고 관계(官界)에 나가지 않았다. 이때 쓴 글로 「귀거래사(歸去來辭)」가 있음. (『한국민족문화대백과』 참조)

1592)년 난(亂)에 큰 형님께서 순절(殉節)의 곤액을 당하였고, 정유(丁酉, 1597)년 변란(變亂)에는 누이의 죽음으로 인한 참혹(慘酷) 때문에 집안 일이 영락하여 외롭고 의지할 곳이 없었으며, 오직 나만 흘러 내려와 이곳에 의지해 살았다. 그러면서도 너희 다섯을 낳으니, 방황하다가 타향에 우거(寓居)한 슬픔이 조금 위로가 되었다. 요행이 문중의 선생 자리를 얻었는데 비록 그렇지만 그것으로 인도(人道)를 가르치기에는 또한 어려움이 있었다. 그러므로 대략 평소 마음에 쌓아둔 바로 경계하는 것이다.

대범 충효는 사람됨의 기본이자 근원이지만, 채미(採薇)[2]와 탄탄(呑炭)[3]의 고사(故事)는 충군(忠君)의 큰 절의(節義)요, 빙리(冰鯉)[4]와 설순(雪筍)[5]의 고사는 사친(事親)의 지극 정성(精誠)이라. 비록 사람마다 체득할 바는 아니지만, 일심(一心)으로 독실하게 하고 짧은 사이에도 잊지 않는다면 평소 마음을 쓰는 정성을 볼 수 있을 것이다. 또 도학(道學)은 사람의 전체를 이루는 것이라, 촌음(寸陰)을 아껴 쓰고, 책 엮은 끈이 끊어진 것은[6] 성인(聖人)의 대도(大道)요, 발을

---

2 채미(採薇): 주 무왕(周武王)이 은(殷)을 정복하자 백이(伯夷)·숙제(叔齊)가 주(周) 나라의 곡식을 의리상 먹을 수 없다 하고, 수양산(首陽山)에서 고사리를 캐 먹다가 굶어 죽었다. (『사기(史記)』 권61 「백이열전(伯夷列傳)」 참조)

3 탄탄(呑炭): 전국 시대 진(晉)나라 지백(智伯)의 신하 예양(豫讓)이 자기 임금을 죽인 조양자(趙襄子)에게 복수를 하려고 몸에는 옻칠을 발라 문둥이처럼 꾸미고, 숯을 목에 삼켜 벙어리 행세를 하면서 품안에 비수를 품고 조양자 변소에 들어가서 양자가 나타나기를 기다렸다.(『사기(史記)』 권86 「자객열전(刺客列傳)」 참조)

4 빙리(冰鯉): 왕상(王祥)은 계모 주 씨(朱氏)가 겨울에 생선을 먹고 싶어 하자, 옷을 벗고 얼음을 깨치고 물에 들어가 고기를 잡으려 하였는데 홀연히 얼음이 풀리며 잉어 두 마리가 뛰어올랐다.(『오륜행실도(五倫行實圖)』 「효자(孝子)」 참조)

5 설순(雪筍): 맹종(孟宗)은 병이 위중한 어머니가 한겨울에 죽순을 먹고 싶어 하자, 대숲에 들어가 슬피 울었는데 죽순이 돋아났다.(앞의 책 참조)

6 절편(絶編): 책을 엮은 가죽 끈이 세 번이나 끊어질 정도로 책을 읽음. "이부(尼父)의 절편(絶編)"은 공자(孔子)가 『주역(周易)』을 열심히 읽어 책을 엮은 가죽 끈이 세 번이나 끊어졌음을 말함.

치고 집에 들어 앉아 독서하고, 잠에서 깨려고 둥근 목침을 베고 자는 것은 철인(哲人)[7]의 면학이라. 확실히 세속화된 선비를 본받음이 아니라면, 줄곧 생각하여 사모하는 정성은 동정(動靜)의 사이에서 게으르지 않을 것이니 오히려 삼가고 경계하는 선비가 될 것이다.

봉제사(奉祭祀) 접빈객(接賓客)은 군자가 집에 있을 적에 하는 하나의 큰 도리이므로 정성과 공경으로 정신의 품격을 위주로 하여야 할 것이다. 개이경복(介以景福)[8]의 시구(詩句)를 미루어 볼 때, 이른바 "남을 공경하는 자는 남도 항상 공경한다."라는 고인의 격언(格言)을 삼가지 않을 수 있겠는가?

세태가 아름답지 못하고 풍색(風色)이 사나워서, 일단 발길질했다 하면 주먹질하면서 생트집을 잡고, 한번 입을 열었다 하면 눈썹 세우고 도끼눈을 하며, 뭇 사람들이 시끄럽게 지껄이고 헐뜯어서, 사람으로 하여금 머리 들고 거동하지 못하게 하고 몸을 돌릴 수도 없게 하니, 사람이 들고 나고 말하고 침묵하는 사이에 또한 삼가지 않겠는가?

옛 사람이 말하기를 자식에게 황금 만 광주리를 남겨주는 것이 어린 아이에게 경전 하나 가르치는 것만 못하다고 했는데, 온전히 깨우쳐 주지 않으면 학문이 공활하고 거칠어서, 마음이 쫓아가다가 허둥대고 궁지에 빠져서 경박자(輕薄子)[9]가 될 것이니, 이렇게 되면 사람들이 어진 부형(父兄)이 있음을 좋아한다고 이를 수 있겠는가?

가난이란 것은 비록 선비의 일상이어서 온전히 생산을 하지 못한

---

7 원침철인(圓枕哲人): 원침은 원목경침(圓木警枕)의 줄임말로 나무로 만든 둥근 베개를 가리키는데 열심히 공부하는 사람을 비유할 때 씀. 철인(哲人)은 학식이 높고 사리에 밝은 사람을 가리킴.

8 개이경복(介以景福): "이미 술에 흠뻑 취하였고 / 이미 덕에 배가 불렀도다 / 군자께선 만년토록 / 큰 복을 누리시기를(旣醉以酒 旣飽以德 君子萬年 介爾景福)"이라는 구절이 있음. (『시경(詩經)』 「대아(大雅)」〈기취(旣醉)〉참조)

9 경박자(輕薄子): 말과 행동이 가볍고 신중하지 못한 사람.

다고 하지만, 이 집 저 집에서 빌리고 구걸하고,[10] 아내는 굶고 아이는 추위에 떠니 집안을 보호하기 어렵고, 왕순(王順)[11]의 입고 먹을 재물이 없어서 남에게 업신여김을 받는 것을 면할 수 없다면, 이 또한 삼가지 않을 수 없는 것 아닌가?

그 외에 경계할 만한 말은 터럭 수만큼 많아 참기 어려우나, 또 잊고 소홀히 할 수 없는 한 마디 말이 있으니, 선조 분묘(墳墓)가 천리 밖에 있어 비록 가끔 가서 살필 수는 없어도, 일 년에 한 번 살피는 발길이 끊어지지 않도록 할 것 같으면, 자손의 정리(情理)로, 보고 듣는 것이 어찌 되겠는가?

나는 이미 많이 늙어서 남은 생애가 멀지 않은데, 오직 너희 다섯 아들이 형제간에 우애하고 공경하며, 사는 곳에 의지하여 즐기는 것으로 문호를 보존하여 늙은 아버지의 말을 떨어뜨리지 않는다면 거의 후손에게 하나의 경계가 될 것이다.

공부하는 아들에게 경계하는 글(戒學子書)

배움의 도는 그 방법이 하나가 아니어서 성리(性理)가 있고, 과거(科擧)가 있으며, 술수(術數)가 있다.

천리(天理)를 궁구하여 천성(天性)을 따르는 것을 일러 성리라 하는데, 그 학문의 방법은 잠구경적(潛究經籍)[12]하여 성현(聖賢)을 추모(追慕)하고, 이(理)와 욕(慾)의 바름과 간사함을 구분하여, 그 바름을

---

10 동대서걸(東貸西乞): 동쪽에서 빌리고 서쪽에서 구걸함.
11 왕순(王順): 미상. 『孟子』「萬章」에 "왕순(王順)과 장식(長息)은 나를 섬기는 사람들이다. (王順長息則事我也.)"에 '왕순(王順)'이 나오지만, 본문의 '왕순(王順)'과 동일인인지 알 수 없음.
12 잠구경적(潛究經籍): 침잠하여 궁구하고 서적을 뒤적임.

쫓고 간사함을 배척하는 데 있으니, 점점 자세하고 세밀한 지경에 들어가면 이욕(利欲)의 어지러움으로 그 외의 것에 한눈팔지 않을 것이다. 이것은 성(聖)을 바라고 현(賢)을 바라는 학문이라. 공자(孔子)·맹자(孟子)·안연(顔淵)·증자(曾子) 같은 성인과 주돈이(周敦頤)·정호(程顥)·정이(程頤)·장재(張載)·주희(朱熹) 같은 현인[13]이 여기서 벗어나지 않을 것이다.

이름을 드날리는 과문(科文)과 출세하는 책문(策文), 그것을 일러 과거라고 하는데, 이 학문의 본업은 장구(章句)를 찾아서 따오는 것[14]을 주로 하여 이름과 이익에 침을 질질 흘리며 의리(義理)의 심원함을 돌아보지 아니한 채, 그 근본을 버리고 그 지름길을 얻는 데 힘써서 마음을 영예와 욕심이 있는 곳에만 오롯이 한다. 이는 근본을 버리고 말단을 취하는 학문으로, 의리에 좇아 따라가는 바름과 말없는 가운데 알아가는 정일(精一)한 공부는 이런 점에서 모두 잃을 것이다.

술수(術數)에 이르러서는, 크게는 이른바 학술이라 하고 배운 바를 배우는 것인데, 이 학술은 하나같이 세담(世談)에서 나온 것이다. 그 복서(卜筮)라는 것은 모두 "우리 스승 복희(伏羲)와 문왕(文王)의 책"이라고 하면서, 팔괘(八卦) 육효(六爻)의 말로 남의 팔자를 단정(斷定)하여 혹 이미 지난 길흉을 맞추고, 혹 미래의 좋은 일과 나쁜 일을 말하여 사람들을 외곬으로 믿게 하는 것이니, 바로 본래 부여받은 천성(天性)을 잃게 하는 이론이다.

그 풍수(風水)라는 것 또한 "나는 선천(先天)과 후천(後天)[15]의 이치(理致)를 안다."라고 하고, 음양산수(陰陽山水)의 이야기로 남의 무

---

13 염락관민지현(濂洛關閩之賢): 주돈이(周敦頤)·정호(程顥)·정이(程頤)·장재(張載)·주희(朱熹) 같은 현인. 이들은 신유가(新儒家)를 대표하는 송유(宋儒)들로 이들이 살던 지역의 명칭을 따서 부른 것임. '염락주장(濂洛朱張)'이라고도 함.

14 심장적구(尋章摘句): 장구를 찾아 따옴.

15 선천(先天): 태어날 때부터 몸에 지니고 있는 것. 그 반대는 후천(後天).

덤을 점쳐서 떠도는 부귀를 흥하게 하고 무너지게 하는 설(說)이다. 세상은 이에 편벽 현혹되어 실제의 땅을 밟아 보는 것을 고려(顧慮)하지 않는다. 이 학술은 있는 것 같으면서도 없고, 실재한 것 같은데 비어 있어, 인심을 빠뜨리고 세상을 다스리는 도리를 어지럽히는 것이 이보다 심한 것이 없다. 그런데 근래 사대부가 이 설에 편벽 현혹되어서 성현의 학문은 돌아보지 아니한다. 오호라, 과거장에다 지조를 빼앗긴다는 훈계도 오히려 경계할 것인데, 하물며 이 근거도 없는 떠돌아다니는 거짓의 설이겠는가?

오직 너희 여러 자식들은 학문에 뜻을 두고 내게 와서 물어라. 그러므로 몇 가지 말로써 미리 보여주는 것이니 나보고 늙었다고 하지 말라.

정 순상[16]에게 답한 서한(答鄭巡相書)

저번에 왕림(枉臨)해 주신 것이 송구스럽기도 했지만, 생각해 보면 천 리 밖에서 10년의 정회를 풀 수 있게 되어 감사한 마음이 꿈자리 속에서도 다할 수 없습니다. 흰 눈이 내리는 궁벽한 산에 귀한 서신이 때맞춰 도착해서 두세 번 열어보니, 마치 온화한 봄볕과 함께 정후(政候)[17]를 살피는 것 같아 정중하게 위로와 축하를 수없이 올립니다.

저는 병으로 조그마한 집에 누워 글에 묻혀 세월만 헛되이 보내고 있습니다. 비록 괴롭게 쌓인 우울함에 느긋하다고 할지라도 마침내 무슨 도움이 되겠습니까?

---

16 정 순상(鄭巡相): 본명 정경세(鄭經世, 1563-1633) 호(號) 우복(愚伏) 조선 중기 문신, 학자. 그는 1610년 10월 외직을 원하여 나주목사에 배명되었는데 12월 부임하는 날에 다시 전라감사로 영전됨.(『한국민족문화대백과』 참조)
17 정후(政候): 서간문에서 지방수령을 공경하여 안부를 물을 때 쓰는 말.

근래 조상의 묘를 돌아보고 보호하는 일이 간절했는데 뜻을 담아 내 주시니 감사하기 그지없습니다. 은혜로 하사하신 물건에 의지해서 많은 감격을 받았습니다. 내년 봄에 서울에 있는 선영을 살펴보러 가고자 하는데 그 때 계획한 것을 두루 펴기로 하고, 나머지는 정사를 하시면서 몸도 잘 돌보시기를[18] 바랍니다.

허 사관[19]에게 드림(呈許使官)

내가 남쪽 땅에서 나그네로 산 지 벌써 20여년이라, 서울 친구들은 서신으로 서로 알려 주었습니다. 여러 해 전에 이 공[20](李公 호, 지봉)이 광산(光山) 원님이 되어 찾아왔고, 지난 가을 정 공(鄭公 호, 우복)이 완주(完州) 백(伯)[21]으로 순시 중에 와서 잠시 쌓인 회포를 풀었는데 돌아설 때 또 다시 이별하니 쓸쓸한 회포가 지금까지도 슬프고 우울하지만 어찌하겠습니까.

다행히 그대가 황황지화(皇皇之華)[22]가 되어서 병으로 포기한 사람을 임하(林下)로 찾아왔으니, 옛날을 추억하며 놀던 때를 생각하니 눈물이 마구 흐르는 것을 깨닫지 못했습니다. 그대는 문장석덕(文章碩德)[23]의 희망으로 임금의 명을 받들어 선비를 뽑았습니다. 남

---

18 가애(加愛): 서간문에서 상대방이 자기 몸을 돌보는 것을 높여 이르는 말 .
19 사관(使官): 왕명을 받들고 지방을 다니면서 인재를 선발하는 임무를 띤 벼슬을 이름.
20 이수광(李晬光, 1563-1628): 본관(本貫) 전주(全州), 자(字) 윤경(潤卿), 호(號) 지봉(芝峯). 조선 중기의 문신이자 학자. 나라가 어려웠던 임진란 때 중요한 관직을 지냈고, 세 차례나 명나라 사신으로 다녀왔음. 전라도(全羅道) 광산(光山) 현감 때 화순(和順)에 살던 백천(百泉) 류함(柳涵)을 방문.(국립중앙도서관 디지털컬렉션: 한국의 위대한 인물 참조)
21 완백(完伯): 전라감사. 우복 정경세를 가리킴.
22 황황지화(皇皇之華): 임금의 명을 받들고 멀리 사방으로 가서 아름다움을 선양하거나 인재를 뽑는 사신. 『시경(詩經)』「소아(小雅)」〈황황자화(皇皇者華)〉에 '황화(皇華)'라는 말이 있는데 '황화사(皇華使)'의 줄임말.

쪽 고을은 본디 학식과 명망이 높은 선비와 재능과 기예가 출중한 선비가 많아서, 한번 그 글을 볼 것 같으면 그 사람을 알 수 있는데 부화지문(浮華之文)24은 숭상하지 아니하고, 다행히 질박하고 후덕한 문체를 취해서 남녘 선비의 기대에 부응하니 심히 다행스럽습니다.

피장(皮張)의 설(設)25을 오히려 두려워 할 만한데, 손산(孫山)26의 기롱(譏弄) 역시 두렵지 않겠는지요. 다행히 삼가고 크게 다행스러워서 애오라지 짧은 말에 의지해서 전별(餞別)합니다. 말하기를,

빛나고 빛난 화려한 깃발이여	煌煌華旆兮
한강을 건너왔도다	來渡漢水
샘 앞에 도착함이여	戾止泉上兮
기쁘고 또 기쁘도다	載欣載喜
서로 더불어 날듯이 춤을 춤이여	相與翱翔兮
좋은 소식 내 마음에 품도다	懷我好音
내 샘의 물을 한 줌 뜸이여	掬我泉水兮
그대의 정신과 마음을 맑게 하도다	淸子神心
서로 차마 이별하지 못함이여	不忍相別兮
해는 서산으로 넘어가는도다	日頹西山

---

23 문장석덕(文章碩德): 문장과 높은 덕.
24 부화지문(浮華之文): 겉만 화려한 글.
25 피장지설(皮張之設): 육축의 가죽으로 베풀어둔 것. 피장(皮張)은 육축(六畜)의 가죽을 말하는데 특히 조선시대에서는 가죽이 있는 사냥감을 이르기도 함. 피장지설(皮張之設)을 왜 두려워하는지는 미상. 혹시 파장지설(罷場之設: 과거시험장 설치를 파함.)의 오기(誤記)가 아닌가함.
26 손산의 기롱(孫山之譏弄): 과거시험에 불합격됨을 의미함. 손산(孫山)은 송(宋)나라 오(吳) 지방 사람으로 과거시험에 합격하였는데 그에게 다른 사람들의 합격 여부를 물었더니, 그가 대답하기를 "나는 겨우 합격하였네만 다른 이들은 손산의 뒤[孫山之外]에 있어 낙방하였네."라고 한 고사가 전함.(국역(國譯)『담헌서(湛軒書)』외집(外集) 권1「여손용주유의서(與孫蓉洲有義書)」주석 참조)

김 우송[27]에게 보낸 서한2편(與金友松書二)

1.

요사이 지팡이에 의지하여 걸어서 한 번 백천(百泉)에 갔는데 광경이 한층 살아서 빛나고, 아이들은 맑은 가르침의 뒤를 이어서 학문의 뜻에 차츰 향하여 사모함이 있고, 대인 훈도(薰陶)[28]의 힘을 더욱 깨달아 사람들에게 하나의 큰 본보기가 되었습니다.

근래 한 고을의 사우(士友)는 스승의 가르치는 자리가 오래 빈 것을 분개하여 나와 의논하고, 마을에 훈장을 정하여 매번 원님에게 알리기로 했는데, 원님이 나의 헛된 명성을 잘못 듣고 훈장의 이름에 [나를] 붙였으니, 이것이 과연 내가 담당할 바이겠습니까? 다만 마을 선비들이 듣고서 이런 뜻을 문하(門下)에 우러러 물었는데, 집사(執事)[29]께서 금지하지 않으시니, 후학들이 지금에 이르러서 가장 훌륭하게 되었다고 운운하였습니다. 이로써 마을 선비들이 관에 알려 이 지경에 이르게 되었습니다. 지난 번 조우(曹友)의 서한을 보니 역시 말하기를 "형이 만약 사양하고 피하여 끝내 거행하지 않으면, 후학의 무리들이 사리에 밝지 못함을 면하지 못할 것이고, 훈장 또한 할 만한 사람도 없다."라고 했습니다. 사우(師友)[30]간에 돌보고 근심하는 뜻이 어찌 이같이 업신여긴 것 같을 수가 있습니까?

---

27 김세규(金世奎, 1538-1619): 본관은 부평(富平), 자는 경소(景昭), 호는 우송(友松). 선조 15 (1582)년 식년 진사시에 합격하였다. 곤재(困齋) 정개청(鄭介淸)을 사사(師事)하였으며, 집안이 부평(富平)에서 화순(和順)으로 이주하고 우송재(友松齋)를 지었다고 하나 지금은 없음. 지봉(芝峰) 이수광(李睟光), 우복(愚伏) 정경세(鄭經世), 백천(百泉) 류함(柳涵) 등과 교유. 『백천유집(百泉遺集)』 시편(詩篇)에 우송(友松)에게 화답한 시가 있음.(국역(國譯) 지봉집(芝峯集) 권18 「승평록(昇平錄)」 주석 참조)

28 훈도(薰陶): 덕으로 사람을 감화함.

29 집사(執事): 우송(友松) 김세규(金世奎)를 지칭.

30 사우(師友): 스승이 될 만한 벗.

돌아보건대 내 학문은 남을 가르치는 데 부족하고, 성의나 정성 또한 남을 감복시키는 데 부족합니다. 전에 비록 스승으로서 주는 가르침이 있었지만, 근래 이래로 쇠하고 병듦이 날로 찾아와 정신을 갑자기 잃어서, 서책을 모두 없애고 마음대로 함부로 굴어 산수(山水)의 사이에 뜻을 맡기었습니다. 어찌 한 번 흐트러진 마음을 갑자기 거두어 그 사람들을 가르치는 책임을 감당하겠습니까?

대범 가르치는 스승의 도리는 높고 또 무거운 것이라. 고인이 이르기를 "스승이 있는 곳에 도(道)가 있는 것"이라 하였으니, 남의 스승이 되는 것을 근심하고, 스승의 도(道)를 어렵게 여기며, 배움의 도(道)도 쉽지 않습니다. 나 같은 어리석고 부족한 사람이 어찌 감히 만분의 일이라도 비슷하기를 바라겠습니까?

또 가르치는 범례를 볼 것 같으면, 매월 삭망(朔望)[31]에 훈장은 한 고을의 많은 선비를 인솔하여 모두 교당(敎堂)에 모여서 읍양(揖讓)[32]의 예를 먼저 행하고, 그 달의 당직(當直) 한 사람으로 하여금 '향약의 서[鄕約之書]'를 먼저 읽게 한 뒤에, 서열에 따라 자리를 정하여 앉아서 강의를 열고, 어려운 것을 묻습니다. 사십 세 이상은 '심경(心經)과 성리(性理)'로써 서로 어렵고 의심나는 것으로 하고, 십 세 이상은 '소학(小學)과 사서(四書)'를 반복해서 알아듣게 일러줍니다. 만약 그 중에 마음이 게을러서 강의 규약을 따르지 아니하면, 연장자가 나이 어린 자를 회초리로 벌을 주고, 연장자가 거듭 벌하고 나이 어린 자가 다시 회초리를 맞게 되면, 강의 자리를 빼앗고 내쫓는다고 하였습니다.

바로 지금 선비의 기풍이 투박(渝薄)[33]하고, 사도(師道)[34]가 해이하

31 삭망(朔望): 음력 초하루와 보름.
32 읍양(揖讓): 읍하는 동작과 사양하는 동작.
33 투박(渝薄): 풀어지고 경박함.
34 사도(師道): 스승 된 사람으로서 지켜야 할 도리.

여 멸시받고 있는데 어찌 능히 옛 성현의 규범을 본받겠습니까? 어르신들의 큰 덕과 두터운 명망으로도 통하지 아니하여 부박(浮薄)한 무리들을 진정할 수 없고, 집사(執事) 학문의 고명(高明)함과 성의의 도타움으로도 오히려 전에 곤액을 당했는데, 하물며 이 평범하고 식견 없는 사람이겠습니까? 부박한 무리들에게 곤액을 당하는 욕이 금일의 세속에도 없지 않다는 것을 어찌 알겠습니까? 집사께서는 바로 지금의 사표(師表)요, 이곳 장로로서 마을 논의가 모두 지휘의 사이에 있으니 사우(士友)들을 타일러서 훈장의 이름이 바뀌기를 도모합니다.

2.

이별한 지 자못 오래되었는데 안부[35]를 여러 가지로 살피지 못했습니다. 나는 남쪽으로 흘러온 지 십 년에 한 가지도 좋은 상황이 없었습니다. 지난번 집안의 형이 경성(京城)에서 와 서울 소식을 전하면서 여러 소차(疏箚)[36]를 꺼내 보여 주었습니다. 그런데 기축(己丑)년 제현(諸賢)들의 지극한 원한[37]이 눈 녹듯 해결되었다고 했는데, 이것은 임금의 은혜가 바로 지하에 이른 것이라 할 수 있으니, 여러 친구들의 기쁨이라서 자손의 아픈 느낌은 감히 말할 수가 없습니다. 우리나라 전체[38] 수천 리에 한 번 병화를 입은 뒤로 다행히 태평의 기상(氣像)이 보였는데, 이는 이른 바 군자의 도(道)가 때로 분명한 것이 있었기 때문입니다. 먼저 상소 본문을 올려 보내니, 보신 뒤에 전하여 각 집이 모두 한 곳에 모여 임금님의 은혜에 감사하기를 간절히 바라고 또 바랍니다.

---

35 학리(學履): 서간문에서 공부하는 사람의 안부를 물을 때 쓰는 표현.
36 소차(疏箚): 상소(上疏)와 차자(箚子). 차자는 상소에 비해 서식이 간단하였음.
37 기축(己丑, 1589)년에 생긴 기축옥사를 말함. 정여립의 모반사건을 시작으로 그 연루자를 색출해 나가는 과정에서 서인에 의해 동인들이 탄압을 받은 사건.
38 환동토(環東土): 우리나라 전체를 가리킴.

친구에게 부친 서한(寄友人書)

청양 안절(靑陽按節)³⁹에 만물이 모두 새로운데 홀로 빈산에 누워 때때로 새소리의 오르고 내림을 들으면서 마음으로 그리운 사람이 몹시 간절함을 깨닫지 못하고, 전일(前日) 시냇가를 지나면서 욕기(浴沂)⁴⁰의 약속을 어찌 헛되이 보낼 수 있겠습니까? 다행히 여러 군자와 더불어 옷을 떨치고 일어나 동쪽 물가에 술을 차고 저물녘까지 꽃을 감상하고 돌아오자고 하였으니 그 즐거움이 어떻겠습니까?

여러 친구에게 답한 서한(答諸友書)

서석(瑞石)에 가는 것을 어찌 그만 둘 수 있겠습니까? 편지에 산사(山寺)의 약속이 있는데 산사의 유람이 좋다고 생각되지 않는 것은 아니지만, 서석은 호남의 장관이라서 이즈음 날씨가 청랑(淸朗)하고, 연하(煙霞)가 개고 그쳐서, 한번 그 정상에 오르면 산악이 층지어 높고, 강호(江湖)의 넓고 탁 트임이 일순간에 역력하니, 어찌 가슴에 쇄락(灑落)함이 없겠습니까?

산사에서 보는 것이야 조각된 불상과 누각에 지나지 않아 거기에 그칠 따름입니다. 여러분들께서 어찌 작은 것에 국한하여 큰 것을 버리시겠습니까? 전에 하신 보름날의 약속을 여러분들께서 도모하소서.

---

39 청양(靑陽): 봄의 별칭. 안절(按節): 어루만지는 계절.
40 욕기(浴沂): 공자 제자 증점(曾點)이 "기수(沂水)에서 목욕하고 무우(舞雩)에 올라 바람을 쐬고서 노래하며 돌아오겠다.(浴於沂 風乎舞雩 詠而歸)"라고 한 고사에서 유래하여 명리를 잊고 유유자적함을 의미.(『論語』「선진(先進)」25 참조)

조 청강수성⁴¹에게 보낸 서한(與曹淸江守誠書)

푸른 봄 3월⁴²에 풍경은 사람을 괴롭히는데 독서의 즐거움으로 근래 얼마나 많은 의미를 얻었습니까? 서책에 매몰되어 그칠 날이 없겠지요? 그러므로 옛 사람이 "다 그만두어 버리고 봄을 찾아 가는 것만 같지 못하다."라고 했습니다. 우리 형께서는 그 봄을 찾는 의미를 아시는지요?

증점의 욕기풍우(浴沂風雩)⁴³와 명도(明道)선생의 방화수류(訪花隨柳)⁴⁴ 모두 음양의 조화된 기운으로 만물을 자라게 하는 즐거움⁴⁵에 의미를 부친 것입니다. 읊조리고 돌아와 앞 시내를 지나면 이것이야말로 달인(達人)⁴⁶ 일반의 스스로 즐김입니다.

생각하면 나는 변변치 못한 사람이라서 이 봄의 화창한 계절을 맞아 좋은 광경을 어찌 헛되이 보낼 수 있겠습니까? 어리석게 살아서 [저를] 비록 성격이 깊고 편벽하다고[幽僻] 말하지만, 흰 돌 사이로 샘물이 졸졸 끝없이 흘러 꽃 제방과 버들 언덕을 만들고, 좁은 길이 열려

---

41 조수성(曹守誠, 1570-1644): 1606년에 사마시(司馬試)에 합격. 병자호란(1636년) 때 인조(仁祖)의 교유문(敎諭文)을 접하고, 종질(從姪) 진사(進士) 구봉(九峯) 조엽(曹煜)·향유(鄕儒)인 최명해(崔鳴海)·임시태(林時泰)·류함(柳涵) 등과 의거하고, 군기(軍器) 제작과 군량미를 모집하였다. 순조 4(1804)년에 정려를 받고 쌍충각(雙忠閣)을 세움.(『한국향토문화전자대전』 참조)

42 재양(載陽): 3월.

43 욕기풍우(浴沂風雩): 기수(沂水)애서 목욕하고 무우(舞雩)에 올라 바람을 쐼.

44 명도(明道, 1032-1085): 정명도(程明道) 또는 정호(程顥)로 중국 송나라 때 도학자. 방화수류(訪花隨柳)는 꽃을 찾고 버들을 따름. 그의 시「春日偶成」에 나옴. "구름 엷고 바람 가벼운 한낮에(雲淡風輕近午天) / 꽃을 찾고 버들을 따라 앞 냇물을 건너네(訪花隨柳過前川) / 사람들은 즐거운 내 마음 모르고(傍人不識余心樂) / 한가함을 탐내어 아이처럼 논다고 할 거네.(將謂偸閑學少年) (국역(國譯)『목은집(牧隱集)』「목은시고(牧隱詩藁)」권21 시(詩) 참조)

45 태화생생지락(太和生生之樂): 태화(太和)는 음양의 조화된 기운 또는 만물 생성의 힘으로 생생화육(生生化育)의 덕을 즐김.

46 달인(達人): 사물의 이치에 통달한 사람.

있어 솔·바람·달·대나무가 집에 즐비하여 맑고 밝으니, 이 좋은 때를 좇아 한편으로는 노래하고, 또 한편으로는 거문고 타니, 풍광이 어우러져서 다하지 아니하고, 세월이 다함없음을 잊었으니, 난정(蘭亭)[47]의 성대한 놀이를 어찌 고인에게만 아름다움을 독차지하게 하겠습니까.

모래는 곡수유상(曲水流觴)[48]의 날이니 옛적의 성대한 일을 이어 보는 것이 어떠신지요?

친구 최가 술을 보낸 것에 감사함(謝崔友送酒)명 홍우,[49] 호 인재(名弘字號 忍齋)

밤이 적막한 빈 집에 달을 따라서 어제 찾아온 것에 대해 남은 회포를 숨길 수 없는데 지금에 이르러 근심과 슬픔이 뜻밖입니다. 다리를 드러낸 채로 술 한 병과 한 자쯤 되는 편지를 가지고 와서 한 잔 마시고, 목이 말라 두 잔을 마시고, 그리고 몸에 근심을 잊고자 석 잔을 마시고서야 정신이 상쾌하다고 하였습니다.

---

47 난정(蘭亭): 진(晉)나라 왕희지(王羲之)가 지었다는 중국 절강성(浙江省) 소흥현(紹興縣) 서남쪽에 있는 정자 이름. 영화(永和) 9(353)년 음력 3월 3일 이 정자에서 벌어진 벗들과 글놀이 등 다양한 놀이를 하고 놀았음.(왕희지의 「난정서(蘭亭序)」 참조)

48 곡수유상(曲水流觴): 유상곡수(流觴曲水)라고도 함. 삼월 삼짇날에 굽어 도는 물에 잔을 띄워 그 잔이 자기 앞에 오기 전에 시를 짓던 놀이.

49 최홍우(崔弘宇, 1562-1636): 호(號) 인재(忍齋). 정개청(鄭介淸)의 문하에서 수학하고, 임진란 때 숙부 최경회를 따라 금산(錦山), 무주(茂朱), 개령(開寧) 전투에서 많은 공을 세웠다. 1593년 진주성 전투 때 성이 함락되기 전에 최경회가 준 「청산백운도(青山白雲圖)」 그림과 언월도(偃月刀)를 가지고 성을 빠져 나왔다. 뒤에 부친 최경장(崔慶長)이 다시 의병을 일으킬 때 참여하여 통영(統營), 고성(固城)에서 공을 세웠다. 임진왜란이 끝난 이후 은거하였다. 1624년 이괄의 난 때 의병을 모집하여 태인(泰仁)까지 올라갔으나 난이 평정되었다는 소식을 듣고 돌아와 고사정(高士亭) 주인이 되어 초야에 묻혀 평생을 마쳤다.(『한국향토문화전자대전』 참조)

누군가 "말술이 싱거운 것은 마음속에 품은 귀한 것을 잊지 않으려고 해서."라고 한 것은 진실로 까닭이 있어서입니다. 친구가 친구의 정이 한결같음을 알아서 어떻게 이런 다사다감(多謝多感)[50]에 이르겠습니까?

잠시 조우(曹友)의 편지를 보니 연사(淵寺)에서 모여 이야기한 뜻이 간곡하고 지극하였는데, 또 형의 편지를 보니 역시 산사에서 함께 대화한 말이 있습니다. 옛 사람이 "지기(知己) 사이에는 마음속의 일을 도모하여 함께하지 않는다."라고 한 것이 이것을 말한 것이 아닌가요?

조우(曹友)의 편지 중에 서로 함께 한 말이 있으니, 형도 내일 또한 주저하지 말고 함께 가는 것이 어떠하신지요?

류 사군[51]훤에게 감사함3편(謝柳使君萱三)

1.

강호를 떠돈 지 삼십 년에 때맞춰 높은 수레 타는 분이 오셨으니 이에 끝없이 흐르는 정의(情誼)를 때때로 펼 수 있게 되었습니다. 다만 백세(百世)의 혈친(血親)이라, 어렸을 적에 천 리 밖에 살아서 얼굴을 마주한 것은 아니지만, 타향에서 늘그막의 회포도 차츰 너그러

---

50 다사다감(多謝多感): 깊은 감사와 많은 느낌.
51 사군(使君): 주(州)나 군(郡)의 관장에 대한 존칭. 류훤(柳萱)은 하정공파(夏亭公派) 대승공(大丞公) 21세손, 류함(柳涵)은 검한성공파(檢漢城公派) 대승공(大丞公) 19세손 (백천공 후손 류정훈(柳貞勳) 씨 제공한 文化柳氏世譜分派圖 참조) 류훤(柳萱, 1586-1654)은 조선 후기의 학자로 호(號)는 절초당(節初堂). 1604년 성균시(成均試), 1610년 사마시(司馬試)에 합격하고 영동(永同), 화순(和順) 현감(縣監), 종부시주부(宗簿寺主簿), 의빈부도정(儀賓府都正) 등을 역임. 외직(外職)에 있을 때 고을에 향약(鄕約)을 실시하여 풍속 순화에 앞장섰음.(『한국민족문화대백과』 참조)

위졌습니다.

낮은 벼슬이지만 남은 구호미를 때때로 공급해 주시고 도리어 간절히 미안해하시니, 잠시 기다려서 몸이 불편한 것을 좀 쉬었다가 문안을 드릴 계획입니다.[52]

2.

궁핍을 구휼하는 것은 어진 사람이나 군자의 도리입니다. 그런데 병으로 빈산에 엎디어서 세상과 아주 떨어져 지내는 이 9월의 시절에 쌀과 고기를 내려주시니 뜻밖의 감사를 그만 둘 수 없습니다.

그런데 율리(栗里)의 황국(黃菊)[53]은 다만 감상만 하시고, 강주(江州)의 백의(白衣)[54]는 보내드리지 못합니다. 매화 술동이는 멀리서 생각만하시고 저 홀로 취하니 어찌 생각하십니까? 하 하, 하 하, 한 번 왕림하여 주시기를 미리 발돋움하고 바랍니다.

3.

불볕더위 아래 매우 심한 열기를 이기지 못하고 있는데 파초 한 잎이 갑자기 북쪽 창 아래 떨어졌습니다. 맑은 바람 밖에 또 맑은 바람을 얻었나 하고 의심을 했는데 이는 친구가 온 것입니다.

---

52 위계(爲計): 그리할 계획임.(한문 투의 편지에 씀)

53 율리(栗里)의 황국(黃菊): 도연명(陶淵明)의 「음주(飮酒)」 20수 중 제5수에 "동쪽 울타리 밑에서 국화를 따다가(采菊東籬下) / 유연히 남산을 바라보노라(悠然見南山)" 시구가 있는데 아마도 도연명의 시를 보내니 감상하라는 의미일 듯.

54 강주(江州)의 백의(白衣): (미상) 백거이(白居易)가 강주(江州) 자사(刺史)로 좌천된 적이 있어 그와 관계된 내용으로 추정되나, 그의 작품 중에 '백의(白衣)' 시구(詩句)가 들어있는 작품을 확인 못함.

구봉산인조엽[55]에게 보낸 서한(與九峯山人曺煠書)

옛적에는 오천 길 삼봉(三峯)으로 사람의 문장을 비유했는데, 지금 그대가 거처하고 있는 봉우리 아홉은 길이가 얼마인지 알 수 없으니 문장 또한 어떠한지 알 수 없네. 그대는 전에 성 남쪽에 살았는데, 지금은 구봉(九峯)에 사는 것은 어째서인가? 구봉의 안개와 노을을 취하고자 함인가, 구봉의 산수를 즐기고자 함인가? 담장 밖에 소나무와 대나무로 심고, 뜰 앞에는 매화와 국화를 심어 의젓이 율리(栗里)[56]의 물색(物色) 같은데, 때로 풍천지장(風泉之章)[57]을 외고, 날마다 협객전(俠客傳)[58]을 읽으니 은연중에 선비의 기상(氣象)을 징험(徵驗)하는 것만 같네. 시속(時俗) 사람들은 알지 못하지만, 오직 그 벗 백천(百泉) 늙은이만은 그것을 안다네.

나 또한 자네가 이곳에 사는 뒤로부터 세상일을 사절하고, 마침내 고을의 동쪽 서암(瑞巖) 산중으로 들어와 작은 언덕을 얻어 살고 있으면서, 산 구름 물안개로 벗을 삼고, 혹 산에 가서 나물도 캐고, 혹 물에 가서 낚시도 하면서, 다만 나뭇잎 사이로 봄가을을 기억할 뿐, 산 밖의 세상은 알지 못한다네.

그대가 사는 곳과는 안개와 노을이 서로 접하여 아주 가까운 곳에 불과하니, 바라기는 모름지기 서로 방문하여 불평한 마음을 풀어봄이 어떠할지.

---

55 조엽(曺煠, 1600-1665): 1624년 사마시 합격. 1636년 병자호란 때 백천(百泉) 류함(柳涵), 종숙부(從叔夫) 조수성(曺守誠) 등의 거의(擧義)에 참여한 뒤에 화친이 이루어지자, 고향으로 돌아와 구봉산(九峯山)에 은거하였다. 1804년에 정려(旌閭)를 받고 쌍충각(雙忠閣)을 세움.(『한국향토문화전자대전』 참조)

56 율리(栗里): 도연명(陶淵明)의 고향 이름.

57 풍천(風泉): 『시경(詩經)』의 편명. '비풍(匪風)'과 '하천(下泉)'을 지칭하는 말. 시(詩)는 현인(賢人)이 국가의 쇠망(衰亡)을 걱정한 내용임.

58 협객(俠客): 호방하고 의협심이 있는 사람, 협사(俠士). 『사기(史記)』「열전(列傳)」권64에 〈유협열전(遊俠列傳)〉이 있음.

서(序)

백천재서(百泉齋序)

객(客)이 내게 와서 묻기를 "그대의 재(齋)의 이름을 백천(百泉)으로 한 것은 추부자(鄒夫子)의 원천(源泉)[59]의 의미를 취함인가, 주부자(朱夫子)의 한천(寒泉)[60]의 의미를 본받은 것인가, 재(齋)의 이름을 어찌 천(泉)에서 취했는가?"라고 했다.

내가 응대하기를 "내 어찌 감히 옛 군자의 의지와 취향을 몰래 빗대었겠는가? 내가 서울에서 남쪽으로 흘러와 속세의 생각에서 물러나, 물외(物外)에 취미를 붙여 동남으로 산수 간을 두루 노니면서 늘 그막에 머물러 쉴 곳을 얻으려고 생각하였네. 지금 저 오성(烏城, 화순의 옛 이름)현의 남쪽에 백천이 있는데, 이 물의 발원은 서석산 아래로 이리저리 구불구불 동쪽으로 흘러 합해져서 백천이 되었다네. 쫄쫄 소리 내며 섬돌 아래로 들어가서는 나로 하여금 골수(骨髓)를 맑게 하고, 뽀글뽀글 돌 사이에서 솟아 나와서는 사람으로 하여금 심신(心神)을 상쾌하게 한다네. 이에 정사(精舍) 두어 칸을 지어서 대개 그 백천의 광경을 취한 것일 뿐이네.

북쪽으로 한산(漢山)을 바라보면 '저문 구름에 짙은 물방울[暮雲濃滴]'이 처마 끝에 달렸고, 동쪽으로 오산(烏山)을 바라보면 아침 햇살

---

59 추부자의 원천(鄒夫子之源泉): 추부자(鄒夫子)는 맹자가 추(鄒)나라 사람이어서 추부자라고 하고, 원천(源泉)은 서자(徐子)가 말하기를 공자가 물을 극찬하여 "물이여, 물이여 물에서 무엇을 취함인가.(水哉水哉 何取於水也)"라고 한 것을 두고, 맹자(孟子)가 '근원이 있는 샘물은 위로 퐁퐁 솟아 나와 아래로 흘러내리면서 밤이고 낮이고 멈추는 법이 없다.(源泉混混 不舍晝夜)"라는 데서 인용.(『맹자(孟子)』「이루장(離婁章) 하(下)」)

60 주부자의 한천[朱夫子之寒泉]: 주부자는 주자(朱子)를 높여서 부른 말이고, 한천(寒泉)은 한천정사(寒泉精舍)로 송(宋)나라의 주희(朱熹)가 강학하던 장소.

이 창 밖에서 위로 구르며[朝暉轉上於窓外], 그 나머지 학도의 저물녘 안개[鶴島暮煙]와 종산의 낙조[鍾山落照][61] 이 모두가 내 앉은 자리에서 요긴하게 둘러보는 대상이고, 이는 모두 백천의 조역(助役)이라네. 때때로 두서너 친구와 샘가에서 소요하면서 씻고 씻으니, 이것이 나의 재(齋)를 명명한 이유일세."라고 했다.

객이 말하기를 "예, 예." 하고, 나는 이에 객과 함께 '백천재' 운(韻)한 절구(絶句)를 창화하다.

---

61 '학도모연', '종산낙조'는 백천재 팔경에 속함.

기(記)

대나무 별장기(竹窩記)

내가 대나무를 사랑하는 버릇이 있어 아이들로 하여금 샘가에 한 칸의 집을 지으라 하고, 집의 재료는 모두 대나무로 하되 소나무나 다른 재목은 쓰지 못하게 하였다. 들보도 대나무로 하고, 서까래도 대나무로 하고, 기와도 대나무로 하고, 마당 경계에 또 대나무 여러 줄기를 심어서 맑은 바람을 맞이하였다. 별장의 이름을 '대[竹]'가 아니라 왜 '별장[窩]'이라 했는가 하면, 내가 대나무 관을 쓰고 대나무 지팡이를 짚고 대나무 별장 가운데를 소요하다가 대나무 침상에 누워 쉬고, 손에 대나무로 엮은 주역 한 권을 쥐고 세상 시름 떨쳐 버린다면, 사람들이 천상죽와노수(泉上竹窩老叟)[62]라 부르겠지 해서 그런 것이다.

서석산기(瑞石山記)

호남에 산이 있는데 의젓하게 한 도(道)의 가운데 자리하고 있다. 그 높이는 몇 천 길인지 알 수 없고, 그 폭도 또한 알 수 없다. 종횡으로 봉우리가 있는데 날개를 편 것 같고, 마치 홀[圭]을 깎아 놓은 것처럼 형태가 높아 안개와 구름 밖으로 나와서 조물주의 기권(奇權)[63]이라 헤아리기 어렵다. 돌이 가로막힘 없이 시원하게 터져서 마치 축대(築臺) 형상이 봉우리를 펼쳐 놓은 것 같고, 바위 위

---

62 천상죽와노수(泉上竹窩老叟): 샘 가 대나무 별장의 늙은이.
63 기권(奇權): 기변(奇變) 또는 권변(權變)의 재주.

에는 신선(神仙)의 지팡이와 신발[64]로 빙빙 돌아서 올라갈 정도의
산길이 나 있다.[65]

방장(方丈)[66]은 그 동쪽에 있고, 영주(瀛州)[67]는 그 남쪽에 있으며,
칠산(七山)은 그 서쪽에 고리처럼 둘러 있고, 광산(光山)은 그 북쪽
에 버티고 있어, 사면에 펼쳐진 것이 마치 뭇별들이 북극성(北極星)
을 빙 둘러 받치고 있는 것 같다.[68] 호남의 고산(高山)이 이보다 더
높을 수는 없고, 이름을 서석(瑞石)으로 한 것이 마땅하다.

한번 그 위에 오르면 가슴이 쇄락(灑落)하여 속세의 생각이 아주
맑아지니 사람으로 하여금 우화지심(羽化之心)[69]을 가지게 하고, 속
세의 정을 없게 하니 이는 이른바 십암경수(十巖競秀)[70]요, 만학쟁류
(萬壑爭流)[71]이다. 초목이 무성하여 백성의 이로움에 은택을 주고,
조수(鳥獸)가 기괴하여 유람객과 놀기를 함께 하며, 봄과 여름의 교
차할 때에는 온갖 꽃이 일제히 피어서 일천 봉우리가 비단 장막을
이루어 그림 병풍 사이에 의지하는 것 같다. 가을과 겨울에 이를 즈
음에는 여러 갈래 물들이 다투어 울어서 골짜기마다 관현악을 연주
하여 마치 노래 부르는 마당에 있는 것 같으니, 이는 이른바 유람객
들이 갔다가 되돌아갈 것을 잊어버리는 것이다. 천촌만락(千村萬落)
이 눈앞에 별처럼 벌여 있으니, 저기가 아무개 고을의 아무개가 사

---

64 장구(杖屨): 지팡이와 신발.
65 반선(盤旋): 산길 같은 것이 빙빙 돌아서 오르게 나 있음.
66 방장(方丈): 본래 삼신산 중에 하나이나 여기서는 지리산을 이름.
67 영주(瀛洲): 본래 삼신산 중의 하나이나 여기서는 한라산을 이름.
68 『논어(論語)』「위정(爲政)」1에 "공자가 말씀하시기를, 정치를 덕으로 하는 것을 비유하면,
  북극성이 제자리에 머물러 있으면 뭇별들이 그에게로 향하는 것 같다.(子曰 爲政以德 譬
  如北辰 居其所 而衆星 共[拱]之)"라는 말이 있음.
69 우화지심(羽化之心): 날개가 돋아 신선(神仙)이 되어 하늘에 오른다는 우화등선(羽化登
  仙)의 마음.
70 십암경수(十巖競秀): 열 바위가 빼어남을 다툼.
71 만학쟁류(萬壑爭流): 온 골짜기가 다투어 흐름.

는 곳이 분명하고, 장강(長江)과 대해(大海)가 무릎 아래 펼쳐져 있으니, 아무데를 좇아서 아무데에 이르는 것을 알겠더라. 오문(吳門) 남쪽은 탁 터져서 말이 훈련했던 것 같고, 촉도(蜀道)가 서쪽으로 높이 솟아 하늘과 거리가 한 자면 닿을 듯하다. 그 나머지 광경은 온전히 형용할 수 없다.

이 산은 불행하게도 동쪽 바다 끝에 있어서 우리 공자님으로 하여금 그 위에 올라 그 경치를 완상하게 할 수도 없고,[72] 또 자장(子長)[73]으로 하여금 이곳에 와서 놀게 하지도 못해 성인(聖人)의 허락과 권면은 얻을 수 없으니, 문인이나 시인 같은 소객(騷客)의 음영(吟詠)에는 들지 못하고, 다만 한낱 처사로 하여금 그 자상한 내용을 대략 기록하게 하니 오호라, 애석하도다.

---

72 맹자(孟子)는 "공자가 동산에 올라서는 노나라를 작게 여겼고, 태산에 올라서는 천하를 작게 여겼다.(孔子登東山而小魯 登泰山而小天下)"라고 하였음.(『맹자(孟子)』「진심장(盡心章) 상(上)」)
73 자장(子長): 『사기』를 저술한 사마천(司馬遷)의 자(字)임. 그는 천하를 두루 유력(遊歷)함.

잡저(雜著)

유산록(遊山錄)

오산(烏山)의 서쪽에는 네 노인이 있는데 모두 산수지인(山水之人)[74]이라. 산수의 사이를 두루 노니는 자는 산수가 얼마쯤인지 알지 못한다. 산수의 나들이는 오직 우리 네 노인이 매양 서로 따르면서 마치 상산사호(商山四皓)[75]의 기상(氣像)이라도 있는 것처럼 한다.

시절이 늦가을을 만나 마당의 국화가 노랗게 드리우고, 산 단풍은 붉게 흐르니, 바로 이때가 노닐며 감상할 때라. 네 노인이 산수 나들이를 약속한 것이 바로 음력 9월 보름이다. 몸에는 연잎을 걸치고[76] 손에는 지팡이를 짚고 가다가 만연(萬淵) 아래에 이르니, 샘물이 졸졸 소리 내며 울려서, 속세를 벗어난 마음은 흐릿하고, 산 구름은 진세(塵世)의 생각을 쓸어가 버리니, 석양 돌길 위에 다정한 산수는 마치 네 노인의 나들이를 기다리는 것 같다.

저녁이 되어 산사(山寺)에서 자니 월색이 창에 어리비치어 유람객이 바로 잠을 이루지 못하는 때라. 일어나 불꽃 심지를 자르고, 앉아서 이어지는 종소리를 헤아리며 허심탄회하게 정담을 나누는데, 가을밤이 질펀함을 깨닫지 못한다.

다음 날 새벽 송대(松臺)로 방향을 바꾸니, 두어 칸 옛 암자가 층

---

74 산수지인(山水之人): 산수(자연)를 좋아하는 사람.
75 상산사호(商山四皓): 진(秦)나라 말기에 폭정(暴政)을 피해 상산(商山)에 숨어 살았던 네 명의 노인. 후세에 나이도 많고 덕도 높은 은사(隱士)를 뜻하는 말로도 쓰임.
76 기하(芰荷): 기하의(芰荷衣)는 연잎 옷으로 지은 은자의 옷. 『초사(楚辭)』 「이소(離騷)」에 "기하(芰荷)를 마름질하여 저고리를 짓고 / 부용을 모아서 치마를 짓네.(製芰荷以爲衣兮集芙蓉以爲裳)"라는 구절이 있는데 여기서는 속세를 떠난 은자가 입은 옷을 가리킴.

암(層巖) 위에 의지해 있는데 멀리 인간세상 밖에 벗어나 있으니, 이는 이른바 난야(蘭若)[77]가 하늘로부터 삼백 척이나 떨어져 있는 것이다. 단풍이 푸른 소나무 사이에 있고, 푸른 소나무가 단풍 사이에 있어 황홀하기가 단청의 그림자 같다. 또 오래된 돌과 괴이한 바위가 봉우리마다 얼굴을 드러내고 있고, 그 가운데 산승(山僧)이 의연(依然)히 내왕하고 있다. 또 서석(瑞石)을 향하니 돌의 형체가 마치 급히 떨어지는 물이 만장(萬丈)에 걸려 있는 것 같고, 끊어진 벼랑이 떨어질 것 같은데 떨어지지 않아 그 신이함이 지극하다. 그러므로 산의 이름을 서석이라 한 것도 이 때문이다.

정상에 이르니 평평하기가 평탄한 길 같고, 뭇 산이 별처럼 껴안고 있으며, 여러 갈래 물이 옷깃을 두른 듯하고, 서남쪽으로 큰 바다가 천 리의 밖에 그득하여 호남의 뛰어난 풍경이 한 눈으로 봐도 뚜렷하다. 규봉(圭峰)의 광석대(廣石臺) 및 산 암자의 기이함은 실로 다 기록할 수가 없다. 이날 저녁은 안심사(安心寺)에서 자는데 절은 바로 천 년의 고찰이다. 괴로이 산창(山窓)에 의지하여 꿈속에서 혼이 떠돌아 마치 층암절벽 사이를 오가는 것 같다.

마침내 적벽(赤壁) 아래로 향하니 가을바람이 소슬한데 달빛[78]도 맑고 맑아 한 줄기 장강(長江)과 만장(萬丈)의 층벽(層壁)은 한 쪽을 감싸서 벌여 있으니 진짜 별세계 강산이라, 아마도 황강(黃岡)의 적벽은 어디에도 없을 것이다. 그것은 저 맹덕(孟德)[79]이 한 번 간 뒤로 소선(蘇仙)[80]이 있지 않은 것은 전쟁터의 일이라, 속되지 않은 소담한 놀이의 흥취를 묻고자 해도 물을 곳이 없다.

---

77 난야(蘭若): 범어 āranyaka의 음역인 아란야(阿蘭若)의 줄임말로 출가자가 수행하는 조용한 사원.
78 옥우(玉宇): 달빛.
79 맹덕(孟德): 조조(曹操)의 자(字).
80 소선(蘇仙): 소동파(蘇東坡)를 가리킴. 그가 적벽에서 놀았던 때가 7월 기망(旣望)이었다.

산은 스스로 말없음이여 물은 속절없이 흐르는도다(山自黙兮 水空流)

사람으로 하여금 다만 우화지심(羽化之心)[81]이 있지만, 도사의 돌아보는 웃음도 없으니 빈 물가만 배회하며 화락하여 읊조린다.

미인을 바라봄이여 하늘 한 곳이로다(望美人兮 天一方)

구절일 따름이다. 이미 해는 비끼어 산으로 기울고, 어두운 빛이 나무에서 생겨나니 객점에 투숙하다.

마치 꿈에 신선이 되어 나르듯이 바로 옹성(甕城)을 향하는데, 돌이 독 같아서 이 성의 이름이 그리 된 것이다. 마침내 장대(將臺)에 올라 북쪽으로 중원(中原)을 바라보니, 마음은 마치 천병만마(千兵萬馬)를 몰고 바로 압록강을 건널 것 같다. 대개 이르기를 이 성은 삼한(三韓) 시대에 축성되었는데, 천 길의 높은 바위가 사면에 빙 둘러 있어서 이는 이른바 "한 사내가 빗장을 걸면 만 사내라도 열 수가 없다"라고 한다.

마침내 구봉산(九峯山)을 향하는데 구봉산은 바로 조우(曺友)[82]가 속세에서 멀리 떨어져 나와 지은 시골집이라. 그 정자에 들어서면 시서(詩書)가 책장에 가득하고, 매화와 대나무가 마당에 가득하며, 황국이 또한 따라서 난만하니 산 막걸리 한 잔에 차가운 꽃잎 띄워 자작(自酌)하느라 날빛이 고개를 넘어가는 것을 깨닫지 못한다. 손을 잡고 하산하여 각자 집으로 돌아갔는데 지쳐서 샘가에 누우니 마음과 정신이 산수의 사이를 날아 넘는다.

---

81 우화지심(羽化之心): 우화등선(羽化登仙)의 마음.
82 조우(曺友): 조엽(曺熀)을 가리킴.

네 노인은 누군가 하면, 인재노인(忍齋老人)[83]최공(崔公) 홍우(弘宇), 백천은자(百泉隱者)[84], 청강처사(淸江處士)[85]조공(曺公) 수성(守誠), 구봉산인(九峯山人)[86]조공(曺公) 엽(熀)이다.

지주비[87] 창건 사실(砥柱碑創建事實)

중부(仲父) 교리공(校理公)[88]이 선산(善山) 부사(府使)로 출사하니 조카인 내가 따라가서 관아에 있었다. 그때 이 공(李公) 산보(山甫) 씨가 본도(本道) 안절(按節, 감사)이었고, 류 공(柳公) 운룡(雲龍) 씨는 마침 인동(仁同) 현감으로 있었다. 이 공이 순시 중에 선산(善山)에 이르러 개연(慨然)히 탄식하며 "야은(冶隱) 선생 고절(高節)의 지주비(砥柱碑)인가? 지금 세상에 그 절의의 표식을 드러낼 흔적이 없다니 어찌 슬프고 애석하지 않으리오. 나의 동료가 이미 본도 현감이니 한 조각의 돌을 세워 만고에 우뚝한 절개를 표할 수 있을 것이다."라고 운운 했다.

---

83 인재노인(忍齋老人): 최홍우(崔弘宇, 1562-1636) 숙종 4(1678)년에 세운 고사정(高士亭) 주인.
84 백천은자(百泉隱者): 류함(柳涵, 1576-1661) 『백천유집(百泉遺集)』이 있음.
85 청강처사(淸江處士): 조수성(曺守誠, 1570-1644) 『청강유집(淸江遺集)』이 있음.
86 구봉산인(九峯山人): 조엽(曺熀, 1600-1665) 『구봉유집(九峯遺集)』이 있음.
87 본래 지주(砥柱)는 중국의 황하(黃河) 거센 물살 가운데 우뚝 서 있는 바위산으로, 혼탁한 세속에 휩쓸리지 않고 꿋꿋하게 자신의 절조를 지키는 군자를 비유한 말인데, 우리나라에서는 선조 19(1586)년에 인동 현감(仁同縣監) 류운룡(柳雲龍)이 감사(監司) 이산보(李山甫)와 선산 부사(善山府使) 류덕수(柳德粹)의 도움을 받아서 선산(善山)에 세운 고려 충신 야은(冶隱) 길재(吉再)의 유적비(遺蹟碑)를 '지주비'라고 한다. 그 비의 전면(前面)에는 중국인 양청천(楊晴天)의 '지주중류(砥柱中流)' 글을 새겼고, 음기(陰記)는 류성룡(柳成龍)이 씀.(국역 『澗松集』 간송별집 제1권, 록(錄) 〈지주비음기(砥柱碑陰記)〉 주석 참조)
88 교리공(校理公): 화산 부사(華山府使) 류문옥(柳文沃)의 둘째아들 덕수(德粹). 그는 문과(文科)를 거쳐 선산 부사(善山府使), 홍주 목사(洪州牧使)를 지냄.(〈백천 류공 세보(百泉柳公世譜)〉 참조)

그러므로 중부(仲父)와 류 공(柳公)이 앞장서서 이 뜻을 발의하여 돌을 잘라 금오산(金烏山) 아래 비를 세우고, 쓰기를 "흐르는 물 가운데 지주가 있으니 선생의 절개가 이에서 더욱 빛난다.(砥柱中流先生 之節於斯益彰)"라고 했다. 류 공(柳公) 성룡(成龍) 씨가 뇌문(誄文)[89]에, 비를 세운 사실을 기록하여 오래도록 전하도록 하였다. 비를 세운 날 조카도 그 성대한 의식이 가서 참석하였다.

아, 우뚝한 절개 지극하여 뒷사람으로 하여금 눈으로 보고 마음으로 느끼게 하는구나. 이 이하 빠져 있음.(此以下缺)

임진기사(壬辰記事)

마음이 아프도다. 임진(壬辰, 1592)년의 곤액이여. 섬 오랑캐가 창궐(猖獗)하니 임금님의 가마가 파천(播遷)하고, 추악한 오랑캐들이 범한 8년 동안에 평양(平壤)을 함락하고 성(城)에 웅거하였다. 그 때 맏형이 백의종사(白衣從事)하였으나, 적(賊) 기병의 기세에 눌려 피했으니[90] 형세는 장차 어찌할 수 없었다. 여러 장사(壯士)들과 분격해서 팔을 걷어붙이고 눈을 부릅뜨면서 맹서하기를 "나라를 위해 의에 죽는 것은 대장부의 일이다. 우리들은 모두 세록지신(世祿之臣)[91]으로 죽음 또한 어찌 서운하겠는가?"라고 하고, 마침내 분격해서 창을 들고 적진에 돌입하여 끝내 순절하였다.

---

89 뇌문(誄文): 공덕을 기리며 신에게 복을 비는 글.

90 벽역(辟易): 상대편을 두려워하여 물러나 피함. 기세에 눌려 뒷걸음질을 침. "항우(項羽) 가 마지막 28기(騎)를 거느리고 한(漢)나라의 수천 기병(騎兵)을 상대할 때, 적천후(赤泉 侯)가 추격해 오는 것을 보고는 눈을 부릅뜨고서 큰소리로 꾸짖자, 군마(軍馬)가 너무도 놀란 나머지 뒷걸음질 치며 몇 리나 물러났다"라는 고사가 있음.(『사기(史記)』 권7 「항우 본기(項羽本紀)」 참조)

91 세록지신(世祿之臣): 대대로 국록을 받은 신하.

막냇누이는 최서생(崔瑞生) 부인이었는데, 또 정유(丁酉, 1597)년의 변란을 맞아 흥덕(興德) 사진포(沙津浦)로 난을 피했다가 더러운 오랑캐의 잔당이 바다에서 몰려와 사람과 물건을 노략질하던 차에, 서생(瑞生)이 타고 있던 배에 이르니 형세가 장차 예측하기 어려워지자, 부인이 집안사람들과 결별(訣別)하며 "더러운 오랑캐 손에 죽는 것보다 차라리 물에 투신하는 것만 못하다."라고 하고, 어린아이를 가노(家奴) 순동(順童)에게 맡기고 마침내 물에 투신하여 죽었다.

오호라, 맏형은 평양에서 순절하고, 막냇누이는 사진포에서 투신하였으니, 내 집 액운이 어찌 하나같이 이에 이르렀는가?

사서설(四書說)

위기지학(爲己之學)[92]은 이 책보다 더한 것이 없는데 성현이 전하여 준 심법(心法)이다. 노론(魯論)[93]이 한 번 출현해서, 한 번 전하여 증자(曾子)에 이르고, 또 한 번 전하여 자사(子思)에 이르고, 또 한 번 전하여 맹자(孟子)에 이르니, 네 성인의 서적을 바로 사서(四書)[94]라 이른다. 우리 공자님께서 먼저 심(心)과 도(道)를 말씀하시고, 증자께서 이어서 물(物)과 지(知)를 말씀하시고, 자사께서 이어서 명(命)과 성(性)을 말씀하시고, 추부자[95]께서는 분석하여 이(理)와 욕(慾)을 말씀하셨다.

---

92 위기지학(爲己之學): 『논어(論語)』「헌문(憲問)」25에 "옛날에는 자기 자신을 위해 배웠지만, 오늘날은 남을 위해 한다.(古之學者爲己, 今之學者爲人)"에서 비롯된 것으로 자기 자신의 본질을 밝히기 위한 학문을 이름.
93 노론(魯論): 노나라 『논어(論語)』 곧 공자의 『논어』를 이름.
94 사서(四書): 『논어(論語)』·『대학(大學)』·『중용(中庸)』·『맹자(孟子)』를 이 글에서는 노론(魯論), 증자(曾子), 자사(子思), 맹자(孟子)로 바꿔 말한 것임.
95 추부자(鄒夫子): 맹자가 추나라 출신이어서 추부자라고 부름.

네 성인의 말씀은 비슷한 것 같으면서도 다름이 있으나, 묶어서 말하면 모두 인의예지(仁義禮智) 중에서 일관되게 나온 것이다. 하늘의 적심(賊心)[96]은 허령물매(虛靈不昧)[97]하여 사람의 도(道)된 것이 헤아리기 어려울 만큼 깊고 미묘하여 같지 않으니, 우리 공자님께서 처음 말씀하면서 심(心)과 도(道)로 수심(修心)과 체도(體道)[98]의 의의를 밝혔는데, 그 설명이 간결하고 요약되고, 그 가르침이 꾸밈이 없고 깊었다. 증자께서 격물치지(格物致知)[99]의 설명으로 심(心)과 도(道)의 본원을 삼강령(三綱領) 팔조목(八條目)에서 거듭 거듭 밝혔는데, 정자(井字) 모양으로 쪽 바르고 엄정하고 질서가 있어서 심(心)과 도(道)의 설명에 딱 들어맞지 않음이 없었으니, 대학(大學)의 도(道)가 이에서 크게 되었다. 자사께서 도(道)가 실전(失傳)될 것을 염려하여 천명솔성(天命率性)[100]의 의의를 이어서 말씀하는데, 그 설명이 일관된 도(道)로써 심(心)과 도(道)의 깊고 미묘함을 해석하였으니, 중용(中庸)의 덕이 성대하지 않겠는가? 맹자의 시대에 이르러 성인과의 거리가 차츰 멀어져서, 양묵(楊墨)[101]의 설(說)이 종횡(縱橫)하여 한 시대를 현란하게 하므로, 심(心)과 도(道)의 바름을 맹자께서 존리알욕(存理遏欲)[102]의 의의와 효제성선(孝悌性善)의 설명으로 그 바름을 잡고, 그 사악(邪惡)함을 배척하여 공문(孔門)의 심법(心法)을 만세 천하에 밝혔으니, 맹자의 공(功)이 지극하고 다하였다.

---

96 적심(賊心): 훔친 마음. 여기서는 하늘에서 받은 마음.

97 허령불매(虛靈不昧): 잡된 생각이 없이 마음이 신령하여 어둡지 아니함. 유교에서 말하는 심상(心狀)과 명덕(明德)의 본질이다.

98 수심체도(修心體道): 수심은 도를 닦음. 체도는 도를 본뜸.

99 격물치지(格物致知): 『대학(大學)』 팔조목(八條目) 중 처음 두 조목. 주자(朱子)의 『대학장구(大學章句)』에 의하면, 격물치지(格物致知)는 "사물의 이치를 궁극에까지 이르러서 나의 지식이 극진한 데 이른다."라고 했음.

100 천명솔성(天命率性): 하늘의 명이 천명(天命)이고, 그 천명을 따르는 것이 솔성(率性)임.

101 양묵(楊墨): 양주(楊朱)와 묵적(墨翟), 극단적인 이기주의와 겸애를 주장함.

102 존리알욕(存理遏欲): 천리를 보존하고[存天理], 인욕을 막는다[遏人欲]의 줄임말.

오직 이 네 성인의 서적이 어찌 쉬운 말씀이겠는가? 배우는 자가 깊고 먼 뜻을 침잠(沈潛)하여 체득(體得)한 그런 뒤에야, 이 책이 전해 주는 심법의 만분의 일이라도 알게 될 것이다.

며느리[103] 이 씨를 곡한 글(哭子婦李氏文)

유(維) 모년 모월 모일에 가옹(家翁)[104]은 글로써 며느리 이 씨의 영(靈)에 곡(哭)하노라.

천리(天理)에도 거스름[逆]이 있고, 애통에도 거스름이 있는데 애통의 거스름은 곡(哭)하는 애통이다. 천리에 믿기 어려운 것[105]은 죽음이고, 애통의 헤아릴 수 없는 것은 거스름이다. 어찌 나의 천리의 거스름이 애통의 거스름과 같겠는가?

오호통재(嗚呼痛哉), 네가 우리 집에 들어온 뒤로 부모 섬기고 남편 공경하는 정성, 윗사람을 받들고 아랫사람을 대하는 도리가 동년배들 가운데 뛰어나서, 나의 문중이 삼가 본보기로 삼아 여덟 식구의 삶을 네게 맡겼는데, 집에 불행이 닥쳐서 일종의 천연두가, 어질고 밝은 사람의 목숨을 갑자기 빼앗아 갔으니, 하늘이 기필한 것은 아니겠지만 어찌 이 지극한 지경에 이른단 말인가?

한 번도 근친한 적이 없으니 네 집의 정경을 차마 말하며, 죽은 뒤의 일을 위한 자식을 본래 낳아 기르지 않았으니, 애간장이 다 끊어져 다함없음을 누구에게 의탁하겠는가? 백발노인의 슬픈 감회로

---

103 죽은 며느리는 족보에 셋째 아들 지서(之瑞)의 처가 두 분이 등재되어 있는데 첫째 며느리 전주이씨(全州李氏)가 일찍 별세한 것으로 추정.(후손 류정훈(柳貞勳) 씨 제공)

104 가옹(家翁): 일반적으로 집안 노인을 높여서 이른 말로 여기서는 글쓴이를 가리킴.

105 "아, 믿기 어려운 것은 하늘이고, 무상(無常)한 것은 명이로다.(嗚呼! 天難諶, 命靡常)"라는 구절이 『書經』「함유일덕(咸有一德)」에 있음.

다. 외로운 혼백이 어디에 의지하며, 가련한 청춘의 요절한 원통함이여.

일마다 생각이 떠올라 마음과 정신이 연기 같고, 물건마다 보고 지나가면 눈물이 비같이 흐르는구나. 불러도 대답이 없고, 말해도 대답이 없으니 죽은 자는 어떻겠는가? 이는 아득하고 아득하여 알 수 없도다. 죽음과 삶이 구분이 있어 지금 상여를 보내면서 다만 술 한 잔 땅에 붓고 제물을 올리고 나면 영원히 멀리 떨어질 것이니, 제물이 비록 변변치 못하지만 어쩌면 와서 음향하려나.

옛 거처에서 느낀 회포(古居感懷)

양주(楊州)는 곧 병주(竝州)의 옛 고을이라. 예전에 유주(儒州, 지금 문화(文化)이다)에서 살았을 적에는 번창(繁昌) 화려(華麗)하고 자줏빛 연하가 감도는, 바로 조상의 묘소가 있는 곳이다. 풍양106관동(豐壤館洞)은 바로 조상의 여러 집들이 무성하여 군(君)에 봉해진 것이 2세대, 과거(科擧)에 오른 것이 5세대로 양반의 화려한 문벌로 양주의 최고였다. 집안의 운세가 갑자기 기축(己丑, 1589)년의 화(禍)107를 겪고, 또 임진(壬辰, 1592)년의 난리에, 흘러서 남쪽 땅에 우거한 지 지금까지 20여년이지만 고향에 돌아가지 못했다. 아득히 외로운 이슬 같은 인생은 천 리의 나그네가 되어 머물러 있으며, 때가 되면 조상의 묘를 가서 살펴보고 감회의 눈물이 줄줄 흐르는 것을 이기지 못하고, 옛날 거처의 여러 집이 지금은 누가 사는 집이 되었고, 옛날의 전답은 어떤 사람이 거두고 있는지 알 수 없으며, 아무 물, 아무 언

---

106 풍양(豐壤): 경기도 양주(현 남양주)의 옛 이름.
107 기축옥사(己丑獄事)를 말함.

덕은 어린 시절 낚시하고 놀던 때와 변함이 없으나, 한 번 번성하면 한 번 쇠퇴하는 것이 바로 상전벽해(桑田碧海)의 세상이나 다름이 없으니, 옛날의 느낌과 지금의 상처, 이 아래에 글자가 빠지거나 잘못된 것이 있는지 의심이 됨.(此下疑有闕誤) 멀리서 온 나그네가 옛 거처를 지내며 감회에 젖어서 홀로 빗긴 해에 울며 눈물짓는다.

백천집 권3(百泉集卷之三)

부록(附錄)

병자 창의 사실(丙子倡義事實)『호남병자창의록』및『동야수록』에 자세히 보임(詳見湖南丙子倡義錄及東野隨錄)

만력(萬曆, 明 神宗 年號) 47년, 기미(己未, 光海 11, 1619)년에 광해군(光海君)은 강홍립(姜弘立)[1]에게 유정(劉綎)[2]을 따라서 건주(建州) 오랑캐 누루하치(虜兒哈赤)[3]를 정벌하게 했는데, 홍립은 마침내 항복하고 장군

---

1 강홍립(姜弘立, 1560-1627): 조선 중기의 무신. 명나라의 원병으로 5도도원수(五道都元帥)가 되어 후금을 쳤으나 대패하고, 후금에 억류되었다가 정묘호란 때 입국하여 조선과 후금의 강화를 주선하여 후금에 투항한 역신으로 몰렸다. 강홍립은 선조 22(1589)년 진사, 1597년 알성문과(謁聖文科) 을과 급제. 세자시강원 설서(說書) 등 요직을 거친 뒤에 1599년 함경도도사(咸鏡道都事)로 재직 때 여진족 공략 방안을 건의했다. 1605년 진주사(陳奏使) 이덕형(李德馨)의 서장관(書狀官)으로 명(明)나라에 다녀오고, 1614년 순검사(巡檢使)를 지내면서 함경도 일대 군비를 점검했다. 1618년 광해군(光海君)에 의해 진녕군(晋寧君)에 봉해지고, 이듬해 명나라가 후금(後金)을 치기 위해 조선에 원병을 요청하자, 외교 전략과 중국어에 능통한 강홍립이 5도도원수(五道都元帥)로 임명되어 1만 3천 명의 군사를 이끌고 출정함.(『한국민족문화대백과』참조)

2 유정(劉綎, 1558-1619): 임진왜란 때 왜군을 치기 위해 온 명(明)나라 장군. 그는 강홍립과 연합으로 건주여진(建州女眞)의 추장 누루하치를 침.(중국,『维基百科』참조)

3 오랑캐 아합적(虜兒哈赤, 1559-1626): 성(姓)은 아이신줴뤄(愛新覺羅). 이름은 누루하치. (본문에 오랑캐 한자가 '虜'로 되어 있으나 '奴'로도 씀.) 금나라를 세웠으나 청으로 바뀐 뒤에 태조가 된다. 그는 본래 만주 푸순(撫順) 동쪽 훈허(渾河), 싱징(興京) 분지에 위치한 건주여진(建州女眞)의 추장이었으나, 1583년에 독립을 위해 군사를 일으키고 수 년 사

김응하(金應河)는 죽었다. 천계(天啓, 明 喜宗 年號) 6년, 병인(丙寅, 1626) 년에 오랑캐 사신(使臣)이 우리나라에 오니, 유생(儒生) 및 간원(諫院) 들이 상소하여 오랑캐[虜介]를 참수하고 함(函)에 넣어 명나라에 보내라고 청했다.

이듬해 정묘(丁卯, 1627)년에 오랑캐 아미타수(阿彌他水)가 수만(數萬, 3만)의 기병(騎兵)을 거느리고 내려오는데 홍립이 앞잡이가 되어 안주(安州)로 들어왔다. 얼마 되지 않아서 오랑캐들이 물러나니 유흥조(劉興祚)를 보내 화친을 청했다.

숭정(崇禎, 明 毅宗 年號) 9년 병자(丙子, 1636)년 봄, 오랑캐 홍타시(弘他時)[4]가 황제라 칭하고 우리나라에 사신을 보냈다. 학사(學士) 홍익한(洪翼漢)[5]이 오랑캐 사신을 참수할 것을 청했는데 명나라에 주달(奏達)되어 그 말이 위에 받아들여졌다. 오랑캐 사신 영아아대(英俄兒代, 용골대)는 베임을 당할까 두려워 도망해서 심양(瀋陽)으로 되돌아갔다.

이해 12월 초9일 오랑캐 병사가 대규모로 도착하여 14일에 바로 경성(京城)을 침범했다. 임금의 수레가 남한산성으로 행하고, 중전

이에 건주여진을 통일.(『두산백과』 참조)

4 홍타시(弘他時): 청 태조의 여덟 째 아들로 청 태종이 됨. 병자(1636)년에 국호를 금(金)에서 청(淸)으로 바꾸고 명나라를 정벌할 계획을 세워 추진하다가 뜻을 이루지 못함.(『두산백과』 참조)

5 홍익한(洪翼漢, 1586-1637): 조선 선조 때 문신. 자(字)는 백승(伯升), 호(號)는 화포(花浦), 운옹(雲翁). 병자호란 때 3학사(學士) 중 1인. 광해군 7(1615)년 생원, 1621년에 알성문과 급제했으나 파방(罷榜)되고, 인조 2(1624)년 정시문과에 장원. 1636년 청나라 사신이 오자, 제호(帝號)를 참칭한 죄를 문책하고 사신들을 죽임으로써 모욕을 씻자고 상소함. 그해에 병자호란이 일어나자 최명길(崔鳴吉) 등의 화의론(和議論)을 반대하다가 이 난에서 두 아들과 사위가 적에게 죽임을 당하고, 아내와 며느리도 적에게 붙들리자 자결함. 이듬 해 화의가 성립된 뒤에 평양 부서윤(府庶尹)이 되었으니, 화친을 배척한 사람의 우두머리로 지목되어 청나라로 잡혀갔다. 거기서 청장(淸將) 용골대(龍骨大)에게 "작년 봄에 네가 우리나라에 왔을 때 소(疏)를 올려 너의 머리를 베자고 청한 것은 나 한 사람뿐이다."라고 하고, 온갖 협박과 유혹에도 끝내 굽히지 않다가 죽임을 당함.(『한국민족문화대백과』 참조)

(中殿)은 대군(大君)과 원손(元孫)을 데리고 강화(江華)로 들어갔다. 선원(仙源) 김상용(金尙容)이 원임대신으로서 종묘(宗廟)를 보호하기 위해 따랐다. 강화(江華)의 주장(主將)인 김경징(金慶徵)은 술에 빠져 사는 것을 낙으로 삼아 성을 대비하지 않아서 마침내 함락되고 말았으며, 김상용 공은 스스로 불에 타 죽었다.

오랑캐 기마병의 남한산성 포위가 더욱 급박해지자, 부윤(府尹) 황일호(黃一皓) 공이, 사람을 모으기 위해 몰래 빠져나가 제도(諸道)의 병사들을 부르게 할 것을 청하였다. 19일에 교서(敎書)가 포위된 중에 나왔다. 이조판서 최명길(崔鳴吉)이 화의(和議)를 극력 주장하고, 청음(淸陰) 김상헌(金尙憲), 동계(桐溪) 정온(鄭蘊)이 주화인(主和人)을 배척하는 소(疏)를 올렸다.

최명길이 화의(和議)의 글을 작성하니, 김 공이 울며 그 글을 찢었다. 명길이 주워 붙이며 "그것을 찢은 자는 진실로 도움이 없지 않을 것이니, 또한 마땅한 대안이 있지 않겠는가?"라고 했다.

맹약을 끊는 데 앞장서서 모의한 자들을 오랑캐가 요구하자, 이에 안동(安東) 김상헌(金尙憲), 초계(草溪) 정온(鄭蘊), 파주(坡州) 윤황(尹煌), 남원(南原) 윤집(尹集), 해주(海州) 오달제(吳達濟), 광주(光州) 김익희(金益熙), 온양(溫陽) 정뢰경(鄭雷卿), 파주(坡州) 윤문거(尹文擧), 안동(安東) 김익수(金益壽), 전주(全州) 이행우(李行遇), 남양(南陽) 홍탁(洪琢) 무릇 십여 인이 척화(斥和)의 신하로서 자수(自首)하고 가기를 청하였다. 그때 홍익한(洪翼漢)은 평양(平壤) 서윤(庶尹)으로 자수하지 아니하였다. 조정 의논이 십여 인을 묶어 보내고자 하였으나, 임금에게 간(諫)하는 신하들이 다투니 결정하지 못하였다. 이에 척화로 앞서 인도하려던 것을 그만두고 삼학사(三學士, 홍익한(洪翼漢), 오달제(吳達濟), 윤집(尹集))를 보내기로 하였다. 홍익한은 평양 임소(任所)에서 잡혀 보내졌는데 행렬이 의주에 이르자, 부윤 임경업(林慶業) 공이 교외에 나와 맞이하고 위로하며 "이는 참으로 남아(南兒)의 일이라 살아서는 대의를 떠받들고, 죽어서는 역사에 빛날 것이다."라고 하였다. 삼학사 모두 오랑캐 안에서 해(害)를 당했다.

이때를 당하여 옥과(玉果) 현감(縣監) 이홍발(李興渤, 1600-1673), 대동(大同) 찰방(察訪) 이기발(李起渤, 1602-1662), 순창(淳昌) 현감(縣監) 최온(崔薀, 1583-1659), 전한림(前翰林) 양만용(梁曼容, 1598-1651), 전찰방(前察訪) 류집(柳楫, 1585-1651)이 옥과(玉果)에서 의병을 일으키고, 백천(百泉) 류함(柳涵, 1576-1661), 청강(清江) 조수성(曺守誠, 1570-1644), 구봉(九峯) 조엽(曺熀, 1600-1665), 삼호(三湖) 최명해(崔鳴海, 1607-1650), 옥림(玉林) 임시태(林時泰, 1590-1672)가 화순에서 의병을 일으켰다.

25일에 격서가 전하자, 도내 여러 고을에 나누어 정해서 모의유사(募義有司)들이 일제히 함께 행동을 취하였다. 정축(丁丑, 1637)년 정월 20일 여산(礪山)에서 합치니, 당시 대사간 정홍명(鄭弘溟)[6]이 소모사(召募使)로 공주(公州)에 있었다. 제공(諸公)이 이에 의논을 정하여 병사를 합치고, 또 본도(本道) 감사(監司) 이시방(李時昉)[7]이 합세하였다. 얼마 있지 않아서 홍명(弘溟)이 또 호소사(號召使)가 되어서 왕명으로 호남의 여러 고을을 둘러보았다.

제공들이 병사를 거느리고 청주(清州)에 이르렀는데, 왕이 남한산성에서 나왔다는 보고를 듣고, 서로 마주 보며 통곡하고 돌아갔다. 선비들의 강개(慷慨)한 뜻을 가졌으나 춘추존양(春秋尊攘)[8]의 대의를 펴지 못하니, 아, 마침내 세상일에 뜻을 끊고 문 닫고 스스로를 다스렸다.

---

6 정홍명(鄭弘溟, 1582-1650): 송강(松江) 정철(鄭澈)의 아들. 병자호란 때 소모사(召募使)로 활약하고, 적이 퇴각한 뒤에 귀향. 다시 함양 군수에 부임하고, 1646년 대제학이 되었다. (『한국민족문화대백과』참조)
7 이시방(李時昉, 1594-1660): 연평부원군(延平府院君) 이귀(李貴)의 아들. 전라도관찰사로 재직 중에 일어난 병자호란 때 즉시 군사를 동원해 남한산성의 위급을 구원하지 않은 죄로 정산(定山)에 유배, 1640년에 사면되어 제주목사가 됨 시호는 충정(忠靖). (『한국민족문화대백과』참조)
8 춘추존양(春秋尊攘): 중국을 높이고 오랑캐를 배척함.

교문(敎文)[9]

왕은 이렇게 말하노라. 우리나라가 명나라를 신하의 예로써 섬긴 지 이백 년이 되었고, 명 황제 조정의 부육지은(覆育之恩)[10]은 임진(壬辰, 1592)년에 이르러 지극하였으니, 이는 만고에 더할 수 없는 대의(大義)이다. 한번 서쪽에서 오랑캐가 중국을 어지럽히니 우리나라 대의로는 그들을 함께 원수로 삼아야 하는데 정묘(丁卯, 1627)년 변란이 갑자기 일어나서 위로 명나라에 주달하고 임시로 기미(羈縻)[11]를 허락한 것은 다만 나라 백성들의 목숨을 보전하기 위해서였다.

지금 이 오랑캐가 참호(僭號)[12]를 칭하는 데 이르고, 우리와 통의(通議, 화친)하기를 강요하는데 귀로 차마 들을 수 없고, 입으로 차마 할 수 없는 말을 하니, 힘의 강약을 따지지 않고 그 사신을 드러내놓고 배척한 것은 다만 만고(萬古) 군신지의(君臣之義)를 뿌리박게 하자는 이유에서였다.

내가 처음부터 끝까지 백성을 위하고 명나라를 위한 것이, 밝기가 해와 별 같은 것은 온 나라의 사민(士民)들이 함께 아는 바라. 이 오랑캐가 방자하게 흉학(凶虐)[13]을 부려 날랜 병사로 저돌적으로 나오므로, 내가 남한산성으로 나와 머물러서 죽음으로 지킬 것을 기약하

---

9 교문(敎文): 임금이 내린 글. 교서(敎書).

10 부육지은(覆育之恩): 천지가 만물을 덮어 기르는 은혜.

11 기미(羈縻): 재갈을 물리고 얽어매는 것을 말함. '기미를 허락했다.'는 것은 정묘(丁卯, 1627)년에 오랑캐 아미타수(阿彌他水)가 수만(數萬)의 기병(騎兵)을 거느리고 강홍립을 앞세우고 안주(安州)로 들어왔다가 얼마 되지 않아서 물러나자 유흥조(劉興祚)를 보내 화친을 청한 것을 말함.

12 참호(僭號): 참람하게 국호를 바꿈. 2대 홍타시(弘他時) 때 청(淸)으로 국호를 바꾸고 황제라 부른 것을 이름.

13 『대동야승(大東野乘)』33권, 「속잡록(續雜錄)」4. 〈丙子年〉에는 '虐' 앞에 '凶' 字가 추가되어 있음. *〈교문(敎文)〉은 『호남병자창의록』을 비롯하여 여러 곳에 보이는데 여기서는 본문과 글자의 출입이 많은 '앞의 책'과 비교한 것을 참고로 제시했음.

나 존망의 형편이 단숨에 결정되게 생겼다. 너희 사민(士民)[14]들은 다 같이 명나라의 은택을 받았으니 화친의 일로 부끄러움이 된 것이 심히 오래 되었는데, 하물며 지금 군부(君父) 위박(危迫)의 화가 이 지경에 이르렀으니, 이는 충의를 바르게 할 선비가 몸을 바쳐 나라에 보답할 때다.

아, 오직 지혜가 밝지 못하고, 인(仁)이 넓지 못하여 너희 사민들을 저버린 적은 있지만, 지금 이 화란(禍亂)이 일어나게 된 것은 내 스스로 취한 것이 아니고, 다만 군신의 대의를 차마 어긋나게 하지 못했기 때문이다. 이 마음 이 의(義)는 천지상하(天地上下)에 통하는 것이니, 너희도[15] 또한 어찌 군부(君父)[16]의 의(義)를 무시하고 나의 급난(急難)을 구하지 않겠는가? 마땅히 힘껏[17] 지력(智力)을 분발하고, 의병을 규합하거나 혹 군량(軍糧)과 기계(器械)를 마련하는 것을 도와서[18] 용맹을 떨치고, 북쪽으로 머리를 돌려 큰 난리를 깨끗하게 맑혀서 사람이 지켜야 할 도리를 뿌리박게 하여 공훈과 명예를 세우면 어찌 유쾌하지 않겠는가. 그러므로 이에[19] 교시(敎示)하니 생각해 보면 마땅히 모든 것을 알 것이다.

숭정(崇禎) 9년(인조 14년, 1636) 12월 19일

---

14 '앞의 책'에는 '爾士民' 뒤에 복수를 뜻하는 '等' 字가 들어 있음.
15 '앞의 책'에는 '이' 뒤에 복수를 뜻하는 '等' 字가 들어 있음.
16 '앞의 책'에는 '君父' 대신 '君臣'으로 되어 있음.
17 '앞의 책'에는 '力' 대신 '各'으로 되어 있음.
18 '앞의 책'에는 '資' 다음에 '助' 字가 없음.
19 '앞의 책'에는 '故玆' 다음에 '云云'하고 맺었음.

거의 격문(擧義檄文)

슬프다. 우리 군부(君父)께서 바야흐로 남한산성으로 옮겨 머물렀는데, 저 하늘이 뚜렷하니 북쪽 오랑캐와는 하늘을 함께 이고 있을 수 없노라. 이에 신하가 국가 [급난]에 나아가는 것은 마치 손과 발이 머리와 눈을 보호하는 것과 같음이라. 참담하고 애통하며, 천명이고 운수인가? 문덕(文德)을 크게 폈지만 간우(干羽)로 두 섬돌 사이에서 춤을 추는 것²⁰도 오히려 늦었으니, 은밀한 모의는 쓰기 어려웠음이라. 누가 평성(平城)의 7일 포위를 풀 수 있겠는가?²¹ 지난봄 참호망존(僭號妄尊)²²해서 저 오랑캐가 황제라 일컬었으니, 지금의 흉봉(凶鋒)과 사학(肆虐)²³은 하늘이 두렵지 않음인가?

강역(疆域) 삼천리에 억조(億兆)의 백성이 왕의 신하 아님이 없고, 편히 쉬면서 심신을 보양한 지 수백 년에 어찌 한두 사람의 의사(義士)가 없겠는가? 오직 우리 호남에는 사부원림(士夫園林)²⁴과 충의부고(忠義府庫)²⁵가 있어서 지난 임진(壬辰, 1592)년에 이미 입근사수(立懂死綏)²⁶의 절의를 지킨 자가 많았다.

지금 병자(丙子, 1636)년에 이르러 몸을 떨쳐서 근왕(勤王)²⁷의 군사

---

20 간우(干羽): 방패와 새 깃. 무력보다는 인덕으로 오랑캐를 다스림이란 의미. 『서경』 「대우모(大禹謨)」에 "순 임금이 문덕을 크게 펴면서, 방패와 새 깃을 들고 두 섬돌 사이에서 춤을 추니, 그로부터 70일 만에 유묘족이 귀순하였다.(帝乃誕敷文德 舞干羽于兩階 七旬有苗格)"라는 구절이 있음.

21 한 고조(漢高祖) 유방(劉邦)이 직접 군대를 인솔하고 흉노의 묵특(冒頓) 선우(單于)를 치려고 출정했다가 평성 부근의 백등산(白登山)에서 7일 동안 흉노 30만 대군에게 포위를 당한 적이 있음.(『사기(史記)』 권93, 「한신열전(韓信列傳)」 참조)

22 참호망존(僭號妄尊): 오랑캐가 참람하게 황제라 자칭하여 망령되게 높임.

23 흉봉사학(凶鋒肆虐): 흉학한 예봉과 방자한 잔인함.

24 사부원림(士夫園林): 사대부의 정원 숲.

25 충의부고(忠義府庫): 충의의 창고.

26 입근사수(立懂死綏): 용기를 내어 전쟁에 나가서 죽음.

27 근왕(勤王): 임금을 위해 충성을 다함.

가 되면, 한 때의 인(仁)을 이룰 수 있을 뿐만 아니라, 또한 모두 다 만세에 말이 있을 것인데 어찌 이를 사양하겠는가? 무지해서 사리에 어두운[28] 오랑캐[29] 유종(遺種)이 용사(龍蛇)[30]의 년에 있었던 변방의 걱정보다 심하니, 누군들 애통절박(哀痛切迫)의 뜻이 없겠는가? 이는 진실로 위급존망(危急存亡)의 때라.

  나[涵]는 초야에 묻혀 노후(老朽)[31]하고 저력(樗櫟)[32]의 쓸모없는 사람이라. 비록 군대의 일은 배우지 못했으나, 일찍이 『춘추(春秋)』의 책을 익히고 익혀서 갑옷을 입고 말에 올라타면, 비록 모자라지만 기력이 정정한[33] 풍모를 가졌으니, 여러분들과 함께 짝이 되어서 먼 저 창을 닦고 나의 날카로움으로 십승지행(十乘之行)[34]을 열 것이다. 상황이 고식적(姑息的)으로 무사안일(無事安逸)만을 추구할 수 없으 니,[35] 마땅히 백배의 기운을 더 보태어야 뿌리와 줄기 또한 근본까지 제거[36]할 수 있을 것이다. 말의 피를 입가에 바르고[37] 동맹하기를 귀 천(貴賤)과 사서(士庶)를 논할 것 없이 웅장(熊掌)[38]을 가려서, 취하고

---

28 준이(蠢爾): 꿈틀거림 또는 무지해서 사리에 어두움.
29 험윤(玁狁): 주(周) 나라 때 오랑캐를 이름. 훈육(葷粥)·견융(犬戎)이라고도 하였고, 진한 (秦漢) 시대에 와서는 흉노(凶奴)라 했다. 활쏘기와 사냥을 잘하여 고기를 주식으로 삼고 가죽옷을 입었으며 공격과 침벌(侵伐)을 능사로 삼았음.
30 용사(龍蛇): 용과 뱀은 각각 진년(辰年)과 사년(巳年)을 의미한다. 옛날 사람들은 간지에 '진(辰)'과 '사(巳)'가 들어간 해에는 흉한 일이 일어난다고 믿었는데, 여기서는 처음 왜란 이 난 임진(壬辰, 1592)년과 그 이듬해인 계사(癸巳, 1593)년을 말함.
31 노후(老朽): 오래되고 낡아 제구실을 못함.
32 저력(樗櫟): 크기만 할 뿐 아무 쓸모가 없어서 어떤 목수도 돌아보지 않는 산목(散木)이란 뜻의 겸사. 『장자』「소요유(逍遙遊)」와 「인간세(人間世)」에 나옴.
33 종핍확삭(縱乏矍鑠): 모자라고 늙었어도 기력이 정정함.
34 이계십승지행(以啓十乘之行): 『시경』「유월(六月)」에 "원융 십 승으로 먼저 길을 떠난다. (元戎十乘以先啓行)"라는 구절이 있는데 여기서는 '작은 병거로 선봉을 맡음'이란 뜻.
35 완개(忨愒): 고식적으로 무사안일만을 추구함.
36 서치(鋤治): 근본까지 제거함. 뿌리 뽑아 다스림.
37 삽혈(歃血): 맹세할 때 짐승의 피를 나누어 마시거나 입가에 바르던 일.
38 웅장(熊掌): 곰 발바닥. 맹자(孟子)가 "생선도 내가 바라는 바이고 웅장도 내가 바라는

버리면 크고 작음과 무겁고 가벼움을 분별할 수 있을 것이다.

종묘사직이 바야흐로 위급한데 누가 이약수(李若水)[39]처럼 신의를 굳게 지켜서,[40] 주군(州郡)이 다 무너지는 상황에서 안진경(顏眞卿)의 모병(募兵)[41]을 보여주지 않겠는가? 주군(主君)이 치욕을 받으면, 신하는 살기를 도모하지 않고 싸워서 당연히 죽는 것이고, 아비가 급박하게 되면, 자식 또한 어디 간들 마음이 없겠는가? 이 두 마음은, 어려움에 닥쳐서 간신히 벗어나려는 마음씨 더러운 사내가 되기보다는 차라리 마음에 부끄럽지 않게 의(義)를 보면 곧 행해야 한다는 것이다. 군자가 근심을 피하지 아니할 바가 있는데 어찌 침상에 드러누워 쉬겠는가? 차라리 육체와 정신을 길바닥에 바르고자 함이니, 이것이 바로 낮고 천함을 헤아리지 아니함이라. 이에 감히 여러 제위께 두루 고할 바가 있으니, 각자 거적을 덮고 자고 창을 베개 삼으며, 또한 모두 끓는 물에 달려가고 활활 타는 불을 밟는 것이라.

바이지만, 이 둘을 다 가질 수 없다면 생선을 버리고 웅장을 취하리라. 삶도 내가 바라는 바이고 의(義)도 내가 바라는 바이지만, 이 둘을 다 가질 수 없다면 삶을 버리고 의를 취하겠다.(孟子曰 魚我所欲也熊掌亦我所欲也 二者不可得兼 舍魚而取熊掌者也 生亦我所欲也 義亦我所欲也 二者不可得兼 舍生而取義者也)"라고 한데서 나온 것임.(『맹자(孟子)』「고자(告子) 상(上)」)

39 이약수(李若水): 자(字)는 청경(淸卿)이며, 명주(洺州) 곡주(曲周) 사람으로 남송(南宋) 때 이부시랑(吏部侍郎)을 지냈다. 송(宋) 나라 흠종(欽宗)을 따라 금(金)나라 군영(軍營)에 가서 흠종 폐위에 반대하여 굴하지 않다가 죽임을 당했다. 시호(諡號)는 충민(忠愍). 송나라에서는 예의(禮義)로 사대부를 배양했음에도 불구하고 정강(靖康) 연간에 일어난 변란에 의리를 위해 순절한 사람은 이약수뿐이었음.(『송사(宋史)』 권446, 「이약수 열전(李若水列傳)」 참조)

40 포주(抱柱): 본문에는 '抱主'로 되어 있으나, 신의를 굳게 지킨 것을 비유한 의미로는 '抱柱'라야 함. 『莊子』「盜拓」에 "미생(尾生)이 다리 밑에서 여자와 만나기로 약속했는데 물이 갑자기 불어나자 다리 기둥을 꼭 껴안고 죽었다."라는 내용이 있음.

41 안진경(顏眞卿)의 모병(募兵): 당 현종(唐玄宗) 때의 명신(名臣) 안진경이 평원 태수(平原太守)로 있을 때 안녹산(安祿山)이 배반할 것을 알고 미리 대비하였다. 안녹산이 반란을 일으키자 하북(河北)의 24개 군이 모두 무너졌지만, 안진경은 군사를 일으켜 적병을 토벌함.(『신당서(新唐書)』 권153 참조)

이처럼 널리 알린 뒤에도 앉아서 보기만 하고 참견하지 않으며, 뒷걸음질 치고 적개(敵愾)의 뜻이 없다면, 이는 윤리와 기강의 죄를 얻어서 포만(逋慢)⁴²의 죽음을 면하기 어려울 것이니, 심력(心力)을 거의 다해서 요사스런 기운을 깨끗이 씻어야 할 것이다. 격문(檄文)이 글처럼 도달할 것이니 삼가 회보를 기다리노라.

숭정(崇禎) 9년(인조 14년, 1636) 12월 25일
화순(和順) 모의유사(募義有司) 류함(柳涵) 삼가 알림

병자 거의 일기(丙子擧義日記)

숭정(崇禎) 9년 병자(丙子, 1636)년 12월 24일 한밤중에 관아(官衙) 사내종⁴³이 문을 두들기며 서신을 주었다. 서둘러 열어보니 다른 말을 한 것은 없고, 다만 "일이 급하니 빨리 왕림하시오.[사급천왕(事急遄枉)]"⁴⁴라는 네 글자만 있을 뿐이었다. 바로 일어나 엎어질 듯이 관에 도착하니 류 후 훤(柳候萱)이 문에 나와 맞아드렸다. 한 봉서(封書)를 보여주는데 통유교문(通諭敎文)⁴⁵이 포위된 속에서 나온 것이었다. 엎드려 몇 줄을 읽는데 목이 메어서 읽을 수가 없었고 겨우 목구멍소리로 아래까지 보기를 마쳤다.

원[倅, 류훤 현감(柳萱縣監)]⁴⁶이 "나라 형세가 이와 같은데 어르신⁴⁷께

---

42 포만(逋慢): 회피하여 게을리 함. 책임을 피하고 태만함.
43 아노(衙奴): 수령이 사사로 부리던 사내종.
44 사급천왕(事急遄枉): 일이 급하니 빨리 왕림하라.
45 통유교문(通諭敎文): 통유는 여러 사람에게 두루 고하여 알림. 교문은 임금이 내린 교서(敎書).
46 류훤(柳萱, 1586-1654): 조선 후기의 학자. 호(號) 절초당(節初堂). 선조 37(1604)년에 성균시(成均試), 광해군 2(1610)년에 사마시(司馬試)에 합격하고, 영동 현감(永同縣監), 화순

서는 보신 바가 어떠십니까?"라고 하니,

공[公, 백천(百泉)][48]이 "우리 집은 대대로 국가의 은혜를 입어서 보답하고자 함에 몸 둘 데가 없습니다. 이는 진실로 임금이 욕을 당하셨으니 신하가 죽을 날입니다. 내 비록 늙고 병들었지만 원컨대 한 무리의 군사를 불러 모아 국가의 위급에 달려가겠습니다."라고 하였다.

류훤 현감(柳萱縣監)이 다시 절하고 사례하며 "이는 참으로 대장부다운 말씀이십니다. 나 또한 마음을 합하고 힘을 함께하겠습니다."라고 하였다.

백천공(百泉公)이 "큰일은 날이 밝기 전이라도 구제할 수 있으니 교문(敎文)을 경내(境內)에 돌려보여서 단 한 백성이라도 몰라서는 안 됩니다. 나는 마땅히 집에 돌아가서 사당에 알리고, 가속들에게 알아듣게 타일러서 얼마간의 계책을 은연중에 맺고 올 것입니다."라고 하였다.

류훤 현감(柳萱縣監)이 "그렇게 하시지요."라고 하였다.

집에 돌아오니 동방이 이미 밝았다.

○ 25일이다. 여러 자식 및 노복들을 불러서 교문(敎文)의 글 뜻을 알려 거의(擧義)할 뜻을 보이니, 맏아들 지성(之性, 1603-1667)이 무릎을 꿇고서 "국운이 어려우니 일은 비록 당연하지만 상유모경(桑楡暮

현감(和順縣監, 1635. 07-1640. 06 재임), 종부시주부(宗簿寺主簿), 의빈부도정(儀賓府都正) 등을 역임. 외직(外職)에 있을 때 고을에 향약(鄕約)을 실시하여 풍속 순화에 앞장섰음. (『한국민족문화대백과』 참조) 본문에 류훤 현감을 가리키는 '쉬, 주쉬(倅, 主倅)'는 주체를 분명히 하기 위해 [류훤 현감(柳萱縣監)]으로 표기함.

47 류훤(柳萱)은 하정공파(夏亭公派) 대승공(大丞公) 21세손이고, 류함(柳涵)은 검한성공파(檢漢城公派) 대승공(大丞公) 19세손이므로『文化柳氏世譜分派圖』후손 류정훈(柳貞勳) 씨 제공) 류함이 대부뻘이지만, 류훤이 관직에 있었으므로 예를 갖추어 상존(相尊)하는 것으로 대화문을 번역함.

48 「병자거의일기(丙子擧義日記)」본문에 나오는 '백천(百泉)'을 가리키는 '공(公)'은 주체를 분명히 하기 위해 '백천공(百泉公)'으로 표기함.

景)⁴⁹에 정력도 회복되지 않았고, 전에 융사(戎事)⁵⁰를 막중하게 치렀는데 어찌 부담을 지시겠습니까? 소자가 마을 여러 어진 이들과 힘을 함께해서 일을 구제할 것이니, 엎드려 바라옵건대 노친께서는 염려치 마르소서."라고 하니,

백천공(百泉公)이 "네 말이 또한 더없이 아름답지만, 집안에 소장한 보검 한 자루는 임진란(壬辰亂)에 맏형이 백의(白衣)로 종사하면서 평양(平壤)에서 순절한 뒤에 되돌아와 삼가 지켜온 것이라. 상자를 열고 보면 서릿발 같은 칼날이 번쩍일 것이다."라고 하였다.

곧 허리에 차고 노복 등에게 분부하기를 "몸을 던져 보국하는 뜻은 이미 가슴속에 결정하였으니 어찌 의심하고 두려워하랴? 대범 군신(君臣), 부자(父子), 주노(主奴)는 그 이치가 하나이다. 신하는 임금을 위해서 죽고, 자식은 부모를 위해서 죽으며, 노비는 주인을 위해서 죽는 것은 널리 만고에 통하고, 천하의 큰 도리이며 큰 법이거늘 너희들은 그것을 아는가?"라고 하니,

우두머리 노복 상귀(尚貴) 등이 땅에 엎드려 아뢰기를 "우리들은 모두 거의(擧義)가 행해질 것을 다 알고 있어 다음을 기다리고 있습니다."라고 하였다. 모금(毛金), 덕진(德辰), 보금(甫今), 보덕(甫德), 옥단(玉丹), 옥매(玉每) 등 수십 인에게 명하여 "앞에서 인도하고 뒤에서 옹위하여 빨리 가면 읍에 이를 것이다."라고 하였다.

류훤 현감(柳萱縣監)이 혼자 말을 타고 교외로 나가서 객사 문 밖에 사람을 맞을 모의청(募義廳)을 설치하고 한참을 앉아 있으니, 향

---

49 상유모경(桑楡暮景): 상유(桑楡)는 뽕나무와 느릅나무 끝에 해 그림자가 남았다 하여 만년(晚年)을 의미하지만, 백천의 부인이 거의(擧義) 2년 전인 1634년에 54세로 작고하였으므로 이런 점들이 고려되어 만류하였을 것임.

50 융사(戎事): 오랑캐와의 일. 류함(柳涵, 1576-1661)은 49세 이괄(李适)의 변란(變亂, 1624) 때에 족손(族孫) 백석(白石) 류집(柳楫)과 함께 의병을 모집하고, 52세 정묘호란(丁卯胡亂, 1627) 때에 조카 류응량(柳應良)과 함께 전라도(全羅道)에서 의병을 일으켰음.

유(鄕儒) 조수성(曺守誠), 조엽(曺熀), 최명해(崔鳴海), 임시태(林時泰) 여러 공들이 각각 자기 집의 사내종[家僮]들을 거느리고 왔다.

백천공(百泉公)이 여러 공들의 손을 잡고서 "뜻 있는 선비들이 모의하지도 않았는데 이에 함께하였습니다."라고 하였다.

마침내 거의(擧義)의 일을 더불어 모의하는데 백천공(百泉公)이 "대범 군대의 일은 넉넉한 식량과 넉넉한 병사가 최초의 급한 임무라. 금일 동지들은 오직 우리 4, 5인뿐이지만, 먼저 가저(家儲)[51]를 기울이고 집안의 사내종들을 인도하여 거느리며, 시설을 규모 있게 하고 위의(威儀)를 엄정하게 할 것 같으면, 한 고을의 대소(大小) 인민들이 병량(兵糧), 기계(器械) 비용을 보조하는 자가 없지 않을 것입니다. 이런 뜻으로 여섯 면[52]에 두루 알립시다."라고 하니,

모두 "예, 예"라고 하였다.

백천공(百泉公)이 류훤 현감(柳萱縣監)에게 "성주(城主)는 한 고을의 장(長)이니, 경내(境內) 장정 모집 일을 성주(城主)께서 주관해 주십시오."라고 하니,

류훤 현감(柳萱縣監)이 "그렇게 하겠습니다."라고 하였다.

한편으로는 병기(兵器)를 주조(鑄造)하고, 다른 한편으로는 여러 고을에 격문(檄文)을 전하여, 각 지역의 유사(有司)[53]로 능주(綾州)의 양우전(梁禹甸), 문제극(文悌克), 민팽령(閔彭齡), 남평(南平)의 서행(徐荇), 정반(鄭槃), 윤숙(尹俶), 나주(羅州)의 류준(柳浚), 최진강(崔震岡), 홍명기(洪命基) 이환(李煥), 광주(光州)의 고부립(高傅立), 박사원(朴思遠), 류동환(柳東煥), 신필(申潷), 동복(同福)의 정호민(丁好敏), 김성원(金聲遠)에게 부탁하였다. 맏아들 지성(之性, 1603-1667)에게 의청

---

51 가저(家儲): 집안에 저축해 놓은 것.
52 본문에는 능주(綾州), 남평(南平), 나주(羅州), 광주(光州), 동복(同福) 5개 지역만 제시되어 있으나, 정월 3일자 일기에 광릉(光綾)이 보임.
53 유사(有司): 어떠한 단체(團體)의 사무(事務)를 맡아보는 직무(職務).

(義廳)을 지키게 하고, 둘째아들 지기(之起, 1605-1671)는 문묵(文墨)을 주관하게 하였다. 최명해, 임시태가 "매마(買馬), 병기(兵器), 주조(鑄造), 군량(軍糧), 군복(軍服) 등의 일은 우리 두 사람이 주관하겠습니다."라고 하였다.

○ 26일 각 절에 패(牌)[54]를 보내어 군중(軍中)에 소용되는 여러 물건을 거둬들이는 일을 알렸다. 오후에 이홍발(李興浡), 류집(柳楫)의 격문이 도착했는데[55] 집(楫)은 백천공(百泉公)의 친족 종손이다. 학행으로 등용(登庸)된 인재로 문무를 겸했는데 호남 모의유사(募義有司)가 되었다.

○ 27일 가저(家儲) 쌀 20석, 조수성 23석, 최명해 10석, 임시태 8석 조수헌(曺守憲) 10석, 조찬(曺燦) 10석을 냈다.

○ 28일 류훤 현감(柳萱縣監)이 장정 80명을 모집하여 왔다. 그 중 읍(中邑)에 사는 한량(閑良) 편성대(片成大) 한명남(韓命男) 김위징(金魏徵) 증경(曾經)은 군(軍)을 맡았는데 군사의 일에 자못 밝아서 훈련하는 일을 주관하게 하고, 배홍립(裵弘立) 김진성(金振聲)은 군사들의 먹거리를 주관하였다. 향인(鄕人) 장경흡(張慶洽) 노덕량(盧德量) 등은 근력이 남보다 나아서 특별히 청해서 들어오라고 말하고 함께

---

54 패(牌): 어떤 사물의 이름, 성분, 특징 따위를 알리기 위하여 그림을 그리거나 글씨를 쓰거나 새긴 종이나 나무, 쇠붙이.

55 『호남창의록(湖南倡義錄)』(초간본, 1762년)에 의하면, 옥과 현감(玉果縣監) 이홍발(李興浡)에 의해 작성된 격문은 대동(大同) 찰방(察訪) 이기발(李起浡), 순창(淳昌) 현감(縣監) 최온(崔蘊), 전한림(前翰林) 양만용(梁曼容), 전찰방(前察訪) 류집(柳楫) 등의 이름으로 되어 있고, 격문은 27일 신시(오후 3-5시)에 옥과(玉果)를 출발해서 화순(和順)에는 '12월 28일 해시(오후 9-11시)에 도착, 도유사 조 서명(十二月二十八日亥時到, 都有司曺着署)'이 있다. 당시 도유사(都有司)는 조수성(曺守誠), 조엽(曺熀), 임시태(林時泰), 최명해(崔鳴海)로 되어 있음.(신해진 역주, 『호남병자창의록』, 40쪽, 태학사, 2013.)

일을 하자 하니 사양하지 않았다.

○ 29일 시골 유생 공우길(孔遇吉) 공형길(孔亨吉)이 와서 군 장정 15명과 쌀 3석을 스스로 맡고, 최기종(崔起宗)은 군 장정 14명과 쌀 8석을 스스로 맡았으며, 임시민(林時敏), 임시경(林時慶), 임시익(林時益), 임시준(任時儁), 임시계(任時啓)가 와서 군 장정 18명, 쌀 25석, 철 40근을 스스로 맡았다. 군 장정 18명, 쌀 5석, 콩 5석, 화살대 500개, 철 50근은 백천공(百泉公)의 아들 지기(之起)가 스스로 맡았고, 만연사(萬淵寺) 스님 후(厚)는 백지 10속(束)을 헌납했다. 오후에 옥과(玉果) 격문이 또 도착하고, 한 폭의 서찰[56]이 따라 왔는데 대략 다음과 같다.

족손(族孫)[57] 집(楫)[58]은 삼가 재배(再拜)하고 족대부(族大父)[59]님께 마루 아래 엎드려 글을 올립니다.

기체후만안(氣體候萬安)[60]을 살피지 못했습니다. 노년에 군무(軍務)를 어떻게 감당하오신지요? 삼가 민망하고 또 민망합니다. 족손은 본디 병가에 대한 배움이 없고 학문도 거칠고 얕아서 이 전체를 살피는 책임을 지기에는 거듭 거듭 근심과 두려움뿐입니다. 일전에 화순(和順) 류훤 현감(柳萱縣監)의 서찰이 도착했는데, 본읍(本邑)의 거의(擧義)에 대부님께서 앞서 인도하시고, 뭇사람의 서로 다른 의견을

---

56 류집(柳楫)의 서찰은 옥과(玉果)에서 두 번째 보낸 격문과 함께 도착.

57 족손(族孫): 성이 같은 사람들 가운데 유복친 외에 손자뻘 되는 사람.

58 류집(柳楫, 1585-1651): 자(字) 용여(用汝), 호(號) 백석(白石). 조선 중기 문신, 광해군 8 (1616)년 생원시 합격, 인조반정 후 김장생(金長生)의 천거로 오수찰방(獒樹察訪), 인조 5(1627)년 정묘호란(丁卯胡亂) 때 양호호소사(兩湖號召使) 김장생의 막하에서 의병 모집 활동, 병자호란(丙子胡亂) 때 이흥발(李興浡)과 함께 의병. 저서 『백석유고』가 있음.(『한국민족문화대백과』 참조)

59 족대부(族大父): 할아버지뻘 되는 같은 성의 먼 일가붙이.

60 기체후만안(氣體候萬安): 웃어른께 올리는 편지 머리에 쓰는 투식어. 기체(氣體): 몸과 마음의 형편. 후(候): 묻다. 만안(萬安): 모든 것이 편안함.

모두 함께 하셨다고 운운했습니다. 그러므로 이로써 순영(巡營)에 이미 보고했으며, 「병가긴요(兵家緊要)」 한 통의 글을 올리오니 때때로 살피시면 거의 큰 후회는 없을 것입니다. 부디 조심하고 조심하십시오.

옆에 있는 제공(諸公)들이 돌아가면서 살피며 "이는 참으로 병가(兵家)의 요결(要訣)이다. 금일 맹주(盟主)는 저절로 그 사람이 있음을 바로 알았다."[61]라고 하였다.

그 글[62]은 다음과 같다.

"병가(兵家)의 천만 가지 말이, 그 요점의 가장 근본이 되는 것은 오직 속오(束伍)에 있다. 이른바 속오(束伍)라는 것은 곧 수를 나눔이다. 위(衛)는 부(部)를 거느리고 부(部)는 기(旗)를 거느리며, 기(旗)는 대(隊)를 거느리고, 대(隊)는 오(伍)를 거느리는 류(類)가 이것이다.

대개 군병(軍兵)이 혹 천, 혹 만에서 십만, 백만에 이르게 되면 또한 너무 많은 것이다. 그런데 대장 한 사람의 몸으로는 그의 이목(耳目)과 정신(精神)이 제한되어 있는데 분수(分數)[63]의 방법으로 긴밀하게 묶어 엄정하게 하여 어지럽지 않게 하지 않으면, 어떻게 일일이 그 호령을 행해서 운용(運用)이 자기로 말미암아서 나올 수 있겠는가? 만약 군사의 숫자를 나눔이 이미 분명할 것 같으면 목(目)이 강(綱)에 속한 것과 같아서 일강(一綱)[64]은 족히 만목(萬目)[65]을 통제

---

61 주맹(主盟): 맹주(盟主). '그 사람은' 바로 류함(柳涵)을 두고 이름. 「전라도 유생이 정문 포상을 청원한 상소 권주언 이상오 등(全羅道儒生請旌褒疏 權柱彦 李象五 等)」에도 "류함(柳涵)은 대의(大義)의 주맹(柳涵以主盟之大義)"이라고 되어 있음.

62 이 내용은 『서애 선생 문집(西厓先生文集)』 권14, 잡저(雜著), 「전수기의십조, 속오(戰守機宜十條, 束伍)」에도 있음.

63 분수(分數): 수를 나눔. 여기서는 군사의 숫자를 나눔.

64 일강(一綱): 하나의 벼리. 벼리는 고기 그물의 중심 줄.

65 만목(萬目): 만의 그물코 또는 그물눈.

하니, 마치 가지[枝]에 붙은 뿌리처럼 뿌리 하나면 족히 가지[枝] 만
(萬)을 이을 수 있다. 그러므로 1사(一司)가 5초(五哨)⁶⁶를 통제하니
호령을 받은 자는 다만 5인일 따름이다. 1초는 3기(旗)를 통제하고,
1기는 3대(隊)를 통제하니 명령을 받은 자는 다만 3인일 따름이다.
1대가 5오⁶⁷(伍)를 통제하면 명령을 받은 자는 다만 5인일 따름이고,
오(伍)는 군사 4인을 인솔할 따름이다. 그러므로 통제를 받는 것이
점점 많아지면 나눔도 점점 세분되고, 나눔이 점점 세분되면 살피는
것도 점점 정밀해진다. 이것이 군법의 강령(綱領)이다.

그러므로 평상시에 있어서는 이것으로 무리[衆]를 다스리면 장졸
(將卒)이 서로 유지되고 연습이 쉬우며, 일에 임해서는 이로써 절제
하니 팔과 손가락이 서로 기다리고 선후를 용납하지 않는다. 이른바
만인(萬人)을 합해서 일심(一心)이 되는 것이다. 모두 이로 말미암아
이루면 비로소 절제된 군사라 이를 수 있다.

지금 장수된 자는 한 사람도 이 의미를 아는 자가 없고, 무릇 이른
바 조정 관리와 양반은 활 잡는 것을 조금만 이해해도 군관(軍官)이
라 부르지만, 휘장 아래 모여 있는 군사를 나누는 것도 못하고 옆에서
응대에 대비해서 겨우 사환의 임무나 할 따름이다.

군졸에 이르러서는 모두 각관(各官)에서 임시로 보내졌는데, 시골
에서 온 백성이라 번(番)을 서는 임무를 교체하려고 왕래하지만, 본
래 진을 치고 싸우는 일을 알지 못하고, 또 대(隊) 오(伍) 기(旗) 초
(哨)가 없어서 예속된 곳이 없으니, 여기저기 몰려 있어 어지럽고 붐
비며 시끄럽고 문란하기만 하고, 수족이나 이목을 어떻게 해야 할지
모르는데 갑자기 화살과 돌이 날아드는 죽음을 건 전쟁터로 몰면,
그 힘써 싸워 적을 이기는 것을 구하는데 어찌 어렵지 않겠는가? 진

---

66 초(哨): 옛 군대 편제의 하나(약 백 명으로 1초를 이룸).
67 오(伍): 조(組)임.

136

실로 조직하는 것을 알면 비록 시정(市井) 오합(烏合)의 군사[68]라 할 지라도 모두 가르쳐 단련해서 적을 향해 나아갈 수 있을 것이다. 만 약에 조직하는 것을 모른다면 비록 굳센 활을 당기고 수레에 뛰어 올라타는 군사라 할지라도 소문만 듣고도 달아나 궤멸될 것이니, 이 로써 조직하는 일, 한 가지를 알면 군사를 다루는 큰 줄기를 아는 것이다.

그것이 『기효신서(紀效新書)』라는 책에 지극히 잘 갖추어져 있으 니, 뜻있는 선비들이 진실로 이 책을 얻어 보고서 본받아 따라하면, 군사를 다루고 적을 억누르는 방법의 반은 넘었다고 생각됩니다."

○ 30일 전쟁을 할 때 쓰는 벙거지[戰笠] 42개 능주(綾州) 쌍봉사(雙 鳳寺) 스님이 와서 내고, 또 숙마(熟麻)[69] 끈 200줌[把], 유삼(油衫)[70] 5 건(件)을 냈다. 동복(同福) 유마사(維摩寺) 스님은 마혜(麻鞋)[71] 50켤레 [兩], 갈구(葛屨)[72] 100켤레, 숙마(熟麻) 새끼줄 50줌을 냈다. 한명남(韓 命男) 편성대(片成大)로 하여금 군정(軍丁)의 습사(習射)와 분오(分伍) 를 점고(點考)[73]하게 했다. 마을 선비 박상진(朴尙眞)이 집의 사내종 17명, 쌀 13석, 콩 3석, 칼 1자루를 가져왔고, 편성대는 쌀 2석, 간장 1해(海)[74]를 냈으며, 김위징(金魏徵)이 쌀 10말[斗]을 냈다.

군정(軍丁)은 쌀 1근(斤), 의청회원(義廳會員)은 7홉(合)으로 계획[75] [磨鍊]하였다.

---

68 오합지군(烏合之軍): 까마귀가 모여 있는 것 같이 무질서한 군사. 오합지졸(烏合之卒).
69 숙마(熟麻): 잿물에 삶아 희고 부드러운 삼 껍질.
70 유삼(油衫): 비나 눈을 막기 위해 옷 위에 입는 기름 결은 옷. 유의(油衣).
71 마혜(麻鞋): 미투리.
72 갈구(葛屨): 칡넝쿨로 만든 신.
73 점고(點考): 하나하나 확인. 군정(軍丁)은 군 장정, 습사(習射)는 활쏘기 연습, 분오(分伍) 는 대오(隊伍) 나눔.
74 해(海): 간장 등을 헤아리는 단위, '동이'인 듯.
75 마련(磨鍊): 마련하다. 계획하다. 여기서는 의거 참여자 1일 쌀 소비량을 정한 것임.

○ 정축(丁丑)년 정월 초하루 닭이 울 때 일어나 관(官) 주방장에게 명하여 소를 잡고[宰牛] 술을 걸러[釃酒] 그릇에 갖추어서 크게 제공하고, 문 출입을 금한 것도 늦추고, 취하고 배불리 먹고 즐기도록 잔치를 베푸니, 한 고을 노소들이 와서 보는데 그 모임이 마치 숲 같았다.

백천공(百泉公)이 무리에게 포고하기를 "오늘은 좋은 날이라 비록 군대 안에 금하는 것을 늦추었지만, 흩어진 사람들은 출입을 제멋대로 하지 말라. 군율이 곳곳에 있으니 내일부터는 신중히 하고 또 신중히 하라."라고 하고, 또 의기(義氣)로 격동(激動)하여 깨우쳐 말하기를 "『논어(論語)』에는 '살신성인(殺身成仁)'[76]이라 하였고, 『맹자』에는 '사생취의(捨生取義)'[77]라 하였으니 지금이 바로 그때다. 사람이 누군들 죽음 없이 나랏일에 죽겠는가? 이치가 마땅히 그러하니 죽음 또한 말이 있음이라. 종군자(從軍者)가 반드시 죽는 것은 아니니, 요행이 인(仁)을 이룰 것 같으면 조정에서 반드시 포상의 은전이 있을 것이다. 어찌 한순간에 삶을 욕심내고 마침내 십 년의 명예를 없애겠는가?"라고 하였다.

말이 끝나지 않았는데 스스로 의(義)에 나아가겠다는 사람이 10여 인이었다. 류훤 현감(柳萱縣監)이 찬탄하기를 "충의를 받듦이 사람의 뱃속에 있도다. 누군들 감동하지 않겠는가? 나처럼 부천(膚淺)[78]한 사람은 다만 국록을 허비하였으니 열흘 달리는 수레[79]로도 따라갈 수 없도다."라고 하였다.

---

76 살신성인(殺身成仁): 몸을 죽여 인(仁)을 이룸.
77 사생취의(捨生取義): 목숨을 버리고 의를 좇음.
78 부천(膚淺): 옅은 식견. 피부천견(皮膚淺見)의 줄임말.
79 십가(十駕): 『순자(荀子)』「수신(修身)」에 "천리마가 하루에 천 리를 달리지만, 노둔한 말도 열흘을 달리면 역시 그 거리를 따라잡을 수 있다.(夫驥一日而千里 駑馬十駕 則亦及之矣)"라는 말에서 인용된 것이지만, 여기서는 자신은 비록 열흘을 달려야 하는 노둔한 말이지만 그것으로도 따라갈 수 없다는 의미임.

○ 2일 편성대(片成大)로 하여금 속오법(束伍法)을 가르치게 하여 위(衛)가 부(部)를 통제하고, 부(部)가 기(旗)를 통제하며, 기(旗)가 대(隊)를 통제하여 숫자를 나누어 조직을 긴밀히 단속하고 질서가 정연해서 문란하지 아니하니, 일일이 호령을 행하여 운용(運用)이 자기로 말미암게 했다.

○ 3일 광릉(光陵)의 여러 유사(有司)들이 와서, 군졸들이 앉았다 일어나고 나아갔다 물러남에 법도가 있음을 보고, 서로 이르기를 "작은 고을이라 기대하지 않았는데 이처럼 온전한 인재가 있다."라고 하였다.

○ 4일 큰 소 1마리가 최명해(崔鳴海) 집에서 오고, 1마리는 백천공(百泉公)의 셋째 아들 지서(之瑞, 1611-1675)의 집에서 오고, 최 주부(主簿)는 쌀 5석, 간장 3병을 보냈다. 최명해(崔鳴海)가 옥과(玉果) 의소(義所)에서 돌아와 여산(礪山)에서 서로 모일 것을 기약했다고 운운.

○ 5일 종일 훈련하였다. 소 1마리가 조수헌(曺守憲) 집에서 오고, 1마리는 조찬(曺燦) 집에서 오고, 1마리는 백천공(百泉公)의 넷째 아들 지화(之和, 1614-1678) 집에서 왔다.

○ 6일 큰 비와 눈. 해 뜨는 시각에 군 장정을 점고하고, 군량(軍糧), 기계(器械) 등 물건을 검열하였는데 군졸 524명, 말 54필, 활 150[대], 화살 1280부, 창 85자루, 총 72[자루], 화약 110근, 칼 62자루, 쌀 150석 10말, 콩 50석, 마초 350속이다.

백천공(百泉公)이 여러 유사들과 의논하기를 "수일 후에 길을 떠날 것인데 후량(餱糧)[80] 준비가 너무 부족하니 어찌할까? 옛말에 '창고에 붉게 썩은 곡식이라도 쌓아놓은 것이 없으면, 군사는 돌을 던

질 용기도 없어진다.'라고 하였으니, 여러분들은 다시 헤아려 보시기 바랍니다."라고 하니,

박상진(朴尙眞)이 "일이 여기에 이르렀는데 어떻게 인색할 수 있겠습니까? 마땅히 가산을 기울여 군(軍)을 도웁시다."라고 하였다.

모두 좋다고 하니 백천공(百泉公)이 먼저 쌀 10석을 내고, 조엽(曺熀) 10석, 조수성(曺守誠) 10석, 임시태(林時泰) 8석, 최명해(崔鳴海) 7석, 조수헌(曺守憲) 7석, 조찬(曺燦) 7석, 박상진(朴尙眞) 7석, 공형길(孔亨吉) 4석 백천공(百泉公)의 다섯째 아들 지혜(之惠, 1623-1692) 4석, 편성대(片成大) 등 12석, 말 2필, 류훤 현감(柳萱縣監)이 또 말 2필을 보내왔다.

○ 7일 박상진(朴尙眞)이 화살 30부(部)를 얻고, 백천공(百泉公)의 아들 지서(之瑞)가 말 2필을 얻어 왔다. 남평(南平) 유사(有司) 서행(徐荇) 능주(綾州) 유사(有司) 양우전(梁禹甸)이 왔다. 백천공(百泉公)이 "이제 군량과 여러 도구가 대략 갖추어져서 출발할 수 있으니 11일로 정합시다."라고 하니 여러 유사들이 모두 "좋습니다."라고 하였다.

○ 8일 광주(光州) 유사(有司) 박사원(朴思遠)이 왔다.

○ 9일 남산 아래에서 활쏘기 연습하고 방포(放砲)[81]하였다.

○ 10일 군사에게 먹이려고[82][犒軍] 소 1마리, 술 5병이 조엽(曺熀) 집에서 오고, 소 2마리가 공형길(孔亨吉), 임시민(林時敏) 집에서 왔다.

---

80 후량(餱糧): 먼 길 가는 사람이나 행군하는 군인이 가지고 가는 양식.
81 방포(放砲): 군중(軍中)의 호령으로 포나 총을 놓아 소리를 냄.
82 호군(犒軍): 음식을 제공하여 군사를 위로함. 호궤(犒饋).

술 6해(海), 청어(靑魚) 30속(束)이 조수헌(曺守憲) 집에서 오고, 술 5병, 대구어(大口魚) 10미(尾)가 조정유(曺挺有) 집에서 왔다. 닭 10마리, 술 2병이 임시태(林時泰) 집에서 오고, 술 5병, 청어 15속(束)이 공의 아들 지혜(之惠) 집에서 왔다. 술 2병, 송아지 1마리가 박상진(朴尙眞) 집에서 오고, 술 2병, 개 2마리가 노덕량(盧德量) 집에서 왔다. 술 3병, 개 2마리가 장경흡(張慶洽) 집에서 오고, 떡 8그릇[83][器]이 최명해(崔鳴海) 집에서 왔다. 고을의 사우(士友)와 소민(小民) 일동이 술, 고기, 집물[84](什物)을 가져왔는데 모두 기록할 수 없다.

합계 술 80여병, 떡 90여 그릇, 어육(魚肉) 70여 그릇, 간장 50병, 소 2마리인데 내일 출발해서 줄 음식으로 두었고, 소 1마리 및 여러 육류들은 군중(軍中) 행찬(行饌)으로 계산해 두었다. 만연사(萬淵寺) 스님이 밥 지을 쌀[飯米] 30말[斗], 산나물 20속(束), 장지(壯紙)[85] 5속, 유지(油紙) 2속 미투리 60부(部)를 내왔다.

○ 11일 닭이 세 번 울자, 군리(軍吏)[86]를 불러 분부하기를 "오늘 반드시 계행(啓行)할 것이니, 사졸들이 급히 일어나 밥을 짓도록 명령을 재촉하고 창고의 술과 고기를 내주라."고 하였다. 또 군색(軍色)[87]에게 명하기를 "떠날 차비를 정비하고, 얻은 말 50필 안에서 군색과 군리[軍色吏]가 탈 말 8필을 제외하고, 그 나머지에는 각각 활, 화살, 양초(糧草)[88]를 실어라."고 했다. 또 명령하기를 "50명의 장정들은 양식을 지고 앞서 출발하여 너릿재[板峙]에서 미리 준비하고

---

83 기(器): 떡이나 어육 등을 담은 그릇(단위).
84 집물(什物): 살림살이에 쓰는 온갖 집기(什器).
85 장지(壯紙): 두껍고 질긴 큰 종이.
86 군리(軍吏): 군대 사무를 보는 아전(문관).
87 군색(軍色): 군대에서 인력과 물품을 담당하는 부서 또는 그 책임자.
88 양초(糧草): 군사가 먹을 양식과 말을 먹일 꼴.

기다리라."고 하였다.

양식 쌀 90석은 창고에 두고 육로로 계속 올려 보내 달라는 뜻을 류훤 현감(柳萱縣監)에게 부탁하며 "이는 모두 현후(賢候)의 힘입니다."라고 하니, 류훤 현감(柳萱縣監)이 "아닙니다, 아닙니다. 이는 모두 임금을 위해 충성을 다한 여러분의 정성입니다."라고 하였다.

류훤 현감(柳萱縣監)이 또 창 3자루와 영번(令旛)[89] 한 쌍을 보내왔다. 이날 향인(鄉人)들이 와서 전별(餞別)한 자가 수백 인이다.

백천공(百泉公) 및 여러 유사(有司)들은 일제히 말에 올라타고, 편성대(片成大) 김진성(金振聲)으로 북을 치고 기를 휘두르며 선도하고, 최립(崔林) 제공(諸公)은 후군(後軍)을 살피게 하고, 또 일제히 길에 올랐다. 류훤 현감(柳萱縣監)이 함께 너릿재[板峙] 위에 이르러 제공(諸公)과 더불어 이별주를 마시고, 광주(光州)에 도착할 즈음에 북문 밖의 사인(士人)들이 와서 본 자가 40여 인인데 스스로 군사들의 조석 군량을 담당하였다.

○ 12일 장성(長城)에 도착하니 소와 술을 가지고 환영하며 수고하는 자가 심히 많았다.

○ 13일 노령(蘆嶺)에 도착하니 바람과 눈이 크게 일어 고개 아래에 머물렀다.

○ 14일 태인(泰仁) 읍에 도착.

○ 15일 금구(金溝) 읍에 도착.

---

89 영번(令旛): 깃발.

○ 16일 전주(全州)에 도착. 병사를 서문 밖에 주둔하였는데 공이 기뻐하지 않은 기색이 있어 옆에 있던 사람이 물으니, 공이 "기축(己 丑, 1589)년 화를 만나 서울에서 남하하여 여기로 흘러와 머물렀는데, 별로 오래되지 않은 옛날 일을 생각하니 자연히 마음이 상하고 슬프 다."라고 했다.[90]

○ 17일 큰 비와 눈. 오후에 조금 갰다. 1차 훈련을 하고 유숙하였다.

○ 18일 이흥발(李興浡)은 백천공(百泉公)이 이르렀음을 들었다. 심 부름꾼이 와서 "일이 급하여 지체할 수 없다."라고 하니, 이날 바로 출발하여 삼례(參禮) 역에서 묵었다.

○ 19일 여산에 도착한 이흥발(李興浡), 류집(柳楫) 등이 먼저 여산 (礪山)에 주둔하고, 각 읍 병사들이 도착하기를 기다리고 있을 때에 본 도(本道) 감사(監司) 이시방(李時昉)이 군사를 거느리고, 호서(湖西)에 있던 정홍명(鄭弘溟)은 의병대장으로 감사(監司)와 힘을 합하였다.
　백천공(百泉公)이 제공(諸公)과 의논하기를 "이 공[李興浡]이 만약 저[李時昉 군대]와 합치자고 하면 어떻게 대처하겠습니까?"라고 하니, 조수성(曺守誠)이 "우리들은 수백 의병을 인도하여 이곳에 도착했는 데 어찌 남에게 제재를 받겠습니까? 내가 모집한 바를 거느리고 별 도로 1대(一隊)를 맡겠습니다."라고 하니, 백천공(百泉公)이 "바로 제 뜻과도 합치됩니다. 비록 그렇지만 여러 동정을 살펴보아 방법과 계 책을 결정합시다."라고 하였다.

○ 20일 여산(礪山)읍에 이르러서 이흥발(李興浡)이 제공(諸公)과

---

90 이때 지은 「전주를 지나면서 느낌이 있어(過全州有感)」라는 시(詩)가 있음.

함께 만났다. 이 공[李興淳]이 군사가 행군(行軍)할 기일(期日)을 묻자, 백천공(百泉公)이 "군량이 부족하여 본읍에 남겨 둔 쌀을 기다립니다."라고 하였다.

○ 21일 큰 비와 눈이 종일 내렸다.

○ 22일 잠시 쉬고 조열(操閱)[91] 1차.

○ 23일 조열 2차.

○ 24일 종일 활쏘기[貫革].

○ 25일 군사들에게 먹이고[犒軍], 이기발(李起浡) 공(公)이 와서 보았다.

○ 26일 본읍에 남겨 둔 쌀 90석이 올라왔다. 이는 본관(本官)이 백성장정[民丁]을 발동하여 수송해서 장성(長城)에 이르렀다고 하니 군졸을 보내 가져오게 했다. 다음날 진군의 뜻으로 이 공[李興淳] 막하(幕下)에 글을 바쳤다.

○ 27일 공주(公州) 경계에 도착. 충청감사 정세규(鄭世規)가 소 2마리, 쌀 10석, 활 화살 30부와 수십의 기로군(騎勞軍)을 인솔하였다.

○ 28일 큰 바람과 눈을 만나 병사들이 나아갈 수 없었다. 백천공(百泉公)이 여러 장사들에게 맹세하기를 "나라의 위태로움이 바야흐

---

91 조열(操閱): 조정 검열.

로 조석에 달려 있으니 별밤에라도 남한산성으로 가서 성을 등지고 일전(一戰)을 하자."라고 하고, 기를 세우고 북을 울리며 몸을 떨치고 일어나 말에 오르니, 모든 군사의 예기(銳氣)가 더욱 씩씩하여 마침내 병사들이 나아갔다.

○ 29일 청주(淸州) 서평원(西平原)에 도착. 유기(遊騎)[92]가 산 계곡 중에 모여 있다는 소문을 듣고서 군사의 정세가 흉흉하고 매복이 있을까 두려워하니, 감히 가볍게 나아가지 못하고 험지(險地)에 의지해서 스스로 지키고 있을 때, 여러 읍에서 병사를 모집하였으나 대부분 도망(逃亡)[93]하고, 또 적의 형세가 다리를 건너오니 의병(義兵)과 제장(諸將)이 모두 한 곳에 모여 상의하기를 "저들은 숫자가 많고, 우리는 숫자가 적으니 산 위에 기치(旗幟)를 매달고 쇠북으로 서로 들리게 하여 병사로 의심케 하고, 적들로 하여금 구원병이 계속 있는 것으로 알게 하여 감히 성에 다가오지 못하게 하면서, 남한산성으로 하여금 근왕사(勤王師)[94]가 이르러 옴을 알게 하고, 수비(守陴)[95]를 더욱 견고히 하면 이는 좋은 계책이 될 것이다."라고 하였다. 혹자는 "말을 탄 적의 군사가 이미 여기 경계에 이르렀으면, 반드시 중병(重兵)[96]으로 먼저 끊고 좁은 입구로써 막으면, 삼남(三南)의 원병을 가벼이 추격하지 못할 것이니, 진을 옮겨 험지에서 버티면서 탐문하여 소식을 듣고 병사를 나아가도록 의도하는 것만 같지 못할 것입니다."라고 하였다.

---

92 유기(遊騎): 말을 타고 유유자적하는 군사.
93 도망(逃亡): 원문은 '도망(道亡)'으로 되어 있으나 문맥상 '도망(逃亡)'으로 번역함.
94 근왕사(勤王師): 임금에게 충성(忠誠)을 다하는 군사(軍士).
95 수비(守陴): 성벽 위에 설치하는 낮은 담장으로 적으로부터 몸을 보호하고 적을 효과적으로 공격할 수 있는 구조물로 성가퀴를 지킨다는 의미인데 여장(女墻), 여담, 또는 여첩(女堞), 타(垛) 등으로 부른다. 여기서는 구축하고 있는 진지를 지킨다는 의미.
96 중병(重兵): 강력한 군대.

백천공(百泉公)이 "병사들이 의로써 일어나 죽음을 두려워하지 않은데 머뭇거리면 비웃음사기를 면하기 어려울 것이니, 샛길을 따라 바로 남한산성으로 밀어붙여 성첩(城堞)을 지키는 것만 같지 못하다."라고 하였다. 이 공(李公)[97] 등이 모두 그 의견을 따랐다.

○ 30일 날이 밝자, 각 진중(陣中)에서 두루 모집하여 산 계곡에 있는 적의 형세를 가서 엿보게 하였는데 응하는 자가 없었다. 양만용(梁曼容), 이기발(李起渤), 류집(柳楫)이 몸을 떨치고 가기를 청하니 바로 명령을 내려 5, 6포수로 뒤를 따르게 하였다. 산에 올라 적을 내려다보니 적기(賊騎) 수백이 계곡 중에 모여서 소와 말을 노략질하고 있었다. 한편으로 단속하고, 다른 한편으로는 속이면서 기발(起渤)이 자기 혼자의 약함을 속이려고, 따르는 자로 하여금 일제히 방포하게 하니, 적기(賊騎)가 크게 놀라 흩어졌다가 다시 합하여 주둔지를 포위하니, 기발(起渤)이 바로 허겁지겁할 즈음에 백천공(百泉公)이 여러 장사와 함께 굳센 병졸 50명을 데리고 그 뒤에 다다랐다. 이 공[李起渤]이 포위된 것을 보고, 몸을 빼 돌진하여 나아가 양만용(梁曼容), 류집(柳楫)과 함께 힘을 합쳐 적기(賊騎)를 죽여 흩었는데 머리를 베인 자가 9명이고, 버려진 병기를 획득하여 돌아오니, 우리 병졸 죽은 자가 5, 6인이고, 상처를 입은 자가 또한 10여 인이었다. 제공(諸公)이 모두 즐거움을 베풀고 서로 축하하였다.

백천공(百泉公)이 웃으면서 "간흉을 물리쳐 없앤 것은 군부(君父)의 수치를 기분 좋게 씻은 것이며, 이는 신하의 직분이라 이 어찌 족히 축하하겠는가."라고 하였다.

이때 바람과 눈이 그치지 않아서 의병(義兵)과 제장(諸將)이 모두

---

97 그 뒤에 적진을 염탐하러 가겠다는 사람이 양만용(梁曼容), 이기발(李起渤), 류집(柳楫) 등인 것으로 보아 여기 이 공(李公)은 이기발(李起渤)일 듯.

산 아래 큰 마을로 옮겼는데 마을사람들이 모두 피란(避亂)을 가서 사졸(士卒)이 빈 집에서 머물러 쉬었다.

○ 2월 초하루 날이 밝자, 군사들을 먹여 위로하고[犒軍], 군리(軍吏) 2인을 보내 앞길을 가서 소식을 탐문하게 하면서 사졸에게 명하여 틈틈이 종일 연습하며 기다리니, 척후병(斥候兵)이 돌아와 보고하였다.

○ 2일 오후 척후병이 와서 보고하기를 "앞길 70리에는 적병(賊兵)이 보이지 않으나 남한산성 소식이 들리지 않는다."라고 했다. 다시 영리(伶俐)한 자 2인으로 하여금 소식을 자세히 탐문하게 하고 병사에게 30리를 나아가게 했다.

○ 3일 날이 밝자, 의병(義兵)과 제장(諸將)이 다시 한 곳에 모여서 군병을 세워서 검열하니 각 진에서 없어진 자가 30여 명이고, 우리 군에서 도망간 자는 7인이었다. 그 부대장을 조사하여 곤장 3대를 결정하며 약속을 엄하게 펴고, 군사를 먹여 위로하고 머물렀다.

○ 4일 닭이 울자, 군량으로 밥을 지어 먹고 행군하려고 하는데 척후병이 돌아와 보고하기를 "경성(京城) 소식은 정확하게 알 수는 없지만, 혹 적병이 이미 패하여 돌아가고, 임금님의 수레가 환궁했다고 합니다."라고 하니, 제장(諸將)이 믿을 수 없다면서 "흉적이 어찌 쉽게 패할 리가 있으리오. 이는 반드시 잘못 전하는 말일 것입니다."라고 했다.

마침내 다시 30리를 나아간 다음에 청주부(淸州府) 내(內) 근처에서 화의(和議)가 중간에 이루어졌다는 소문을 비로소 들을 수가 있었다. 제공(諸公)과 장사(壯士) 모두 북쪽을 향해 통곡하고 의병대

파견을 그치고 돌아왔다.

백천공(百泉公)의 시에,

머리 돌려 제잠[98]을 보니 한낮이 차갑고	回首鯷岑白日寒
오랑캐 재앙 요사스런 기운에 한양이 어둡구나	胡氛妖氣暗長安
어떻게 하면 우리의 당당한 선비 이끌고 가서	何當携我堂堂士
결박하여 취한 호한야[99]를 휘장 아래서 볼거나	縛取呼韓帳下看

부 오현 거의 통문(附五賢擧義通文)

국운이 불행해서 오랑캐 적[奴賊]이 서울을 핍박하여 임금님 수레
가 외로운 성에 옮겨 주둔하게 되었다. 적병(賊兵)이 에워싸서 도로
가 막히고 끊겨 호령이 불통하고, 존망의 위기가 아주 짧은 순간에
결정될 것이니, 이에 이른 것을 생각하면 오장이 타는 것 같다. 임금
이 욕을 받으면 신하는 죽는 것이 고금의 통의(通義)다. 무릇 혈기
있는 자들은 진실로 자신을 잊고 어려움에 나아가는 것이 당연하다.
생각해 보면 우리 호남은 본디 충의(忠義)의 지역이라 일컬어져 왔
고, 일찍이 임진(壬辰, 1592)년에 의열(義烈)이 이미 드러났으니, 하물
며 지금 임금이 포위되어 있는 날에 있어서겠는가? 지금 여러 사람
에게 두루 고하여 알리는 교서(教書)는 포위된 중에 나온 것으로 애

---

98 제잠(鯷岑): 우리나라를 지칭, 조선에 대한 미칭. 국역(國譯) 『조선왕조실록(朝鮮王朝實
錄)』 「세종실록(世宗實錄)」 세종 1(1419)년 8월 25일 조에 "신은 삼가 제잠(鯷岑)을 정성
으로 지키어 항상 강녕(康寧)하시라는 축복을 바치옵고(臣謹當恪守鯷岑 恒貢康寧之祝)"
라고 하여 조선을 가리키는 구절이 있고, 국역(國譯) 『목은집(牧隱集)』 권2 시(詩)에도 "조선 땅은
정히 아득하기만 해라.(鯷岑政渺茫)"라는 구절이 보임.

99 호한(胡韓): 호한야(胡韓邪). 선우(單于)를 가리킴.

통의 말이 아닌 것이 없다. 그 책망(責望)은 도내 사민(士民)에게 지극히 심절(深切)할 것이다.

읽으면서 목소리를 잃을 정도로 통곡을 하고 죽음을 구해도 구할 수 없다. 오로지 여러 군자들에게 원하는 바는 각자 기운 내어 힘써서 소매를 걷어붙이고 일어나 동지를 규합하여, 군량(軍糧)을 재물로 돕고, 기약을 정하고 여산(礪山)군에 모두 모여, 한 마음으로 적에게 나아갈 것을 기약하여 임금의 위급을 구하자. 만약 혹 머뭇거리며 회피하거나 형편을 가만히 살펴서 자신과는 무관한 일로 여긴다면,[100] 다만 전에 충렬의 풍속은 땅을 쓸 듯이 다 없어질 뿐만 아니라, 또 장차 윤리와 기강에 죄를 얻어 마을과 나라에 용납되지 못할 것이다. 글이 도착하면 잠시도 머무르지 말고, 서로 미루고 피하지도 말며, 마음을 합하여 하나의 힘으로 함께 나라의 어려움을 구제해야 할 것이다. 불승행심(不勝幸甚)[101]

숭정(崇禎) 9년 12월 25일
옥과(玉果) 현감(縣監) 이흥발(李興浡)
대동찰방(大同察訪) 이기발(李起浡)
순창(淳昌) 현감(縣監) 최온(崔蘊)
전한림(前翰林) 양만용(梁曼容)
전찰방(前察訪) 류집(柳楫)

---

100 월시진척(越視秦瘠): 월나라 사람이 진나라 사람의 수척한 것을 무관심하게 본다고도 하고, 월나라 사람이 멀리 떨어져 있는 진나라의 땅이 걸고 메마름을 상관하지 않는다고도 하는데서 나온 말인데, 남의 일에 전혀 무관심함을 이르는 말로 자신과는 무관한 것으로 여긴다는 의미.
101 불승행심(不勝幸甚): '불승'은 어떤 감정이나 느낌을 억눌러 참아내지 못함. '행심'은 매우 다행하다는 의미.

백천 류 공 세보(百泉柳公世譜)

12세조(世祖) 휘(諱) 공권(公權)자(字) 정평(正平). 고려(高麗) 명종(明宗)조 등제(登第).[102] 금자광록대부(金紫光祿大夫) 정당문학(政堂文學) 참지정사(參知政事) 치사(致仕).[103] 시호(諡號) 문간(文簡). 시율(詩律)이『해동문선(海東文選)』에 실려 있고, 필적(筆跡)은『해동필원(海東筆苑)』에 실려 있으며, 사적(事績)은『고려사(高麗史)』에 있음.

11세조(世祖) 휘(諱) 택(澤)『고려사』에는 '택(澤)' 자(字) 위에 '언(彦)' 자(字)가 있음. 명종(明宗)조 등제(登第). 좌복야(左僕射) 한림학사(翰林學士) 대제학(大提學) 승지(承旨). 사적(事績)은『동국통감(東國通鑑)』에 실려 있고, 시(詩)와 찬(贊)은『해동문선(海東文選)』에 실려 있음.

10세조(世祖) 휘(諱) 경(璥)초휘(初諱) 감(瑊), 자(字) 천년(天年) 또는 장지(藏之). 고종(高宗)조 등제(登第). 광정대부(匡靖大夫) 수문전집정(修文殿集政) 태학사감수(太學士監修) 문국사(文國事) 세자사(世子師) 치사(致仕). 시호(諡號) 문정(文正). 사적(事績)은『고려사(高麗史)』에 실려 있음.

9세조(世祖) 휘(諱) 승(陞)자(字) 희원(希元). 광정대부(匡靖大夫) 지도첨의사사사(知都僉議使司事) 상호군참리(上護軍叅理). 시호(諡號) 정신(貞愼). 사적(事績)은『고려사(高麗史)』에 실려 있음.

8세조(世祖) 휘(諱) 돈(墩)초휘(初諱) 인화(仁和).[104] 등제(登第). 첨의찬성사(僉議贊成事) 시녕군(始寧君) 치사(致仕). 시호(諡號) 장경(章敬). 공(公)의 부·조(父·祖),[105] 고조(高祖) 및 계제(季弟)이 4세(四世) 5

---

102 등제(登第): 과거에 오름. 과거급제

103 치사(致仕): 나이가 많아 벼슬을 사양하고 물러남.

104 인화(仁和):『고려사(高麗史)』에 의하면, 승(陞)의 네 아들은 중문사(中門使) 인명(仁明), 인전(仁全), 인화(仁和), 문화군(文化君) 인기(仁琦)로, 인화는 제3자인데 뒤에 돈(墩)으로 고침. 그의 아들은 총(總)이고 총의 아들은 만수(曼殊)임.

105 부·조(父·祖): 아버지와 할아버지.

공(五公)의 사적(事績)은 『고려사(高麗史)』에 실려 있음.

7세조(世祖) 휘(諱) 진(鎭)초휘(初諱) 구(丘). 대광문화군(大匡文化君) 아(我) 태조(太祖)조에 들어와 책순성좌리공신(策純誠佐理功臣), 태종(太宗)조에 증영의정(贈領議政).

6세조(世祖) 휘(諱) 원현(元顯). 태종(太宗)조 검한성판윤(檢漢城判尹) 성균관 대사성(成均館大司成). 공(公)의 여섯 아들[六男] 중 장남(長男)은 선(善), 차남 영(潁)은 이조참판(吏曹參判) 시호(諡號) 양도(良度), 3남 계(繼)는 현감(縣監), 4남 간(澗)은 별시(別侍), 5남 혜(潓)는 봉례(奉禮), 6남 형(衡)은 회인현감(懷仁縣監). 회인공(懷仁公) 네 아들[四男] 중 효량(孝良)은 사직(司直), 효용(孝庸)은 함안군수(咸安郡守), 효중(孝中)은 진사(進士)로 세자 부솔(副率)106에 임명, 성종(成宗)조에 참원종공신(參原從功臣) 삼화(三和) 창평(昌平) 양현(兩縣)의 현령(縣令), 효장(孝章)은 문과(文科) 영광군수(靈光郡守) 홍문관교리(弘文館校理). 창평공(昌平公)의 세 아들[三子] 중 장남(長男) 인수(仁洙)는 문과(文科), 둘째아들 인사(仁泗)는 현령(縣令), 셋째아들 인분(仁汾)은 자의(諮議). 자의공(諮議公)의 아들 문옥(文沃)은 주원(主員) 참봉(參奉) 화산부사(華山府使). 부사(府使)의 세 아들[三子] 중 덕윤(德潤)은 생원(生員), 둘째아들 덕수(德粹)는 문과(文科) 교리(校理) 홍주목사(洪州牧使), 셋째아들 덕용(德容)은 교리(敎理)로 수언(秀漹)의 후사(後嗣).107

5세조(世祖) 휘(諱) 선(善)108자(字) 덕우(德佑) 호(號) 정묵재(靜默齋). 태종대왕(泰太宗大王) 갑계(甲契)109에 참여(參與). 문과(文科) 한림대사성(翰林大司成) 부평부사(富平府使). 화순(和順) 언동사(彦洞祠, 화순군 향토문화유산 제71호)110에 배향(配享).

---

106 부솔(副率): 조선시대 세자익위사(世子翊衛司)에 속한 정7품 벼슬. 여기에는 좌부솔(左副率)·우부솔(右副率) 등이 있음.

107 후(後): 뒤를 이음. 수언(秀漹)에게 출계(出系).

108 선(善): 원현(元顯)의 셋째아들.

109 갑계(甲契): 동갑계의 줄임말.

110 간언동사(干彦洞祠): 본문은 '干'이나 '于'로 보고 번역함.
　　* 언동사는 1821년에 창건되어 정묵재(靜默齋) 류선(柳善), 열역재(悅易齋) 류덕용(柳德

고조(高祖): 휘(諱) 효진(孝眞)자(字) 인원(仁源). 문종(文宗)조에 문과 (文科) 세조(世祖)조에 참원종공신(參原從功臣) 병조참의(兵曹參議) 5 읍(五邑)을 두루 다스렸는데 모두 청백리(淸白吏)로 정사(政事)하여 은혜를 베풀었다. 『동국명신록(東國名臣錄)』에 실려 있음.

증조(曾祖) 휘(諱) 옹(澃)자(字) 자아(子雅). 중종(中宗)조 문과(文科) 수 찬(修撰) 행[111]인천·선산부사(行仁川·善山府使).

조(祖) 휘(諱) 수언(秀漹)자(字) 정일(淨一) 호(號) 서하(西河).[112] 명종(明宗) 조 문과(文科) 홍문관 교리(弘文館敎理) 양덕현감(陽德縣監) 증사복 시정(贈司僕寺正).

고(考) 휘(諱) 덕용(德容)자(字) 중부(仲符). 호(號) 열역재(悅易齋) 효(孝) 로 정문(旌門) 행양덕현감(行陽德縣監), 수질로 첨추(壽秩僉樞)[113] 증 병조참의(贈兵曹參議). 정묵재(靜黙齋)의 언동사(彦洞祠)에 배향(配享).

容), 백천재(百泉齋) 류함(柳涵) 세 분이 모셔져 있었다가 2009년 종친회(宗親會)에서 열역재 장남 참판공(參判公) 류홍(柳泓)을 배향하기로 결정하여 현재는 네 분이 모셔 져 있음.

111 행(行): 관계(官階)가 높고 관직(官職)이 낮은 경우에 벼슬이름 앞에 붙여 일컫는 말.
112 수언(秀漹)의 자(字), 호(號)는 본문에 없으나, 족보에서 찾아 보충했음.
113 수질첨추(壽秩僉樞): 수질(壽秩)로 첨추(僉樞)가 됨. 수질은 수직(壽職) 또는 수제(壽躋) 로 매년 정월에 80세 이상인 관원(官員)과 90세 이상의 서민(庶民)에게 은전(恩典)으로 내리던 벼슬. 첨추(僉樞)는 첨중추(僉中樞).

백천집 권4부록(百泉集卷之四附錄)

추천 목록(薦目)

정경세 완백[1] 때 올린 포상 계문[2](鄭經世完伯時襃 啓)

신이 그윽이 생각해 보니 어진 이와 능력 있는 이를 천거(薦擧)하는 것이 한 번 맡은 순선(巡宣)[3]의 직책인데 화순(和順)의 사인(士人) 류함(柳涵)은 학행(學行)과 절의(節義)가 호남에 드러나 사림의 본보기가 되는데 충족합니다. 그러므로 삼가 목도(目睹)한 바로써 올립니다.

민정중 수의어사[4] 때 올린 포상 계문(閔鼎重繡衣時襃 啓)

---

1 정경세(鄭經世) 완백(完伯): 정경세(1563-1633)의 본관은 진주(晉州). 자는 경임(景任), 호는 우복(愚伏). 류성룡(柳成龍)의 문인. 완백은 전라 관찰사의 이칭.(『한국민족문화대백과』 참조)

2 포계(襃啓): 포상을 위해서 관청이나 벼슬아치가 임금께 올리는 글.

3 순선(巡宣): 순찰사(巡察使)나 감사(監司)가 정해진 구역을 돌며 임금의 덕화를 펴는 일.

4 민정중(閔鼎重, 1628-1692): 본관은 여흥(驪興). 자는 대수(大受), 호는 노봉(老峯). 송시열(宋時烈)의 문인. 부(父)는 강원도 관찰사 민광훈(閔光勳), 모(母)는 판서 이광정(李光庭)의 딸. 효종(孝宗) 3(1652)년 2월 호남 수의어사 파견. 수의어사는 조선시대 왕의 측근으로 당하관(堂下官)을 지방 군현에 비밀리 파견해서 암행하게 한 특명 사신.(『한국민족문화대백과』 참조)

신이 그윽이 생각해 보니 나라를 위한 급한 직무는 오직 인재를 수습(收拾)하는 데 있습니다. 먼 시골 사람은 스스로 뽑힐 수 없어서 쇠퇴하여 망해도 해 놓은 일도 없이 헛되이 몸만 늙는 자가 심히 많은데 삼가 들은 바로써 기록하여 올립니다.

고부(古阜) 전참봉(前參奉) 최경긍(崔敬恆) 학행(學行), 장성(長城) 사인(士人) 기진탁(奇振鐸) 학행(學行), 임피(臨陂) 우거사인(寓居士人) 이세기(李世基) 학행(學行), 남평(南平) 사인(士人) 서진명(徐震明) 조행(操行), 사인(士人) 서행(徐荇) 효행(孝行), 화순(和順) 사인(士人) 류함(柳涵) 학행·절의(學行·節義), 전참봉(前參奉) 조수성(曺守誠) 독서·수정(讀書·守靜), 진사(進士) 조엽(曺熀)·사인(士人) 최자해(崔自海) 재행(才行), 능주(綾州) 사인(士人) 안익지(安益之)·양우전(梁禹甸)·정선(鄭璿)·정염(鄭琰) 효제·행의(孝悌·行誼), 보성(寶城) 사인(士人) 안희(安喜)[5] 학행(學行).

삼현사[6] 창건 사실(三賢祠剏建事實)

오성(烏城)현 동쪽 10리쯤에 서암산(瑞巖山) 아래 언곡(彦谷)이 있어 언덕과 골짜기가 심히 깊고 물과 돌이 청려(淸麗)한데 백천(百泉) 류(柳) 선생이 은거하여 강학하던 곳이다. 순묘(純廟) 신사(辛巳, 1821) 년에 세 선생의 향사(享祠)의 뜻으로 선비들의 의논이 일제히 시작되어서 관학(館學) 및 영호(嶺湖)의 통장(通章)[7]이 서로 응(應)하여 답지(遝至)하고, 감영(監營)과 춘조(春曹)[8]의 제교(題教)[9]가 잘 합하여

---

5 본문은 메 산(山) 아래 기쁠 희(喜) 자(字)로 되어 있는데 과거에 이름이 '희(喜)' 한 글자일 때에 메 산(山)을 글자 머리에 붙여 쓰기도 했다고 함.

6 삼현사(三賢祠): 1821년 10월 창건. 정묵재(靜黙齋), 열역재(悅易齋), 백천재(百泉齋) 세 선생을 모신 사당으로 1961년 3월 복원 때 언동사(彦洞祠)로 개명(改名).

7 통장(通章): 통지하는 글. '통문(通文)'이라고도 함.

많은 선비들의 외치는 바가 있었다. 그러므로 이 해 10월 일에 여기에 사당을 건립하고 마을사람들이 제사를 지냈다.

삼현사 창립 때 관학에서 보낸 통문(三賢祠剏立時館學通文)

우문(右文)은 알려줄 일을 위함이라. 몇 해 전에도 귀도(貴道)의 통지글로 인해 정묵재(靜默齋) 류(柳) 선생 휘(諱) 선(善)의 사당 건립이 타유(妥侑)[10]의 의미가 있으므로 곧 회람 통지[11]하였습니다.

지금 또 귀향(貴鄕) 사림의 정단(呈單)[12]을 보니 사원(祠院)을 이미 시설하고, 양호(兩湖)의 사림이 모두 받들어 모시고 있으며, 다만 춘추 제사에 제수(祭需) 등 절차(節次)가 미치지 못하여 다른 사원과 사례를 함께 하려고, 의조(儀曹)[13]에 특별히 제출하여 관에서 주는 향촉(香燭)의 규정을 얻고자 함이라고 운운하였습니다.

그윽이 생각하건대 공(公)의 지극한 행실과 의절(義節)은 성상(聖上)의 공적을 도와 아마 장차에는 한(漢)나라 때 운대(雲臺)[14]의 28장수와 위로 열수(列宿)[15]의 상(像)에 응하여 천세의 아름다움을 짝할

---

8 춘조(春曹): 예조(禮曹)의 별칭이다.

9 제교(題敎): 제사(題辭)의 높임말.

10 타유(妥侑): 신주(神主)를 사당에 봉안(奉安)하고 제사를 받듦. 타령(妥靈)과 같음.

11 회통(回通): 통문에 대한 회답을 하거나 그 회답.

12 정단(呈單): 관아에 제출한 서류.

13 의조(儀曹): 고려 후기부터 만들어 예의, 조회 등에 관한 일을 관장하던 관청. 예조(禮曹).

14 운대(雲臺): 후한(後漢) 명제(明帝) 때 등우(鄧禹) 등 전대(前代)의 명장 28인의 초상화를 그려서 걸어 놓고 추모한 공신각(功臣閣)의 이름.(『한국고전용어사전』참조)

15 열수(列宿): 여러 별 빛. 『후한서(後漢書)』권2「명제기(明帝紀)」에 관도공주(館陶公主)가 아들을 위하여 낭관(郎官)의 자리를 요구하자, "한(漢)나라 명제(明帝)가, '낭관(郎官)'은 위로 열수(列宿)에 응하니, 지방관으로 나가는 것은 실로 적임자가 아니면 백성이 그 재앙을 받게 된다.(漢明帝之言曰 郎官上應列宿 出宰百里 苟非其人 民受其殃)"라는 말이 있음.(국역(國譯)『승정원일기(承政院日記)』영조(英祖) 1 을사(乙巳)년 '1월 4일' 참조)

것이고, 태종대왕(太宗大王) 어제시(御製詩)의 "지금 나의 동갑계는 오직 21명이나 삼각산(三角山)이 무너져도 의리가 없어지지 않을 것이다."라는 구절 같은 데 이르러서는 그 지조(志操)가 족히 천지(天地)를 지탱할 만하며, 그 의리(義理)는 대려(帶礪)의 맹세[16]로 족하니 더욱 소과(所過)[17]가 있을 것입니다. 대대로 쌓은 덕과 선량한 품행이 앞서의 통문앞서 보낸 통문은 잃어버려 전하지 않음(前通失不傳)에 이미 다 갖추어졌는데 지금 다시 일삼아 진술할 필요가 없습니다. 그리고 그 현손 열역재(悅易齋) 휘(諱) 덕용(德容)은 부모를 섬기는데 효성을 다하고, 그 5대손 백천(百泉) 휘(諱) 류함(柳涵)은 존주대의(尊周大義)[18]가 해와 별처럼 빛나고 빛나, 한 집안에 세 분의 어진이가 함께 한 사당에 오르니 어찌 거룩한 일이 아니겠습니까? 또 이미 제사 지내는 일을 베풀었으니, 그 나머지 의식(儀式) 절차는 다른 사원(祠院) 등과 함께 하지 않을 수 없어서 이에 통문을 보냅니다. 오직 바라건대 모든 군자들이 예조에서 보낸 것을 관에서 마련해 보낸 향촉의 감으로 삼으시면 심히 다행이겠습니다.

춘추정향문(春秋丁享文)[19]

아름다운 세상에 덕이 실리고　　　　　　　　奕世載德

---

16 대려(帶礪)의 맹세: 태산이 숫돌처럼 작게 되고 황하가 허리띠처럼 좁아질 때까지 공신의 집안을 영원히 보호해 주겠다는 맹세. 산려하대(山礪河帶)의 줄임말.

17 소과(所過): 지나는 곳마다 감화가 있을 것이란 의미. 『맹자(孟子)』「진심장(盡心章) 상(上)」에 "성인이 지나가는 곳마다 감화를 받고, 머무는 곳마다 백성들이 신령스럽게 된다.(所過者化 所存者神)"라는 말이 있음.

18 존주대의(尊周大義): 명나라를 높이는 큰 뜻.

19 정향문(丁享文): 정향(丁享) 또는 정제(丁祭)에 읽는 축문이다. 음력 2월과 8월 정(丁)자일에 제사 지내는 것. 한 달에는 상정(上丁)·중정(中丁)·하정(下丁)이 있음.

충효가 집안에 전해졌으니 　　　　　　　忠孝傳家[20]

명나라를 높이는 의병은 　　　　　　　　尊周義旅

천추에 빛날 것입니다 　　　　　　　　　事光千秋

－가선대부 홍문관제학 예문관제학 겸 춘추관사행 공조판서 연안
　이가우[21] 지음(嘉善大夫弘文館提學藝文館提學兼春秋館事行工曹判
　書延安李嘉愚製)

전라도 유생들이 정문 포상을 청원한 상소(全羅道儒生請旌褒疏)권

주언, 이상오 등(權柱彦李象五等)

　우자(右者)는 삼가 말씀을 올립니다.[22] 선비는 나라가 어지러운 때
에 충성을 몰아 대의에 감동하여 만 번 죽고 한 번 산다는 요량으로
떨치고, 오로지 일신의 뜨거운 피로 치고자 하여, 국가가 위급한 때
에 달려간 자가 풀 우거진 묵정밭 같은 데서 나와서 어떤 사람인지
알지 못했는데, 조정에서 이른바 위로하고 포상하여 아름답게 하는
것을 통적(通籍)[23]의 선비와 녹봉(祿俸)을 누린 신하에게 보여주어
그 몇 곱절[24]을 하도록 하는 것은 더욱 마땅하고, 그 일에 대해 공

---

20 전가(傳家): 원문은 '부가(傳家)'로 되어 있으나, 그 뒤에 나오는 「全羅道儒生請旌褒疏」에
　'傳家'로 되어 있어 의미상 '傳家'로 고쳐 번역함.
21 이가우(李嘉愚, 1783-1852): 1816년 정시문과에 을과로 급제하고, 이듬해 예문관검열을
　거쳐 1826년 규장각직각이 되고, 1839년 동지정사로 부사 이노병(李魯秉), 서장관 이정리
　(李正履)와 함께 청나라에 다녀왔다. 1848년 함경도관찰사로 있으면서 단천 및 북청 앞
　바다에 이양선(異樣船) 2척이 출몰하였음을 조정에 보고하였다. 1850년 판의금부사를 거
　쳐 이조판서에 이르고, 시호는 문정(文貞).(『한국민족문화대백과』 참조)
22 우근계(右謹啓): 우자(右者)는 삼가 올립니다. 관청에 청원하는 문서의 서두 투식어. '우
　근진(右謹陳)'으로도 씀.
23 통적(通籍): 궁문(宮門)의 출입 허가를 받은 사람의 성명·연령 등이 적힌 명패(名牌).

(功)을 성취했는지 여부는 실로 반드시 뒤에 억지로 제기할 필요는 없을 것입니다.

호남은 충의의 곳집이라서 집에서는 충효(忠孝)를 전하고, 민간에서는 의열(義烈)을 숭상하여 혹시라도 불행한 때를 만나면 몸을 바쳐서라도 나라에 충성을 다하는 선비가 곳곳에서 일어나서 광주(光州)의 고경명(高敬命) 김덕령(金德齡) 나주(羅州)의 김천일(金千鎰) 나덕헌(羅德憲) 같은 여러 사람이 그것을 성취한 자로, 오히려 지금까지도 혁혁하게 남의 이목에 비추고 있는 것이 이것입니다.

그러니 신들은 상(床)을 포개 놓은 것 같은 쓸데없는 일은 확실히 용납하지 않지만, 병자(丙子, 1636)년에 북쪽 오랑캐가 창궐(猖獗)함에 이르러 임금님의 수레가 남한산성으로 옮겼으니, 그때 현감(縣監)인 신(臣) 이흥발(李興浡)·최온(崔蘊), 찰방(察訪)인 신(臣) 이기발(李起浡)·류집(柳楫), 시교(侍教)인 신(臣) 양만용(梁曼容) 등 5인이 의기에 복받치어 소매를 걷고 북을 치며 의병을 인도하여 급히 달려가 임금을 위해 충성을 다하려고 북쪽으로 머리를 향하고, 적을 죽이려는 의지로 싸울 것을 결심하였는데, 강화(講和)의 보고를 되돌려 듣고서 통곡하고 돌아왔습니다.

비록 일의 공적은 빛난 바가 없지만, 그 들리는 명성과 굳센 위엄을 천하 후세에 드러내는 데는 족하니, 열성조(列聖朝)께서 정문(旌門)의 포상을 추증(追贈)하신 법은 그곳에 서운함이 남아 있지 않게 하여 풍교(風教)의 거룩한 덕을 뿌리박게 한 것이라, 누군들 흥분하여 일어나지 않겠습니까?

이른바 충성했는데 드러나지 않음이 거의 없어서 당시에 의를 함께 한 다섯 신하, 일을 함께 한 다섯 신하, 공적을 함께 한 다섯 신하가 있는데, 유독 조정의 포상(褒賞)과 추증(追贈)의 법을 입지 못한

---

24 배사(倍蓰): 배는 곱절, 사는 다섯 곱절, 배사는 곱절에서 다섯 곱절 이상.

자가 바로 화순현(和順縣)에 사는 고(故) 통덕랑(通德郞) 신(臣) 류함(柳涵)입니다.

생각건대 이 신하의 충성(忠誠)과 의열(義烈)이 어찌 다섯 신하와 상하가 있어서 그러했겠습니까? 특별히 사람에게는 행·불행(幸·不幸)의 때가 있고, 만남과 만나지 못함이 있을 따름입니다. 아니면 또 우리 전하께서 현충(顯忠)을 기다려서 마침내 진실로, 잠긴 것을 펴고 숨은 것을 들춰내는 날에 그것으로 무너진 풍속의 일단을 격려(激勵)하려는 것이었겠지요.

신의 몸은 외람되게도 같은 도내에서 집집마다 외고 말해서, 귀에 익고 눈에 익숙하여 감탄해서 그를 앙모(仰慕)한 자입니다. 오직 이 신이 정충(貞忠) 대의(大義)한데도, 이 신이 죽은 지 거의 2백 년에 가깝도록[25] 오히려 조정에서 한 소문도 얻지 못해 장차 덤불 속에 없어지게 된다면 신의 몸은 그윽이 이 신의 원통함이 될 것이니, 청컨대 옛 사실에 근거해서 이 신의 창의와 수절의 시작과 근본을 주광(黈纊)[26] 아래 모두를 낱낱이 진술할 것입니다.

통덕랑(通德郞)[27] 류함(柳涵)은 옛 문화군(文化君) 진(鎭)의 육대손이요, 대사성(大司成) 선(善)의 현손이고, 정려 효자 병조참판(兵曹參判) 덕용(德容)의 아들입니다. 그 형 참판(參判) 홍(泓)은 임진란(壬辰亂, 1592) 때 종사(從事)하여 평양(平壤)에서 순절하여 추증되고 사당을 세웠으며, 그 누이는 최서생(崔瑞生)의 부인으로 정유지변(丁酉之變, 1597)에 흥덕(興德) 사포리(沙浦里)에서 열사(烈死)하여 정려를 명하였으니, 한 가문 안에 아버지는 효(孝)로, 형은 충(忠)으로, 누이는 열(烈)로 삼강(三綱)을 나란히 하였습니다.

---

25 류함(柳涵)이 1661년에 졸(卒)하였으니 이 상소문은 1861년 이전에 작성된 것으로 추정됨.

26 주광(黈纊): 주(黈)는 귀막이 솜, 광(纊)은 솜, 갓 양쪽으로 귀에 닿을 만큼 늘어뜨린 둥글고 누런 솜 방울로 여기서는 함부로 남의 말은 듣지 않고 기록하겠다는 의미.

27 통덕랑(通德郞): 통선랑(通善郞)과 함께 정5품 벼슬 명.

이 신은 문장과 행의(行誼)로써 가풍을 떨어뜨리지 아니하여 남쪽 선비의 우러러봄이 되었습니다. 저 병자(丙子, 1636)년에 북쪽 오랑캐가 저돌적으로 남한산성에 이르렀을 적에 달빛 아래 징병을 하였습니다. 포위된 중에서 교서(敎書)가 나오니 류함(柳涵)이 비분하며 눈물을 씻고 마음으로 맹세하여 대의를 일으켜 집안 사내종들을 이끌고, 집안 재산을 기울여 본현(本縣) 객사 문 밖에 의병청(義兵廳)을 설치하니, 참봉(參奉) 신(臣) 조수성(曺守誠), 감역(監役) 신(臣) 조엽(曺熀) 통덕랑(通德郞) 신(臣) 최명해(崔鳴海) 등이 격문을 열읍에 전하고, 유사(有司)를 각각 나오게 해서 군량을 모으고 기약을 하여 적에게 달려갔습니다. 그가 나라를 위해 죽겠다는 지극한 정성의 뜻은 천년 뒤에도 상상할 수 있을 것입니다. 의거(義擧)의 소리가 이른 곳에 열흘도 되지 않아서 병사(兵士)가 수백 인에 이르고, 군량(軍糧)이 거의 수백 석이니, 지주(地主) 류훤(柳萱)이 찬탄하기를 "초야가 이러하니 녹을 받아먹은 자는 부끄러울 뿐이다."라고 했습니다.

이에 류함(柳涵)이 장사(壯士)들에게 "나라의 존망이 조석지간(朝夕之間)에 있어 별빛 밝은 밤에라도 어려움에 달려가는 것이 마땅하니 잠시도 지체할 수 없다."라고 하고, 기를 세우고 북을 울리며 정해진 날에 장차 출발하여 향하니, 이른바 다섯 신하가 동시에 의병을 위해 격문을 전하여 불러 모으고, 함(涵)은 군을 거느리고 여산(礪山)에 모였습니다. 마침내 다섯 신하들이 합병하고 길을 재촉하여 포위된 남한산성을 향해 함께 달려갔습니다. 행군이 청주에 도착하자, 오랑캐의 기병 소문이 산 계곡에 가득 드러나서 군사의 정세가 흉흉하던 때였습니다. 이홍발(李興浡)[28]이 오랑캐를 엿보려다가 포위되자, 류함(柳涵) 조수성(曺守誠)[29] 등이 굳센 병사를 1백여 명을

---

28 류함(柳涵)의 「병자거의일기(丙子擧義日記)」 1월 30일에는 '이홍발(李興浡)'이 아니라 '이기발(李起浡)'로 나옴.

거느리고 힘을 떨쳐 합세하여 오랑캐 머리를 베고 병기를 탈취하니 오랑캐 기마병은 바로 퇴각하였습니다.

여러 장사들이 다시 50리를 나아가니 화친의 일이 이미 이루어졌음을 듣고서 모두 북향하고 통곡하였습니다. 의지의 기운을 펴지 못하고 원통하고 슬퍼서 시를 지어 말하기를,

머리 돌려 제잠[30]을 보니 한낮이 차갑고   回首鯷岑白日寒
오랑캐 재앙 요사스런 기운에 한양이 어둡구나   胡氛妖氣暗長安
어떻게 하면 우리의 당당한 선비 이끌고 가서   何當携我堂堂士
결박하여 취한 호한야[31]를 휘장 아래서 볼거나   縛取呼韓帳下看

이에 의병을 파하여 보내고, 돌아가 마침내 세상일에 뜻을 끊고 현(縣) 동쪽 서암산(瑞巖山) 안에 은거하여 과장(科場)에도 나가지 않고 산책하며 읊조리면서 자연에 뜻을 붙여 살았습니다. 일찍이 시가 있어 이르기를,

봄가을의 나뭇잎에도 나이를 잊었지만   葉上春秋忘甲子
마음속의 일월로 황명을 보존했네   心中日月保皇明

학행과 절의로써 도신(道臣) 및 수의어사(繡衣御史)가 여러 번 포

---

29 '앞의 일기' 같은 날에 '류함(柳涵) 조수성(曺守誠)'이 아니라 류함(柳涵)이 '양만용(梁曼容), 류집(柳楫)과 함께'로 나옴.

30 제잠(鯷岑): 우리나라, 조선에 대한 미칭(美稱). 국역(國譯)『조선왕조실록(朝鮮王朝實錄)』「세종실록(世宗實錄)」세종 1(1419)년 8월 25일 조에 "신은 삼가 제잠(鯷岑)을 정성으로 지키어 항상 강녕(康寧)하시라는 축복을 바치옵고(臣謹當恪守鯷岑 恒貢康寧之祝)"라고 하여 조선을 가리키는 구절이 있고, 국역(國譯)『牧隱集』권2 시(詩)에도 "조선 땅은 정히 아득하기만 해라(鯷岑政渺茫)"라는 구절이 보임.

31 호한(胡韓): 호한야(胡韓邪). 선우(單于)를 가리킴.

상을 추천하였고, 마을사람들이 벼슬을 권했지만, 함(涵)은 답하기를 "우리 집안 관원의 직함이 모두 명나라 황제의 연호인데 어찌 나에게 와서 차마 거짓 연호를 보겠는가?"라고 하고 끝내 참여하지 않았습니다.

그의 죽음에 미치어 후인들이 그 묘에 표제하기를, '대명처사(大明處士)'라 하였는데, 이는 모두 류함(柳涵)이 창의(倡義)한 대체의 줄거리이고, 또 그의 황명수절(皇明守節)함이 저같이 높고 높았습니다. 벼슬 없는 선비의 희미한 자취가 하루아침 창졸간에 다만 충의(忠義)에 감격(感激)할 뿐, 칼의 강약은 따지지 않고, 오직 임금의 급함을 위해 죽는 것만을 알아서 서슬이 시퍼런 칼날[32]에 나가는 것을 마치 질주하듯 하고, 군사가 파한 날에 미치어서는 자연[33]에 깃들기를 더디게 하여 방문을 닫아걸고 사귐을 멈추었는데, 대개 옛 사람의 고결한 지조를 지키는 풍취[34]가 있었으니, 이는 그 말이 '백세지공(百世之公)'이라고 이를 만한 증거이고, 양호(兩湖)의 사림이 함(涵)의 충의를 흠모하여 그가 은거하여 강학을 하던 곳에 사당을 짓고, 춘추 향촉의 수요를 예조(禮曹)에 호소하여 관(官)에서 마련해 보내니 마을사람들이 제사를 지내고, 전 판서(前判書) 이가우(李嘉愚)[35]가

---

32 백인(白刃): 서슬이 시퍼런 칼날. 백병(白兵).
33 임번(林樊): 숲속 울타리로 자연을 의미.
34 도해지풍(蹈海之風): 도해(蹈海)는 절개를 지키기 위하여 바다로 들어가 죽는다는 의미로 춘추(春秋) 때 진(秦)나라가 조(趙)나라 한단(邯鄲)을 에워쌌는데, 위왕(魏王)이 객장군(客將軍) 신원연(新垣衍)을 시켜 평원군(平原君)을 통해 진소왕(秦昭王)을 황제로 삼자고 청하게 하였더니, 제(齊)나라 노중련(魯仲連)이 마침 조나라에 왔다가 이 말을 듣고 평원군을 통하여 신원연을 만나서 '그가 방자하게 황제가 된다면 나는 동해(東海)로 들어가 죽을 따름이다.'라고 했다. 도해지풍(蹈海之風)은 고결(高潔)한 지조를 지키는 풍취라는 뜻. (『한국고전용어사전』 참조)
35 이가우(李嘉愚, 1783-1852): 순조 16(1816)년 정시문과에 을과로 급제하고, 이듬해 예문관 검열을 거쳐 1826년 규장각직각이 되고, 헌종 5(1839)년 동지정사로 부사 이노병(李魯秉), 서장관 이정리(李正履)와 함께 청나라에 다녀왔다. 1848년 함경도관찰사로 있으면서 단천 및 북청 앞바다에 이양선(異樣船) 2척이 출몰하였음을 조정에 보고하였다. 철종 1

그 제문을 지어 이르기를,

아름다운 세상에 덕이 실리고	奕世載德
충효가 집안에 전해졌으니	忠孝傳家
명나라를 높이는 의병은	尊周義旅
천추에 빛날 것입니다	事光千秋

라고 하였는데 이 역시 신의의 한 단서가 아니겠습니까?

「모의격문(募義檄文)」과 「행군일기(行軍日記)」가 세대를 거쳐서 유전되고 있고, 『호남창의록(湖南倡義錄)』에도 새겨져 있습니다. 그러므로 제주(祭酒) 김원행이 서문(序文)을 쓰고, 전판서(前判書) 송환기(宋煥箕)가 그 다음에 서문(序文)을 써서 아름답게 하였으니,[36] 신(臣)의 일도(一道)가 거짓으로 꾸며 할 수 있는 것이 아닙니다.

조수성(曺守誠)과 조엽(曺熀)은 한 고향 사람으로 같은 때 창의하여 정포(旌褒)의 거룩한 은전(恩典)을 입을 수 있었는데,[37] 오직 이류함(柳涵)만은 대의(大義)의 맹주(盟主)인데도 빠져서 아직 거론되지 아니하니 어찌 사림(士林)의 억울함이 되지 않겠습니까? 신(臣) 저[矣身]는 외람(猥濫)됨을 피하지 않고, 만 번의 죽음을 무릅쓰고라도 천지 부모[38] 아래에서 우러러 외치고자 하옵니다.

(1850)년 판의금부사를 거쳐 이조판서에 이르고, 시호는 문정(文貞).(『한국민족문화대백과』 참조)

36 『호남병자창의록(湖南丙子倡義錄)』 중간본(1798년 간행)에 송환기(宋煥箕) 서문(1798년 5월 작성)이 2쪽부터 11쪽까지 실려 있고, 초간본(1762년 간행)에 실렸던 김원행(金元行) 서문(1764년 12월 작성)은 〈구서(舊序)〉라고 하여 12쪽부터 15쪽까지 실려 있음.

37 조수성(曺壽成), 조엽(曺熀)은 1804년에 정려(旌閭)를 받고 쌍충각(雙忠閣)을 세움.(『한국향토문화전자대전』 참조)

38 천지부모(天地父母): 임금을 가리킴. 국역(國譯) 『대동야승(大東野乘)』 「계해정사록(癸亥靖社錄)」 〈전 금양위(錦陽尉) 박미(朴瀰)·전 정랑(正郎) 박의(朴漪) 등의 상언(上言) 을해(乙亥)년 10월(前錦陽尉朴瀰前正郎朴漪等上言 乙亥十月)〉에 "신 등이 한 올 목숨이 끊

그러므로 한 번 열성조(列聖朝)를 의지해서 충의를 권하고 절의에 상을 주는 사례를 특별히 유사(有司) 명하여, 통덕랑(通德郎) 류함(柳涵)의 정려 문을 세우고 벼슬을 추증하여 한 시대에 들리는 명성을 심으시옵소서.

신들은 간절히 빌며 황공(惶恐)의 지극함을 이기지 못하겠습니다.

예조에서 올린 포상 계문(禮曹褒 啓)

일이 예조(禮曹)에 내려왔으니 예조에서 회람하고 임금께 올립니다. "여기 올라온 말을 살펴보면 화순(和順) 고(故) 통덕랑(通德郎) 류함(柳涵)이 병자(丙子, 1636)년 오랑캐 난을 당하여 의거(義擧)를 위한 군사를 일으키고 격문을 이웃 고을에 전하여, 의거의 소리가 다다른 지 열흘도 못 되어 병사 수천 명이 모였고, 행군이 청주에 도착하여 오랑캐 기마병이 산 계곡 사이에 가까이 있다는 소문을 듣고, 호남 모의유사(募義有司) 이흥발(李興浡)[39]과 힘을 합쳐서 적을 마주하고 나아가 오랑캐 기병을 물리치고, 다시 50리를 나아갔는데 화친의 일의 이루어졌음을 듣고 북쪽을 향해 통곡하고 돌아가서, 마침내 세상 일에 뜻을 끊고 문을 걸어 닫고 스스로 고요히 하여 존주양이(尊周攘夷)[40]의 뜻을 높이 숭상한 것은 대개 옛사람의 고결(高潔)한 지조

어지기 전에 부득불 피눈물로 간장을 짜서 천지부모 같으신 성상께 하소연하옵니다. 신 등이 그 전후 사정을 대략 들어서 죽기를 무릅쓰고 아룁니다.(臣等縷命未絕之前 不得不 泣血瀝肝 哀籲於天地父母之下也 臣請略擧顚末情節 冒死陳之)"라는 표현이 있음.

39 류함(柳涵)의 「병자거의일기(丙子擧義日記)」 1월 30일 기록에는 이흥발(李興浡)이 아니고 이기발(李起浡)로 나옴. 이 글이 권주언, 이상오 등 「전라도 유생이 정문 포상을 청원한 상소(全羅道儒生請旌褒疏)」를 근거로 작성하다 보니 이렇게 된 것으로 보임.

40 존주양이(尊周攘夷):『춘추(春秋)』에서 온 말로 중국 천자 즉 황조(皇朝)를 높이고 오랑캐를 배척함.

를 지키는 풍취(風趣)가 있어, 세상이 높이 받들어 귀하게 여기는 바가 되었습니다.

문장공(文莊公) 정경세(鄭經世)가 전라관찰사로 포상의 글을 올렸고, 문충공(文忠公) 민정중(閔鼎重)이 수의어사로서 포상의 글을 올렸습니다. 그리고 마을사람들이 벼슬하기를 권하였으나, 답하기를 "우리 집의 벼슬 직함은 모두 황명(皇明)의 연호인데 어찌 차마 내 몸에서 거짓 연호를 보겠는가?"라고 하고 끝내 벼슬하지 않았는데, 뒷사람들이 그 묘에 표제하기를 '대명처사(大明處士)'라 하였습니다. 그 실제 자취는 『호남창의록(湖南倡義錄)』에 실려 있으니, 제주(祭酒) 김원행(金元行)이 그 기록의 서문(序文)을 쓰고, 전 판서(前判書) 송환기(宋煥箕)가 그 다음에 서문(序文)을 써서[41] 아름답게 하고, 같은 시대에 [거의(擧義)에] 응모한 자가 대부분 포상과 추증의 법을 입었고, 특별히 정려 포상을 추증하는 법이 베풀어졌으니 이에 호유(呼籲)[42]하옵는 바가 있습니다.

류함(柳涵)이 맹세한 마음은 순국(殉國), 병의(秉義), 존주(尊周)인데 선배의 추천에 보면, 유현(儒賢)[43]들이 칭찬하여 기술한 것이 날카롭습니다. 더욱이 그 실제 자취의 기이하고 훌륭함이 오히려 지금 인멸될 것을 보면 마땅히 사림이 원한(怨恨)을 품을 것이니, 특별히 정려와 벼슬을 추증하는 은전(恩典)을 베푸는 것이 아마도 풍교(風敎)를 일으켜 세우는 정치에 적합할 것이지만, 일이 은전에 연계되어 있습니다. 예조[臣曹]는 마음 편한 대로 하였사오나 상재(上裁)[44]

---

41 『호남병자창의록(湖南丙子倡義錄)』 중간본(1978년 간행)에 송환기(宋煥箕) 서문(1798년 5월 작성)이 2쪽부터 11쪽까지 실려 있고, 초간본(1762년 간행)에 실린 김원행(金元行) 서문(1764년 12월 작성)은 〈구서(舊序)〉라고 하여 12쪽부터 15쪽까지 실려 있음.

42 호유(呼籲): 사람들이 부르고 외치고 하는 것.

43 유현(儒賢): 유학에 정통하고 언행이 바른 선비.

44 상재(上裁): 임금의 재가.

하심이 어떠하오실런지요?"

이때 마침 바다의 변조(變兆)로 조정에 일이 많아 계(啓)를 올리지 못함.

행적(行蹟)

선생의 휘(諱)는 함(涵) 자(字)는 자정(子淨) 호(號)는 백천(百泉)이고 문화류씨(文化柳氏)로 고려(高麗)의 귀성(貴姓)이다. 문화군(文化君) 휘(諱) 진(鎭)에 이르러서 조선 조정의 개국공신(開國功臣)으로 영의정(領議政)에 추증되고, 휘(諱) 원현(元顯)은 태종(太宗)조에 검한성판윤(檢漢城判尹)이고, 휘(諱) 선(善)은 문과(文科) 한림(翰林)으로 태종대왕(太宗大王) 동갑계(同甲契) 참여하다. 호(號)는 정묵재(静默齋)인데 이 분이 공(公)의 5대조가 된다. 정묵재(静默齋)의 다섯 째 아우 휘(諱) 형(衡)은 회인현감(懷仁縣監)이고, 휘(諱) 효중(孝中)을 낳았는데 사마시(司馬試)[45]에 응시하고, 인품과 가문으로 세자(世子) 부솔(副率)[46]에 임명되었으며, 성종조(成宗朝)[47]에 원종공신(原從功臣)으로 참여하고, 삼화(三和)와 창평(昌平)의 양(兩) 현령(縣令)을 지냈다. 휘(諱) 인분(仁汾)은 시강원(侍講院)[48] 자의(諮議)[49]이고, 휘(諱) 문옥(文沃)은 진사시(進士試)에 응시하고 학행(學行)으로 참봉(參奉)에 제수되었다. 참봉 공(參奉公)의 세 아들 중 맏아들 휘(諱) 덕윤(德潤)은 진사, 둘째아들 휘(諱) 덕수(德粹)는 문과(文科) 교리(校理)[50] 홍주목사

---

45 사마(司馬): 사마시(司馬試)의 줄임말.

46 부솔(副率): 조선시대 세자익위사(世子翊衛司)에 속한 정7품 벼슬. 여기에는 좌부솔(左副率)·우부솔(右副率) 등이 있음.

47 성묘(成廟): 성종조(成宗朝).

48 시강원(侍講院): 조선시대 세자의 교육을 담당했던 관청. 세자시강원이라고도 함.

49 자의(諮議): 조선시대 세자시강원에 속한 정7품 벼슬.

50 교리(校理): 조선시대 홍문관(弘文館) 정5품 벼슬(玉堂) 또는 교서관(校書館) 승문원(承文

(洪州牧使), 셋째아들 휘(諱) 덕용(德容)은 교리공(校理公) 휘(諱) 수언(秀漹)의 양아들로 출계하였는데 바로 공(公)의 선고(先考)이다.

양아들 가계로는 고조(高祖) 휘(諱) 효진(孝眞)은 문과(文科) 병조참의(兵曹參議) 세조(世祖)조에 원종공신(原從功臣)에 훈록(勳錄)되고, 증조(曾祖) 휘(諱) 옹(滃)은 중종(中宗)조에 문과(文科) 수찬(修撰)이며, 조(祖) 휘(諱) 수언(秀漹)은 명종(明宗)조에 문과(文科) 교리(校理)이고, 선고(先考) 휘(諱) 덕용(德容)은 행양덕현감(行陽德縣監), 효로써 정려(旌閭)를 받고 병조참의(兵曹參議)에 추증되었는데[51] 호(號)는 열역재(悅易齋)이다. 선비(先妣) 숙부인(淑夫人)은 안동김씨(安東金氏)로 현감(縣監) 이(沜)의 따님이며, 상락백(上洛伯) 방경(方慶)[52]의 후손(後孫)이다.

만력(萬曆) 병자(丙子, 1576)년 정월 초3일 선생은 관동정사(官洞精舍)에서 태어났다. 어려서 준이(俊異)[53]하고 자라서는 더욱 헌활(軒豁)[54]했으며, 우아한 성품은 깊이 잠겨서 희로(喜怒)를 나타내지 않았고, 의지와 기개는 단정하고 준엄하여 행동거지가 변함이 없었다. 일찍이 "선고(先考)께서는 명예와 이익을 신발 벗듯이 하여 털끝만한 욕심도 다스리며, 도의로써 자신을 규율하는 부신(符信)으로 삼고, 충효로써 집안 대대로 내려오는 보물로 여겼으니, 내가 삼가 생각하지 않고서야 어찌 [집안의 명성을] 떨어뜨렸다는 죄를 면할 수 있겠는가."라고 했다. 이에 과거 응시를 포기하고 이학(理學)에 전념하여 취사(取捨)[55]를 바르게 하며, 물아(物我)를 오래도록 가지런히 하

院) 종5품 벼슬.

51 「대명처사 류 공 묘갈명 병서(大明處士柳公墓碣銘並書)」에는 '수제(壽躋)로 첨중추(僉中樞) 병조참의(兵曹參議)'로 되어 있음.

52 상락백(上洛伯) 방경(方慶): 고려 말에서 조선 초까지의 문신인 상락군개국공(上洛君開國公) 김방경(金方慶).

53 준이(俊異): 뛰어나게 다름.

54 헌활(軒豁): 탁 트여 훤한 모양.

여 가르치고 깨우침에는 방법이 있었으니 반드시 성현에 근거하였다. 지봉(芝峯) 이수광(李睟光)[56] 우복(愚伏) 정경세(鄭經世)[57] 하곡(荷谷) 허봉(許篈)[58]과 더불어 도의로 사귀어 이기문답(理氣問答)의 말이 있고 읊조리고 주고받은 글이 많다. 화순(和順)에 우거(寓居)했는데 사림(士林)이 추천하여 마을 선생[鄉先生]을 삼으니 한때의 영재를 교육하여 성취한 자가 많았다.

일찍이 「사서설(四書說)」을 지었는데 거기에서 "우리 공자님께서 먼저 심(心)과 도(道)를 말씀하셨고, 증자(曾子) 선생님께서 물(物)과 지(知)를 이어서 말씀하셨으며, 자사(子思) 선생님께서 명(命)과 성(性)을 설명하셨고, 맹자 선생님께서 이(理)와 욕(慾)을 분석해서 말씀하셨다."라고 운운하였다. 심학(心學)에 대해 잘 밝혀서 종합 정리한 거룩한 공적은 다시 더 남을 것이 없을 것이다.

살고 있는 집에 '백천(百泉)'이라 재호(齋號)를 걸어 놓았으니, 대개 샘의 근원[源泉]과 차가운 샘[寒泉]의 의미를 취하여 자가(自家)의 경계(境界)를 점득(點得)하니, 그 뛰어나고 올곧은 마음씨와 깨끗한 가슴 속을 대개 볼 수 있을 것이다.

갑자(甲子, 1624)년 이괄(李适)의 변란(變亂)[59]에 이르러서 족손(族孫)

---

55 취사(取捨): 본문에는 '趣舍'로 되어 있으나 문맥상 '취하고 버림[取捨]'으로 번역함.

56 이수광(李睟光, 1563-1628): 본관(本貫) 전주(全州), 자(字) 윤경(潤卿), 호(號) 지봉(芝峯). 조선 중기의 문신이자 학자. 나라가 어려웠던 임진란 때 중요한 관직을 지냈고, 세 차례나 명나라 사신으로 다녀왔다. 전라도(全羅道) 광산(光山) 현감 때 화순(和順)에 살던 백천(百泉) 류함(柳涵)을 방문.(국립중앙도서관 디지털컬렉션: 한국의 위대한 인물 참조)

57 정경세(鄭經世, 1563-1633): 본관은 진주(晉州). 자는 경임(景任), 호는 우복(愚伏). 류성룡(柳成龍)의 문인.(『한국민족문화대백과』 참조) *『문화류씨세보총목(文化柳氏世譜總目)』「백천공사실(百泉公事實)」403쪽에는 정경세(鄭經世) 다음에 겸암(謙菴) 류운룡(柳雲龍)도 들어 있음.

58 본문에 하곡(荷谷) 허봉(許篈)이 있으나, 일반적으로 알려진 하곡의 생몰 연대가 1551-1588년이고, 백천(百泉)의 생몰 연대는 1576-1661년이므로 하곡이 죽었을 때 백천의 나이 13세이므로, '荷谷 許篈'은 동명이인(同名異人)일 듯. 여기 나온 허봉(許篈)은 서간문 「정허사관(呈許使官)」의 허 사관으로 추정됨.

백석(白石) 집(楫)과 함께 의병을 모집하여 양호(兩湖)로써 근왕(勤王)60의 계획을 세웠으며, 병자(丙子, 1636)년에는 금(金) 오랑캐의 변란에 또 본현(本縣)의 여러 어진 이와 함께 의병을 일으키고, 당시 족손 집(楫)의 모병하는 격문이 도착하자, 격문을 인근 고을에 전하여61 열흘이 되지 않아서 병사가 수천이요, 군량이 수백 석에 가까웠고, 여러 장사(壯士)들과 함께 피눈물을 흘리며 마음에 맹세하기를 "큰형이 평양에서 순절하시고 막냇누이가 사포(沙浦)에서 의(義)에 죽었다. 바야흐로 지금 국가 존망(存亡)이 조석(朝夕)에 임박했는데 내 어찌 홀로 군부(君父)의 욕을 보고서 구차히 살려고 하겠는가?"라고 하고, 별밤에 급히 달려가 행군이 청주(淸州)에 이르러 성 아래에서 동맹의 소식을 듣고서 통곡하고 남쪽으로 돌아왔다. 이에 세상일에 뜻을 끊고 서암(瑞巖) 산중에 은거하여 환산정(環山亭)을 짓고 산책하며 읊조리니 대개 풍천(風泉)의 여사(餘事)에 머물렀다. 일찍이 「금명지(金明枝)」를 읊조리기를,

봄가을의 나뭇잎에도 나이를 잊었지만　葉上春秋忘甲子
마음속의 일월로 황명을 보존했네　　　心中日月保皇命

---

59 이괄의 변[李适之變]: 조선 인조 때(1624)년 이괄(李适)·한명련(韓明璉) 등이 일으킨 반란. 평안병사(平安兵使) 겸 부원수(副元帥)로 임명되어 관서(關西) 지방으로 파견된 이괄은 평안도 영변(寧邊)에 주둔하고 후금(後金)의 침략에 대비하다가 1624년 음력 1월 17일에 문회(文晦)·허통(許通)·이우(李佑) 등은 이괄이 역모를 꾀한다고 밀고하였다. 고발된 인물들이 잡혀가 문초를 받고, 이괄의 아들 이전(李旃)을 한양으로 압송해 오도록 하였다. 그러자 이괄은 음력 1월 24일에 이전(李旃)을 압송하러 온 금부도사 고덕률(高德律)·심대림(沈大臨) 등을 죽이고 반란을 일으킴.(『두산백과』참조)
60 근왕(勤王): 임금을 위해 충성을 다함.
61 류함(柳涵)의 「병자거의일기(丙子擧義日記)」에는 "26일 오후 이흥발, 류집 격문 도착(二十六日李興浡柳楫檄文來到)." 그리고 "29일 오후에 옥과(玉果) 격문 또 도착하고 한 폭의 서찰이 함께 도착했다.(二十九日玉果檄文又到而一幅書札隨到)"라고 되어 있음.

라고 하였다.

시에서 드러난 바가 말에서 형상화된 것은 언제나 충군(忠君) 우국(憂國) 존주(尊周) 양이(攘夷)의 뜻이 아님이 없었다. 뒷사람들이 그 묘에 쓰기를 '대명 처사(大明處士)'라 했고, 이미 예조(禮曹) 문서 기록 및 『해동삼강록(海東三綱錄)』 등에 기록이 실려 있으니, 또한 백세(百世)토록 분명한 증거를 삼는 데 충분할 것이다.

문장 같은 것은 여사(餘事)로되 다만 유고(遺稿)의 주고받은 기록으로 보면, 그것을 일러 낙하절창(洛下絕唱)이요, 남중독보(南中獨步)라고 하였다. 또 「계오자서(戒五子書)」 「계학자서(戒學者書)」[62] 등의 설명을 보면, 집에서는 어진 부모형제가 되고, 마을에서는 밝은 스승이 되는 것을 숭상하라고 했다. 오직 그 부모를 섬기는데 유일한 정성을 하여서 늙도록 더욱 도탑게 80년을 하루같이 하니, 경향(京鄕)에서 백천효자(百泉孝子)라 일컬은 것이 이것이다.

고(考)께서 신축(辛丑, 1661)년 정월 18일에 생을 마치니 향년이 86세이었다. 부인 공인(恭人) 창녕조씨(昌寧曺氏) 내한(內翰) 대중(大中) 따님이며, 5남 3녀를 두었는데 장남은 지성(之性) 그 다음은 지기(之起) 지서(之瑞) 지화(之和) 지혜(之惠)이고, 따님들은 정직(鄭稷) 이파(李坡) 정광형(鄭光亨)의 부인이다. 현감(縣監) 지성(之性)의 아들은 극명(克明) 원명(元明) 동명(東明)이고, 지기(之起)의 아들은 유명(惟明) 중명(重明)이며, 지서(之瑞)의 아들은 필명(必明) 준명(峻明) 진명(震明) 창명(昌明) 철명(哲明)이고, 지화(之和)의 아들은 태명(泰明) 하명(夏明) 재명(載明)이며, 지혜(之惠)의 아들은 춘명(春明)이다. 정직(鄭稷)의 아들은 정상주(鄭相周) 진사(進士) 정택주(鄭宅周) 현감(縣監), 이파(李坡)의 아들은 이지휴(李之休), 정광형(鄭光亨)의 아들은

---

62 본문에는 「계학자서(戒學者書)」로 되어 있으나, 권2 서(書)에는 「계학자서(戒學子書)」로 되어 있다.

정태주(鄭台冑)이다.

슬프다. 선생의 크고 훌륭한 자세로 덕을 숨기고 벼슬을 하지 않았으니, 세상 보기를 분주히 하고 근심하는 자들이 어찌해야 다만 충효 절의가 가법(家法)이 되겠는가? 선생의 선고께서는 생효(生孝)[63]로 정려를 받으시고, 백씨(伯氏)께서는 순절(殉節)로 사당을 세우시고, 막냇누이는 의열(義烈)에 죽어 정문[64]을 받았으며, 선생은 갑병(甲丙)[65]에 의병을 모아 창의(倡義)하셨으니 아, 아름답도다.

삼강(三綱)이 일문(一門)에 모였으니 그 성대함이 어떠하고, 그 의열(義烈)은 어떠한가? 시대가 멀어지면 말은 없어지고 후학은 징험할 수 없으니, 내가 오직 이것이 두려워 대략 이를 공경히 기록하여서 뒤에 덕을 아는 군자를 기다리노라.

병오(丙午, 1666)년　월(月)　일(日)

문인(門人) 진양인(晉陽人) 정직(鄭稷)[66] 삼가 지음

벼슬은 별제(別提) 선생 사위[舘甥]

대명처사 류 공 묘갈명병서(大明處士柳公墓碣銘並書)

공의 휘(諱)는 함(涵) 자(字)는 자정(子淨) 성은 류 씨(柳氏) 계출(系出)은 문화(文化)이다. 시조(始祖) 휘(諱) 차달(車達)은 고려(高麗) 삼한

---

63 생효(生孝): 1) 타고난 효자. 2) 살아계신 부모나 조부에게 드리는 효.

64 도설(棹楔): 작설(綽楔)로 정문(旌門)을 말함.

65 갑병(甲丙): 갑자(甲子)년 이괄의 난과 병자(丙子)년 병자호란을 말함.

66 후손 류정훈(柳貞勳) 씨가 제공한 『진주정씨첨추공파보(晉州鄭氏僉樞公派譜)』에 따르면 정직(鄭稷)의 생몰연대가 1595-1658년이므로 정직(鄭稷)이 작성했다는 병오(丙午)년이 1666년이 될 수 없다. 아마도 1660년에 사마시(司馬試)에 오른 정직의 자(子) 정상주(鄭相周, 1622-1672)가 부친의 뒤를 이어 백천(百泉)의 「행적(行蹟)」을 1666년에 완성하고 정직의 이름을 명기한 것으로 사료됨.

공신(三韓功臣) 대승(大丞)[67]이며, 우리 조선에 들어와 휘(諱) 진(鎭)은 개국(開國)에 참여(參與)한 공신(功臣)으로 영의정(領議政)에 추증된 문화군(文化君)이고, 이분이 낳은 휘(諱) 원현(元顯)은 검한성판윤(檢漢城判尹)이다. 이분이 휘(諱) 선(善)을 낳았는데 벼슬은 한림(翰林)으로 태종대왕(太宗大王) 동갑계(同甲契) 안(案)에 참여했다. 이분들이 공(公) 5대조 윗분들이다.

고조(高祖) 휘(諱) 효진(孝眞)은 문과(文科) 병조참의(兵曹參議) 세조(世祖)조 원종공신(原從功臣)에 훈록(勳錄)되고, 증조(曾祖) 휘(諱) 옹(灘)은 문과(文科) 수찬(修撰)이고, 조(祖) 휘(諱) 수언(秀漹)은 문과(文科) 교리(校理)이며, 삼종제(三從弟)[68] 부사(府使) 문옥(文沃)의 아들 덕용(德容)이 그의 양자(養子)이다. 벼슬은 현감이고, 수제(壽躋)[69]로 첨중추(僉中樞) 병조참의(兵曹參議)[70]에 올랐고, 효로 정려를 받았으며, 호(號)는 열역재(悅易齋)이다. 만년에 화순(和順)에 살다가 돌아가시니, 마을사람들이 언동(彦洞) 사당에 모시고 제사를 지냈는데 바로 공(公)의 황고(皇考)[71]이다. 선비(先妣)는 안동김씨(安東金氏)로 현감(縣監) 이(沏)의 따님이며, 중종(中宗)조 원종공신(原從功臣) 목사공(牧使公) 망(望)의 손(孫)이다.

공(公)은 천성이 엄중하고 학식이 넓으며 행동거기에 절조가 있고 희로(喜怒)를 나타내지 않으며, 구십 세 노인인 양친(兩親)의 지체(志

---

67 대승(大丞): 고려(高麗) 초기에는 문·무관에게 수여된 관계로 16등급 중 5위에 해당되었으나, 성종(成宗) 때 문산계(文散階)와 무산계(武散階)가 실시됨에 따라 주로 비관인층(非官人層)과 지방호족들에게만 적용되는 향직(鄕職)으로 변하여 국가의 유공자·고령자·군인·서리 등에게 주어졌음. 실직(實職)이라기보다는 작(爵)과 같은 신분질서 체제의 하나였던 것으로 보임.(『한국민족문화대백과』 참조)

68 삼종제(三從弟): 팔촌 동생.

69 수제(壽躋): 수질(壽秩) 또는 수직(壽職)으로 매년 정월에 80세 이상의 관원(官員)과 90세 이상의 서민(庶民)에게 은전(恩典)으로 내리던 벼슬.

70 「백천류공세보(百泉柳公世譜)」와 「행적(行蹟)」에는 증병조참의(贈兵曹參議)」로 되어 있음.

71 황고(皇考): 선고(先考)의 높임말.

體)를 극진히 하고, 과업(科業)을 일삼지 않으며, 성리(性理)에 전심하여 지봉(芝峯) 이수광(李睟光) 우복(愚伏) 정경세(鄭經世) 하곡(荷谷) 허봉(許篈)[72]과 더불어 도의로 사귀고 이기문답(理氣問答)과 「사서설(四書說)」이 있다.

용사(龍蛇)의 변(變)[73]을 당해서 맏형 홍(泓)이 백의로서 종사하여 평양에서 순절하여 사당이 있고, 막냇누이 최서생(崔瑞生)의 처는 사포(沙浦)에 투신하여 죽어 정려가 있으며, 공(公)은 약관(弱冠)의 나이에 참의공(參議公)을 모셨다[74] 서암(瑞巖) 산중에 우거(寓居)하며 대를 엮어 샘 옆에다 별장을 짓고 늙음을 마칠 계획을 세우고 백천재(百泉齋)라 하였다.

병자란(丙子亂, 1636)을 만나 족종손(族從孫) 자의(諮議) 집(楫) 및 참봉(參奉) 조수성(曺守誠) 감역(監役) 조엽(曺熀) 처사(處士) 최명해(崔鳴海)와 함께 창의를 하여 격문을 들고 여러 고을에 달려가니, 열흘 사이에 병사가 수천 명이요, 군량이 수백 석에 이르렀다. 별밤에 남한산성으로 달려갔는데 청주에 이르러 이흥발(李興浡)[75]이 적을 살피다가 포위되자, 공이 병사들에게 맹세하고 힘을 떨쳐 적 두목을 베고 병기를 빼앗으니 적(賊)이 바로 퇴각했다. 곧 병사들을 재촉하여 50리를 나아갔는데 거기서 화친의 일이 성사되었음을 듣자, 북향하여 통곡하고 의병을 파하고 되돌아와 산 밖으로 나가지 아니하고

---

72 본문에 하곡(荷谷) 허봉(許篈)이 있으나, 일반적으로 알려진 하곡의 생몰 연대가 1551-1588년이고, 백천(百泉)의 생몰 연대는 1576-1661년이므로 하곡이 죽었을 때 백천의 나이 13세이므로, '荷谷 許篈'은 동명이인(同名異人)일 듯. 여기 나온 허봉(許篈)은 서간문 「정허사관(呈許使官)」의 허 사관으로 추정됨.

73 용사지변(龍蛇之變): 임진왜란(壬辰倭亂)을 달리 이르는 말로 '용사지란(龍蛇之亂)'이라고도 함. 용과 뱀의 해에 일어난 변란(임진, 1592)년과 그 이듬해(계사, 1593)년을 말함.

74 약관(弱冠)의 나이에 참의공(父親 悅易齋 柳德容)을 모시고 전주를 거쳐 김제에 내려와 머물렀음.

75 류함(柳涵)의 「병자거의일기(丙子擧義日記)」 1637년 1월 30일 기록에 '이흥발(李興浡)'이 아니고 '이기발(李起浡)'로 나옴.

산책하며 읊조리면서 풍천의 사색에 깃들었다. 시가 있는데,

봄가을의 나뭇잎에도 나이를 잊었지만 　葉上春秋忘甲子
마음속의 일월로 황명을 보존했네 　　心中日月保皇命

라고 하였다.

이는 공(公)의 의지가 달렸음이라. 돌아가시자 뒷사람들이 그 묘에 '대명처사(大明處士)'라 썼다. 언동(彦洞) 향사(鄕祠)에 배향하고, 시문(詩文)은 불탄 뒤에 수습(收拾)하여 약간 편이 있는데 「근차퇴계선생도산재사시운(謹次退溪先生陶山齋四時韻)」[76] 및 「일회[一悔]」「삼외[三畏]」「육권[六勸]」「십계[十戒]」시(詩)는 공(公)이 도(道)를 즐기고 천명(天命)을 알고 있음을 상상할 수 있다.

숭정(崇禎) 후(後) 34년 신축(辛丑, 1661)년 정월 18일 돌아가시니 향년 86세였다. 처음 장지(葬地)는 흑토산(黑土山) 갑자(甲子)인데, 옮겨서 조동(槽洞) 묘향(卯向)의 언덕에 모시고, 공인(恭人) 창녕조씨(昌寧曺氏)[77]를 합장하였다. 조 씨(曺氏)는 도사(都事) 정곡(鼎谷) 대중(大中)의 따님으로 병조판서(兵曹判書) 흡(恰)의 5세손이고, 공[百泉公]보다 27년 먼저 갑술(甲戌, 1634)년에 돌아가셨는데 연세는 54세이다.

아들 5인 딸 3인을 두었는데 아들은 지성(之性) 지기(之起) 지서(之瑞) 지화(之和) 지혜(之惠)이고, 따님은 정직(鄭稷) 이파(李坡) 정광형(鄭光亨)에게 시집을 갔다. 지성(之性)의 3남은 극명(克明) 원명(元明) 동명(東明)이다. 지기(之起)의 2남 2녀는 아들이 유명(惟明) 중명(重明)이고, 딸은 송대규(宋大奎) 박수지(朴洙)에게 시집을 갔다. 지서

---

76 원문은 '見次陶山齋四時詩韻'으로 잘못되어 있음.
77 공인 창녕조씨 생몰 연대는 신사(辛巳, 1581)-갑술(甲戌, 1634)년임.(후손 류정훈(柳貞勳) 씨 제공)

(之瑞)의 5남 3녀는 아들이 필명(必明) 준명(峻明) 진명(震明) 창명(昌明) 철명(哲明)이고, 딸은 양지익(梁之翼) 양석하(梁碩夏) 윤지명(尹之鳴)에게 시집을 갔다. 지화(之和)의 3남 4녀는 아들이 태명(泰明) 하명(夏明) 재명(載明)이고, 딸은 박삼호(朴三豪) 김운상(金運商) 허서(許緖) 김성구(金誠九)에게 시집을 갔다. 지혜(之惠)의 3남 1녀는 아들이 춘명(春明) 우명(遇明) 한명(漢明)이고, 딸은 이명규(李明奎)에게 시집을 갔다. 증손 이하는 많은데 다 기록하지 않는다.

묘(墓)에 있는 비(碑)와 기록은[78] 해가 오래되어 닳아지고 부스러져 그냥 둘 수가 없어서 공의 여러 후손들이 다시 비를 세울 것을 의논하였는데 8세손 락호(樂浩),[79] 진사(進士) 봉호(鳳浩)[80] 보(甫)[81]가 와서 명(銘)을 청하기에 비위 맞추는 말도 아니하고, 삼가지도 아니하고 지었다. 명(銘)에 이르기를,

충효와 절의	忠孝節義
겸한 자 드문데	兼之者希
공은 능히 가문을 받들어	公能承家
가난한 선비로 빛냈으니	有赫布韋
하늘 도리와 법칙은 오히려 도탑다	敦尙天經
성을 따르는 것 힘써 될 일 아니고	率性匪覆
처사의 풍모이니	處士之風
산은 높고 물은 길도다	山高水長

---

78 최초 묘비는 숭정(崇禎) 후(後) 4년 임오(壬午, 1822)년 10월 24일에 건립되었음.(후손 류정훈(柳貞勳) 씨 제공)

79 류락호(柳樂浩, 1839-1915): 호(號) 경재(敬齋) 류사형(柳思衡)의 자(子) 기정진(奇正鎭) 문하(門下)로 77세 졸(卒).(후손 류정훈(柳貞勳) 씨 제공)

80 류봉호(柳鳳浩, 1839-1889): 호(號) 귀연재(龜蓮齋) 진사(進士). 한말(韓末) 항일의병(抗日義兵) 활동을 한 류사갑(柳思甲)의 아들로 51세 졸(卒).(후손 류정훈(柳貞勳) 씨 제공)

81 보(甫): 예전에 평교간이나 아랫사람에게 성이나 이름 뒤에 붙여 쓰던 말.

통훈대부 행 장흥도호부사 겸 장흥진 병마첨절제사 이학래[82]
삼가 지음(通訓大夫行長興都護府使兼長興鎭兵馬僉節制使李鶴來謹撰)

부 정묵재 행적(附靜默齋行蹟)공의 종자 효근[83] 지음. 벼슬은 대경[84](公之從子
孝根撰官大卿)

공(公)의 휘(諱)는 선(善) 자(字)는 덕우(德佑) 호(號)는 정묵재(靜默
齋)[85] 문화인(文化人)이다. 고려(高麗) 명종(明宗)조에 금자광록대부
(金紫光祿大夫) 정당문학(政堂文學) 참지정사(參知政事)를 지낸 문간
공(文簡公) 휘(諱) 공권(公權)이 바로 7대조이다. 광정대부(匡靖大夫)
지도첨의사(知都僉議事) 사사(司事) 정신공(貞愼公) 휘(諱) 승(陞)이 바
로 공(公)의 고조(高祖)이며, 첨의찬성사(僉議贊成事) 시령군(始寧君)
장경공(章敬公) 휘(諱) 돈(墩)이 바로 공(公)의 증조(曾祖)이다.

우리 조정(朝廷)에 들어와서는 대광문화군(大匡文化君) 증영의정
(贈領議政) 휘(諱) 진(鎭)이 공의 왕고(王考)[86]이고, 태종(太宗)조 검한
성판윤(檢漢城判尹) 대사성(大司成) 휘(諱) 원현(元顯)의 아드님이며,
행영의정(行領議政) 월정(月亭) 정숙공(貞肅公) 휘(諱) 정현(廷顯)의 종
자(從子)[87]이다. 어머니는 파평윤씨(坡平尹氏)로 파평군(坡平君) 해(侅)

---

82 이학래(李鶴來, 1824-1883): 자(字) 경고(景皐), 호(號) 청전(靑田) 철종 9(1858)년 무오(戊
午) 식년시(式年試) 등과(登科). 동복(同福) 옹성현감(甕城縣監, 1870년), 보성(寶城)·산
양군수(山陽郡守, 1874년), 영천군수(永川郡守, 1876년), 장흥(長興)·관산부사(冠山府使,
1880년) 등을 지냄.(후손 류정훈(柳貞勳) 씨 제공)

83 효근(孝根, 생몰 미상): 정묵재(靜默齋) 류선(柳善)의 6형제 중 다섯째 류혜(柳憓)의 아들.
(후손 류정훈(柳貞勳) 씨 제공)

84 대경(大卿): 각 관아의 경(卿)을 소경(少卿)에 상대하여 이르는 말.

85 정묵재(靜默齋) 류선(柳善) 생몰은 1367년-?.(후손 류정훈(柳貞勳) 씨 제공)

86 왕고(王考): 돌아가신 할아버지(祖考).

87 종자(從子): 조카.

의 따님이며, 소부경(少傅卿)[88] 암(諳)의 손(孫)이고, 대제학(大提學) 영평부원군(鈴平府院君) 선(璇)의 증손(曾孫)이다.

공(公)은 천성이 차분하고 고요하며 말이 적고 묵묵하며 위의와 표정이 단정하고 엄격하였으나, 스스로는 어린 나이라고 여겼다. 총민(聰敏)하며 밝고 순수하여 가정의 가르침을 이어 답습하고 민락지학(閩洛之學)[89]을 마음에 두었다. 자라서는 확연히 경제에 자질이 있어 당시 사람들의 추복(推服)[90]을 받는바 되었다. 더욱이 효성과 우애에 독실하여 몸이 비록 영화롭고 귀하였어도 혼정신성(昏定晨省)[91]의 예와 화합의 즐거움을 일찍이 조금도 늦춘 적이 없었다. 유명정덕(有明正德)[92] 9년 갑술(甲戌, 1514)년 초여름 20일은 모부인(母夫人) 윤 씨(尹氏) 생신이라. 헌수연회(獻壽筵會)로 모여서 시(詩)도 짓고 서(序)도 썼는데, 아들 사위 여러 부녀 등 모두 18인 및 내외 여러 후손들이 혹 노래도 하고, 혹 춤도 추어 저녁때까지 기뻐하니 참으로 성대한 일이었다. 공(公)의 시에,

어머님은 인자하고 온화한 덕이 난초 같은데	母也慈和德似蘭
초여름 좋은 시간에 태어나셨네	生於孟夏好時間
항상 공자 성인 3년 봉양을 생각하고	常懷孔聖三年養
길이 맹자 현인 일락[93]을 즐겨 봉양하네	永奉鄒賢一樂歡

---

88 소부(少傅): 삼고(三孤)의 하나로 소사(少師) 소보(少保)와 함께 삼공(三公)을 보좌하는 벼슬.
89 민락(閩洛): 이락관민(伊洛關閩)으로 이수(伊水)와 낙수(洛水), 관중(關中)과 민중(閩中)이다. 이수에는 명도(明道) 정호(程顥), 낙수에는 이천(伊川) 정이(程頤)가 강학하였고, 관중에는 횡거(橫渠) 장재(張載), 민중에는 회암(晦庵) 주희(朱熹)가 강학하였다. 여기서는 정주학(程朱學)을 가리킴.
90 추복(推服): 충심으로 존경하여 복종함.
91 정성(定省): 혼정신성(昏定晨省)의 줄임말. 저녁에는 부모님 잠자리를 정돈해 드리고 아침에는 부모님 건강 상태를 살피는 일.
92 유명정덕(有明正德): 정덕(正德)은 명나라 무종(武宗)의 연호로 1506-1521년에 해당된다. 유명정독 9년은 1514년인데 '유명(有明)'은 '有明朝鮮國'처럼 명(明)을 의식하여 붙인 것임.

헌수하며 함께한 자리에 기뻐서 춤도 추고	獻壽同筵欣蹈舞
친형제 기를 합쳐 얼굴 펴고 기뻐하네	連枝合氣得怡然
각자 이끈 뜻 알고 더욱 돈독 화목하니	各知引意尤敦睦
타인에게 웃음 폭탄 맞지 않게 하소	莫使他人笑被彈

라고 하였다. 은미한 효성과 우애가 천성에서 나와서 영탄으로 피어
나게 하는 것이 어찌 이같이 깊고 절실할까.

정미(丁未, 1367)년 9월 25일은 바로 공의 생신이다. 생각건대 우리
태종공정[94]성덕신공 문무광효대왕[95](太宗恭定聖德神功文武光孝大王)
은 요(堯)가 전하고 순(舜)이 받던 중, 천룡(天龍)이 그 잠저(潛邸)[96]에
날던 때처럼 반린부익(攀鱗附翼)[97]하여 찬상(贊相) 홍유자(弘猷者)[98]
와 함께 20명의 영준(英俊)[99]이 먼 미래를 보고 영갑적상계(靈甲適相
契)를 합강(合講)으로 정미갑계(丁未甲契)[100]를 맺고 동시에 창화(唱
和)하였다. 그러므로 밝게 보살피고 성대하고 장중하며 아름다운 운
(韻)이 이어서 이루어졌다. 임금께서 지은 시에,

---

93 일락(一樂): 맹자 인생삼락 중 제 일락을 말함. 『맹자(孟子)』 「진심장 상(盡心章) 上」에 첫
째는 부모가 다 살아 계시고 형제가 무고한 것이요, 둘째는 하늘과 사람에게 부끄러워할
것이 없는 것이요, 셋째는 천하의 영재를 얻어서 교육하는 것이라.(父母俱存兄弟無故一
樂也, 仰不愧於天俯不怍於人二樂也, 得天下英才而敎育之三樂也)고 되어 있음.

94 공정(恭定): 태종 사후 명나라에서 내린 시호.

95 광효대왕(光孝大王): 본문에는 '광효태조(光孝太祖)'로 되어 있음.

96 잠저(潛邸): 나라를 처음 이룩하거나 종실에서 들어온 임금으로서 왕위에 오르기 전에
살던 집.

97 반린부익(攀鱗附翼): 용의 비늘을 잡고, 봉황의 날개에 붙어서 올라간다는 뜻으로, 반룡
부봉(攀龍附鳳)과 같은 말이다. 제왕에게 붙어서 공명을 이루거나 명망이 있는 사람에게
붙어서 이름을 드날리는 것을 의미함.

98 찬상(贊相) 홍유자(弘猷者): 큰 꾀를 내어 윗사람을 도와준 자.

99 영준(英俊): 영민하고 준수한 사람.

100 정미갑계(丁未甲契): 정미생(丁未生, 1367년생) 동갑계.

한나라에서 봉한 28인 큰 공신	漢封廿八大功臣
창업하던 그 해에 이들에게 의뢰하니	創業當年賴此人
지금 나의 갑계는 오직 21인이지만	今予甲契惟三七
삼각산 무너져도 대의는 무너지지 않으리	三角山崩義不泯

라고 하였다.

상구(上句)는 큰 대업의 의(義)에 협찬한 것을 말했고, 하구(下句)는 연모(燕謨)의 도(道)가 영원히 오랠 것을 취했으니, 자못 한(漢)나라 시대의 운대(雲臺)[101] 28명의 장수를 가져다가 위로 열수(列宿)[102]의 형상에 응대하여 천 년 아름다움을 짝한 것이라. 마치 그 덕과 나이를 함께한 일체(一體)이니 군신의 친밀한 맺음이 도리어 지나친 바가 있다고 하겠다.

태종(太宗)조에 과거에 올라 관(官)이 한림에 이르러 청직(淸直)으로 조정에 드러나 부평(富平)의 원으로 나갔는데, 아전과 백성들이 그의 맑은 덕을 그리워하였으니, 그 사적이 『전한록(典翰錄)』에 있다. 부인은 언양김씨(彦陽金氏)로 대사헌(大司憲) 계생(繼生)의 딸이고, 좌의정(左議政) 당촌(戇村) 정렬공(貞烈公) 윤(倫)의 증손이다.

4남을 두었으니 맏아들은 효순(孝順)으로 판관(判官)이요, 다음은 효진(孝眞)으로 세조(世祖)조 책원종공신(策原從功臣) 집의(集義) 병조참의(兵曹參議)이요, 다음은 효당(孝當)이고, 다음은 효임(孝任) 별좌(別座)이다. 손자 이하는 짐짓 다 기록하지 않고 이를 대략 기록하여 뒤에 후세에 교훈이 될 만한 말을 할 군자를 기다린다.

---

101 운대(雲臺): 후한(後漢) 때 궁중에 높이 쌓은 대(臺). 한(漢)나라 명제(明帝) 영평(永平) 3년에 광무제(光武帝)의 공신 28인을 그려 이곳에 봉안(奉安)하였음.(『한국고전용어사전』 참조)

102 열수(列宿): 하늘에 제성(帝星, 황제별)을 둘러싸고 늘어서 있는 별들의 형상.

양호(兩湖)의 사림(士林)들이 공(公)의 공훈(功勳)과 덕망(德望)을
사모하여 순묘(純廟) 21년 신사(辛巳, 1821)년에 화순(和順) 언동(彦洞)
에 사당을 세우다.

춘추정향문(春秋丁香文)

재주가 빼어나서 구제하는 때	才挺濟時
정치하며 품은 생각 얼음 같네	政懷如冰
십 년의 풍운 같은 세상에	十載風雲
동갑계가 용처럼 빛나는도다	甲契龍光

판서 이가우[103] 지음(判書李嘉愚撰)

갑계안(甲契案)

태종대왕(太宗大王) 정미(丁未) 5월 16일

이중경(李仲卿) 정월 16일 합천인(陜川人)

이백함(李伯含) 정월 20일 완산인(完山人)

이척(李陟) 3월 29일 무주인(茂朱人)

민수산(閔壽山) 4월 26일 여흥인(驪興人)

장윤화(張允和) 6월 초1일 창녕인(昌寧人)

---

103 이가우(李嘉愚, 1783-1852): 1816년 정시문과에 을과로 급제하고, 이듬해 예문관검열을
거쳐 1826년 규장각직각이 되고, 1839년 동지정사로, 부사 이노병(李魯秉), 서장관 이정
리(李正履)와 함께 청나라에 다녀왔다. 1848년 함경도관찰사로 있으면서 단천 및 북청
앞바다에 이양선(異樣船) 2척이 출몰하였음을 조정에 보고하였다. 1850년 판의금부사를
거쳐 이조판서에 이르고, 시호는 문정(文貞).(『한국민족문화대백과』 참조)

황윤정(黃允正) 6월 13일 함양인(咸陽人)

조치(曺致) 7월 초1일 안동인(安東人)

박초(朴礎) 7월 13일 함양인(咸陽人)

권희달(權希達) 8월 초6일 안동인(安東人)

이양(李揚) 8월 13일 덕수인(德水人)

완성군(完城君) 8월 19일 (全州人)

탁신(卓愼) 9월 13일 광주인(光州人)

박고(朴翶) 9월 17일 죽산인(竹山人)

류선(柳善) 9월 25일 문화인(文化人)

박실(朴實) 10월 초3일 함양인(咸陽人)

류습(柳濕) 10월 17일 전주인(全州人)

서선(徐選) 10월 27일 이천인(利川人)

김소(金素) 11월 20일 언양인(彦陽人)

김자지(金自知) 12월 11일 연안인(延安人)

임척(林滌) 12월 20일 나주인(羅州人)

부 제현 추모 갑계 운(附諸賢追慕甲契韻)

임금과 현인들이 동갑계를 이루니　　　　　聖與賢同甲契成

천추의 의기는 시 명성으로 격렬하네　　　　千秋義氣激詩聲

전호[104]에 더해져서 오래도록 전하니　　　加於殿號傳之壽

후인들 흥미 많아 정성 필히 느끼리　　　　必後人多興感誠

　　　　　　　모당 홍 선생휘 리상[105](慕堂洪先生諱履祥)

---

104 전호(殿號): 대궐의 호(號). 태종의 시를 두고 이름.

105 홍리상(洪履祥, 1549-1615): 본관 풍산(豊山), 자(字) 원례(元禮), 호(號) 모당(慕堂). 선조

갑계는 군신이 합하여 의를 이루었으니 　　　　甲契君臣合義成

하산대려[106] 유명한 시구(詩句) 있었네 　　　　河山帶礪有詩聲

운대[107] 낙사[108]처럼 오롯한 아름다움 아니라도 　雲臺洛社非專美

21인 풍류는 군신 간에 정성으로 뜻 맞았네 　三七風流際遇誠

　　　　　　　청음 김 선생휘 상헌[109](淸陰金先生諱尙憲)

화갑으로 교분 맺고[110] 시운 모두 갖추었으니 　契修花甲韻俱成

군신의 화목함이 영원토록 소문 있으리 　　　上下相和永有聲

노인 존경 임금 말씀 전호[111]까지 더했으니 　尙齒德音加殿號

조정 기강에 곤룡포 깁는[112] 작은 정성 다하네 　朝綱袞職戩微誠

　　　　　　　사계 김 선생휘 장생[113](沙溪金先生諱長生)

12년에 문과에 급제하여 직제학 대사성 대사헌 개성부유수를 역임.(『한국민족문화대백
과』 참조)

106 하산대려(河山帶礪): 황하가 허리띠처럼 좁아지고 태산이 숫돌처럼 작게 되도록 공신의
집안을 영원히 보호해 줌. 맹서할 때 쓰는 말로 산려하대(山礪河帶)로도 씀.

107 운대(雲臺): 후한(後漢) 때 궁중에 높이 쌓은 대(臺). 한(漢)나라 명제(明帝) 영평(永平)
3년에 광무제(光武帝)의 공신 28인을 그려 이곳에 봉안(奉安)하였음.(『한국고전용어사전』
참조)

108 낙사(洛社): 송나라 문언박(文彦博)이 서도 유수(西都留守)로 있을 때 부필(富弼)의 집에
서, 연로하고 어진 사대부들을 모아놓고 술자리를 베풀어 서로 즐겼던 모임을 낙양기영
회(洛陽耆英會) 또는 낙사기영회(洛社耆英會)라 하였던 데서 온 명칭.(『송사(宋史)』권
313 「문언박열전(文彦博列傳)」 참조)

109 김상헌(金尙憲, 1570-1652): 조선 중기 문신. 병자호란 때 예조판서로 주전론(主戰論)을
펴다가 인조가 항복하자 안동으로 은퇴. 1639년 청나라가 명나라를 공격하기 위해 요구
한 출병에 반대하는 소를 올렸다가 청나라에 압송되어 6년 후에 귀국. 1645년 특별히
좌의정에 제수되고, 기로소(耆老所)에 들었음.(『한국민족문화대백과』 참조)

110 계수(契修): 교분 맺고 화목하게 지냄. 탁계수목(託契修睦)의 줄임말.

111 전호(殿號): 대궐의 호(號). 태종의 시를 두고 이름.

112 곤직(袞職): 임금이 선정을 베풀도록 제대로 도와 드린다는 말. 『시경(詩經)』「대아(大
雅)」〈증민(烝民)〉에 "임금님 의복에 터진 곳이 있으면, 우리 중산보가 꿰매어 드린다
네.(袞職有闕 維仲山甫補之)"라는 말이 있음.

113 김장생(金長生, 1548-1631): 조선 중기 학자, 문신. 1627년 정묘호란 때 양호호소사(兩湖
號召使)로서 의병을 모아 공주로 온 세자를 호위하였다. 곧 화의가 이루어지자 모은 군

화갑 운을 갖추어서 갑계 첩을 이루었으니   花甲韻俱契帖成

군신간의 대의는 가문 명성 떨어뜨리지 않네   君臣義不墜家聲

한 때의 의지를 말한 것이 선원[114] 아래 있으니   一時言志璿源下

후손에게 덕행 남겨[115] 자기 정성 다했네   垂裕後昆盡己誠

우암 송 선생휘 시열[116](尤庵宋先生諱時烈)

성 아무개, 이름 누구 나이별로 순서 이뤄   姓某名誰序齒成

군신 간의 의기를 시의 명성으로 밝혔네   君臣義氣徹詩聲

해동의 좋은 일이 이에서 거룩하니   海東勝事於斯盛

아침 해 선명하여 작은 정성 비추겠네   朝日鮮明照寸誠

문곡 김 선생휘 수항[117](文谷金先生諱守恒)

사를 해산하고 강화도의 행궁(行宮)으로 가서 왕을 배알하고, 그 해 다시 형조참판이
되었음.(『한국민족문화대백과』 참조)

114 선원(璿源): 왕실의 조상에서 갈려 내려오는 겨레붙이의 계통.

115 수유후곤(垂裕後昆): 후손에게 덕행을 많이 남겨 줌. 『서경(書經)』「중훼지고(仲虺之誥)」
에 "의로 일을 바로잡고 예로 마음을 바로잡아 후세에 덕행을 남겨 주소서.(以義制事
以禮制心 垂裕後昆)"라는 말이 있음.

116 송시열(宋時烈, 1607-1689): 조선 후기 학자. 병자호란으로 왕이 치욕을 당하고 소현세
자와 봉림대군이 인질로 잡혀가자, 좌절감 속에서 낙향하여 10여 년 간 일체의 벼슬을
사양하고 전야에 묻혀 학문에만 몰두하였다. 1649년 효종이 즉위하여 척화파 및 재야학
자들을 대거 기용하면서, 송시열에게도 세자시강원진선(世子侍講院進善) 사헌부장령(司
憲府掌令) 등의 관직을 내리자 비로소 벼슬에 나아감.(『한국민족문화대백과』 참조)

117 김수항(金壽恒, 1629-1689): 조선 후기 문신. 예조판서, 좌의정, 영의정 등을 역임. 절의
로 이름 높던 김상헌의 손자로 가학(家學)을 계승했으며, 김장생(金長生)의 문인인 송시
열·송준길(宋浚吉)과 종유하였다. 특히 송시열이 가장 아끼던 후배로서 한 때 사림의
종주로 추대되었다. 그러나 서인이 노론과 소론으로 분열할 때 송시열을 옹호하고 외척
과 가까운 노론의 영수가 되자, 소론 명류들에게 배척을 받기도 하였음.(『한국민족문화
대백과』 참조)

부 열역재 행적(附悅易齋行蹟)공의 손자 부사 응량[118] 지음(公之孫府使應良撰)

공의 휘(諱)는 덕용(德容) 자(字)는 중부(仲符) 열역재(悅易齋)[119]는 그의 호(號)다. 문화류씨(文化柳氏)로 정묵재(靜黙齋) 휘(諱) 선(善)의 현손(玄孫)이고, 병조참의(兵曹參議) 효진(孝眞)의 증손(曾孫)이며, 수찬(修撰) 휘(諱) 옹(灘)의 손자이고, 교리(校理) 휘(諱) 수언(秀馮)의 아들이다. 어머니는 파평윤씨(坡平尹氏)로 군수(郡守) 상로(商老)의 딸인데, 본시 규방의 범절이 드러나게 예의와 법도를 잘 닦았다. 공(公)은 높은 벼슬을 한 집안에서 태어났으나, 특별히 벼슬을 하지 않은 선비의 뜻을 지켜서 기개와 도량이 견고하고 확실하며, 지조와 절의가 빛나고 단단하였다. 어린 시절에 역사서를 읽다가 문득 그 사람의 현부(賢否)와 행사(行事)의 득실을 논하였는데 충성스럽고 어질거나, 무고를 입거나, 아첨하여 남을 참소하거나, 뜻을 얻거나 하는 데에 이르러서는 책을 덮고 크게 탄식하여 마치 장차 질타하거나 기뻐하기를[120] 그만두지 아니하니, 이는 확실히 충의의 본성이어서 배우지 않고도 그러했던 사람이다.

장년에 이르러 과거시험을 일삼지 아니하고 성리(性理)에 마음을 오롯이 하니, 위로는 수사지학(洙泗之學)[121]의 연원(淵源)에, 아래로는 염민(濂閩)[122]의 적전(嫡傳)[123]에 이르기까지 그 은미한 말과 심오

---

118 류응량(柳應良, 1586~1630?): 부사공(府使公), 자(字) 계명(季明). 증병조참판(贈兵曹參判) 홍(泓)의 장자(長子). 대승공(大丞公) 20세손(世孫), 검한성공파(檢漢城公派). 광해군(光海君) 2년 문과(文科), 회령부사(會寧府使). 은혜로 정치하여 향민(鄕民)이 청덕(淸德)을 칭송(稱頌).(『문화류씨검한성공파세덕지(文化柳氏檢漢城公派世德誌)』 참조)

119 열역재(悅易齋) 류덕용(柳德容) 생물연대는 1536-1628년.(후손 류정훈(柳貞勳) 씨 제공)

120 강혼(控訴): 질타와 기쁨.

121 수사지학(洙泗之學): 공자의 학문을 말함. 공자가 수수(洙水)와 사수(泗水) 사이에서 강단을 펼치고 제자를 가르쳤음.

122 민락(閩洛): 정주학(程朱學)을 말함. 이락관민(伊洛關閩)으로 이수(伊水)와 낙수(洛水), 관중(關中)과 민중(閩中)이다. 이수에는 명도(明道) 정호(程顥), 낙수에는 이천(伊川) 정

한 뜻도 마음을 다해서 이치에 맞게 하고, 유문(遺文)과 방책(方册)[124]을 모두 스스로 미세하게 분석하고 환하게 비춰보지 않음이 없어 마침내 유학(儒學)의 종장(宗匠)이란 이름을 얻었다.

한 집을 상설(常設)하여, 강구(講究)하고 연마(鍊磨)하는 장소로 삼아서 그 당(堂)을 수제헌(修齊軒)이라 이름하고, 날마다 후진과 더불어 경전의 의미를 토론하고, 의리(義理)를 갈고 파헤쳐서 이로써 당시 학자들이 때때로 '우리 선생님'이라고 일컬은 것은 대개 공(公)을 가리킨 것이다. 더욱이 『주역(周易)』에 힘써서 능히 은미한 이치를 열고 심오한 뜻을 탐색(探賾)하여, 부자(夫子)께서 만년에 좋아하신 이(理)를 기뻐하며, 앞선 성인들의 깊은 뜻을 펴서 후학들을 이끌어 가르쳤으므로 이로 인하여 '열역(悅易)'으로 호를 하였다.

또 천성이 순효(純孝)하여 지성으로 부모를 섬기고 비록 늘그막에 이르렀지만 어린애로 자처하고, 무릇 모든 공양의 절차를 오로지 힘써 보여주었는데, 약을 드리는 봉양에는 반드시 먼저 맛보고, 색양(色養)[125]과 충양(忠養)[126] 같은 태도는 공(公)의 평소에 하는 행동이요, 소략한 예절에 지나지 않아서 공(公)의 지극한 행동을 일컫기에는 부족하였다.

일찍이 어버이[親]의 환후가 심하여 모든 약이 효험이 없었는데 의원이 "연꽃을 약에 타서 쓸 것 같으면 반드시 효험을 얻을 것이다."[127]

이(程頤)가 강학하였고, 관중에는 횡거(橫渠) 장재(張載), 민중에는 회암(晦庵) 주희(朱熹)가 강학하였음.

123 적전(嫡傳): 학문이나 사상 등이 정통에서 정통으로 전해짐.

124 유문방책(遺文方册): 유문은 남겨진 글, 방책은 목판(木板)이나 대쪽에 쓴 글.

125 색양(色養): 부모님의 안색을 맞춰서 봉양함. 『논어(論語)』「위정(爲政)」8에 '색난(色難)'에서 나온 말로, 얼굴빛을 화열(和悅)하게 하여 부모님을 섬기는 것을 말함.

126 충양(忠養): 충심으로 봉양함. 『예기(禮記)』「내칙(內則)」에 "효자가 노부모를 봉양할 때에는, 그 마음을 즐겁게 해 드리고 그 뜻을 어기지 않으며, 그 눈과 귀를 즐겁게 해 드리고 그 잠자리를 편안하게 해 드리며, 그 음식을 가지고 충심으로 봉양해야 한다.(孝子之養老也 樂其心 不違其志 樂其耳目 安其寢處 以其飲食忠養之)"라는 말이 있음.

라고 하였다. 그 때가 겨울철이라 못 가득 쓸쓸하고 고요했는데, 묵은 줄기는 시들고 비틀어져서 얻을 희망이 전혀 없어 울면서 하늘에 기도하고, 몸을 떨치고 물에 나아가 마음 급하게 사방을 돌아다녔는데, 갑자기 한 줄기 꽃이 못 가운데서 나와서 곧 취하여 약에 타 드리니 어버이 병이 바로 나았다. 그때 도백(道伯)[128]이 조정에 알리니 특별히 양덕현감(陽德縣監)에 제수되고, 이로 인해서 살아 있는 효자로 정려를 받았으며, 그 후에 병조참의(兵曹參議)에 추증되었다.

공(公)은 한양에서 대대로 살았고, 참봉(參奉) 휘(諱) 문옥(文沃)의 아들인데 교리공(校理公)[129]에게 출계(出繼)[130]하였다. 서울에서 전주(全州) 및 김제(金堤) 백구정(白鷗亭)에 옮겨 우거하였는데 이로 인해 머물러 살 만한 곳을 화순(和順)에 정하였다.

숭정(崇禎)[131] 무진(戊辰, 1628, 인조 6)년 7월 28일 향년 93세에 돌아가셨다. 부인은 안동김씨(安東金氏)로 현감(縣監) 이(洰)의 딸이다. 부덕을 겸비하여 집을 다스리는 법도가 있으며 3남 6녀를 두었다. 맏이는 홍(泓)으로 임진(壬辰, 1592)년 섬 오랑캐들의 난에 백의로 종사하여 순절하니 평양에 사우(祠宇)가 세워지고, 병조참판(兵曹參判)에 추증되었다. 다음은 제(濟)로 첨지(僉知)이고, 막내는 함(涵)으로 갑

---

127 이 효행 일화는 다른 자료(2009년 11월 25일 〈언동사(彦洞祠) 인터넷 자료〉와 『文化柳氏世譜』「열역재공 행장(悅易齋公行狀)」 등)와 내용상의 차이가 보인다. 그런데 전라감사 윤휘(尹暉)가 광해군 2(1610)년에 올린 「효행포계사실(孝行褒啓事實)」에는 "어머니가 병이 들어 약을 구하는데 겨울에 청개구리의 감응과 연꽃의 이적이 있어(母病求藥 有冬月青蛙之感 蓮花之異)"라고 되어 있고, 열역재(悅易齋) 나이 9세(1536년)에 부친이 작고하였으니, 여기 나오는 '어버이[親]'는 어머니임을 참고로 밝혀둔다.
128 이때 도백(道伯)의 이름은 윤휘(尹暉)임.
129 교리공(校理公, 1476-1544)은 양부(養父) 류수언(柳秀焉)을 가리킴.
130 출계(出繼): 양자로 가서 그 집의 대를 이음.
131 본문은 '융경(隆慶)'으로 되어 있는데 융경(隆慶)은 중국 명나라 목종 연호(1567-1572)로 무진(戊辰)년은 1568년이다. 그러나 열역재(悅易齋)가 93세에 졸(卒)하였으니, 융경이 아니라 숭정(崇禎 1) 무진(1628)년이므로 고쳐서 번역함.

자(甲子, 1624)년에 의병을 모으고, 병자(丙子, 1636)년에는 의병을 창의
하였다. 딸은 박사건(朴士健) 참봉(參奉), 한효삼(韓孝參), 한효연(韓
孝淵), 이덕무(李德懋), 김시성(金時省) 참봉(參奉)에게 시집갔고, 막
내딸은 최서생(崔瑞生)에게 시집갔는데 정유(丁酉, 1597)년 난(亂)에
사진포(沙津浦)에서 열사(烈死)하였고, 사적(事績)이 알려져서 정려가
세워졌다.

함(涵)은 5남을 두었는데 맏아들은 지성(之性), 다음은 지기(之起),
지서(之瑞), 지화(之和), 지혜(之惠)이고, 이덕무(李德懋)의 아들은 이
거진(李居震), 김시성의 아들은 김상립(金尙立) 참봉(參奉), 최서생(崔
瑞生)의 아들은 최기종(崔起宗) 현감(縣監), 내외(內外) 증·현손(曾
·玄孫)이 모두 약간 명이 있다.

아, 공(公)의 가언(嘉言)과 선행(善行)은 후손들의 모범이 될 만하
고 유학의 의칙(儀則)이 되었으나, 다만 여러 차례 회록(回祿)[132]의
재앙을 받은 나머지 문헌의 징험이 없다. 지금 기록한 것은 다른 집 글
상자 속에서 찾아 등사(謄寫)한 것이지만, 지극한 행실의 만분의 일
도 얻지 못했으니 아, 슬프다.

부자(父子)의 행실이 대략 『해동삼강록(海東三綱錄)』에 들어 있으
니, 또한 대인군자(大人君子)에게는 징험으로 믿는데 족할 것이라고
집필자는 운운할 따름이다.

순조(純祖) 신사(辛巳)년에 도내(道內) 사림(士林)은 공(公)을 정묵
재(靜默齋) 언동(彦洞) 사우(祠宇)에 배향하였다.

---

132 회록(回祿): 축융(祝融)과 함께 불귀신 이름.

춘추정향문(春秋丁香文)

행실의 근원과 이의 뿌리가	行源理柢
공에게 겸하여 있으니	於公兼有
복은 다 먹지 못해도	福不盡食
영원히 남아서 이어가리	永以遺繼

판서 이가우[133] 지음(判書李嘉愚撰)

부 참판공 사적(附參判公事蹟)

공(公)의 휘(諱)는 홍(泓) 자(字)는 홍도(弘度)휘(諱) 덕용(德容) 장자(長子), 가정(嘉靖) 정사(丁巳, 1557)년 생으로 만력(萬曆)[134] 갑신(甲申, 1584)년에 과거(武科)에 올라 벼슬은 회양부사(淮陽府使)에 이르렀다. 임진왜란 때 공(公)이 백의종사(白衣從事)하여 평양(平壤)에 이르렀는데, 적 기병의 기세에 눌려 뒷걸음질 쳤으니[135] 형세는 장차 어찌할 수 없었다. 여러 장사와 함께 팔을 걷어붙이고 스스로 맹세하기를 "나

---

133 이가우(李嘉愚, 1783-1852): 1816년 정시문과에 을과로 급제하고, 이듬해 예문관검열을 거쳐 1826년 규장각직각이 되고, 1839년 동지정사로, 부사 이노병(李魯秉), 서장관 이정리(李正履)와 함께 청나라에 다녀왔다. 1848년 함경도관찰사로 있으면서 단천 및 북청 앞바다에 이양선(異樣船) 2척이 출몰하였음을 조정에 보고하였다. 1850년 판의금부사를 거쳐 이조판서에 이르고, 시호는 문정(文貞).(『한국민족문화대백과』 참조)

134 만력(萬曆): 중국 명나라 13대 신종(神宗) 황제 만력제(萬曆帝) 주익균(朱翊鈞)의 연호 (1573-1620).

135 벽역(辟易): 상대편을 두려워하여 물러나 피함. 기세에 눌려 뒷걸음질 침. "항우(項羽)가 마지막 28기(騎)를 거느리고 한(漢)나라의 수천 기병(騎兵)을 상대할 때, 적천후(赤泉侯)가 추격해 오는 것을 보고는 눈을 부릅뜨고서 큰소리로 꾸짖자, 군마(軍馬)가 너무도 놀란 나머지 뒷걸음질 치며 몇 리나 물러났다"라는 고사가 있음.(『사기(史記)』 권7「항우본기(項羽本紀)」 참조)

라를 위해 의에 죽는 것은 대장부의 일이라. 우리들은 모두 대대로 녹을 받은 신하로서 죽음 또한 어찌 서운함이 있으랴."라고 하고, 마침내 창을 떨치고 적진으로 돌입하여 여러 사람의 머리를 베고 끝내 계사(癸巳, 1593)년에 순절하였다. 사적이 전해지는 날에 병조참판(兵曹參判)에 추증되고 그 곳에 사우(祠宇)를 세웠다. 축문(祝文) 미간(未刊).

백천유집 권 후 발문(百泉遺集卷後跋)

내가 일찍이 이르기를 절의(節義)는 한가지여서 이룬 이유가 길이 다를지라도 비유하면, 분묵단청(粉墨丹青)[1]의 색채가 비록 다를지라도 그것이 그림이 되면 하나이고, 종석현포(鍾石弦匏)[2]의 소리가 비록 다를지라도 그것이 음악이 되면 하나이며, 절탈요각(節梲橑桷)[3]의 재료가 비록 다를지라도 그것이 집이 되면 하나라. 그러므로 소속국(蘇屬國)[4]이나 홍충선(洪忠宣)[5]이 반드시 양무척원(揚武拓遠)[6]이라고 할 수는 없지만, 충정(忠貞)의 우뚝함은 광복정토(匡復征討)[7]의 열

---

1 분묵단청(粉墨丹青): 흰색, 검은색, 붉은색, 파란색 색채의 종류.

2 종석현포(鍾石弦匏): 쇠, 돌, 줄, 박 등으로 만든 악기 종류.

3 절탈요각(節梲橑桷): 대, 짧은 기둥, 서까래, 대들보 등 집 지을 때 쓰는 재료.

4 소속국(蘇屬國): 한나라 무제(武帝) 때 소무(蘇武)는 소속국(蘇屬國)의 관원으로서 흉노(匈奴)에 사신으로 갔다. 흉노 선우(單于)가 갖은 협박을 하는데도 굴하지 않다가 큰 구덩이 속에 갇혀서 눈을 먹고 가죽을 씹으면서 지냈다. 다시 북해(北海)로 옮겨져서 양을 치며 지냈는데, 그때에도 한(漢) 나라의 부절을 그대로 잡고 있었으며, 갖은 고생을 하면서 19년 동안을 머물러 있다가 소제(昭帝) 때 흉노와 화친하게 되어 비로소 한나라로 돌아왔다.(『한서(漢書)』 권54 「소건전(蘇建傳)」 〈소무(蘇武)〉 참조)

5 홍충선(洪忠宣): 이름이 홍호(洪皓)로 건염(建炎) 3년에 대금통문사(大金通問使)가 되어 금나라로 사신을 갔다가 금나라 점한(粘罕)의 뜻을 거슬러서 냉산(冷山)으로 쫓겨났다. 냉산은 몹시 추워서 4월이 되어야 비로소 풀이 나고, 8월이면 이미 눈이 내리는 곳이었다. 홍호가 이곳에 머물면서 갖은 고생을 다 겪었는데 2년 동안 금나라에서 양식을 대어 주지 않았으며, 큰 눈이 내려 땔감이 다 떨어지자 말똥으로 불을 피워 국수를 끓여 먹기도 하면서 15년을 머물러 있다가 비로소 송나라로 돌아왔다.(『송사(宋史)』 권373 「홍호열전(洪皓列傳)」 참조)

6 양무척원(揚武拓遠): 양무는 무(武)를 드날림이고, 척원은 먼 곳(오랑캐 땅)을 개척함.

7 광복정토(匡復征討): 광복은 바르게 돌아옴이고, 정토는 정벌(征伐)과 같은 뜻임.

(烈)에 함께 귀결되고, 노왕기(魯汪踦)[8]와 진부점(陳不占)[9]이 반드시 참획(斬獲)하고 절충(折衝)하여 절악(節鄂)[10]했다고 할 수는 없지만, 사직(社稷)을 지키고 나라를 다스리는 부지런함에서는 큰 부끄러움이 없다. 이는 같지 않은 것은 일이지만 같은 것은 마음이다.

병자(丙子, 1636)년을 당해서 위엄과 책략이 베풀어짐에 미치지는 못했지만, 충성과 용기는 각자 다스리고 점검하여, 높고 뛰어나고 밝고 밝은 자로 말하면, 천지에 의를 세운 것은 삼학사(三學士)[11]요, 몸을 불살라 인(仁)을 이룬 것은 김(金) 권(權) 이 공(公)[12]이요, 달려가 위문하고 칼로 자결한 것은 정 동계(鄭桐溪)[13]요, 대항하여 깨끗

---

8 노왕기(魯汪踦): 노나라 왕기. 왕기는 동자(童子)로서 나라를 구한 전고(典故)가 전해지는 '왕기위국(汪踦衛國)'은 낭(郎)에서 전투를 벌일 적에 동자(童子)인 왕기(汪踦)가 전사한 것을 말함.(『춘추좌씨전(春秋左氏傳)』 애공(哀公) 11년 참조)

9 진부점(陳不占): 제(齊)나라 사람으로 춘추시대(기원 전 548년) 제인(齊人) 최서(崔抒)가 제장공(齊莊公)을 시해할 때, 장공을 위해 나아갔다가 전투소리만 듣고도 두렵고 놀래서 죽은 사람임. 진부점의 고사는 다음과 같다. 춘추시대 제나라 사람 최서가 장공을 시해했는데 부점이 재난을 듣고 장차 가면서 말하기를 "밥을 먹자니 숟가락을 잃을 것 같고, 수레를 타자니 횡목을 잃을 것 같다."라고 하니 어자(御者)가 말하기를 "겁이 이와 같다면 간들 유익함이 있겠소?" 하니, 부점이 말하기를 "임금을 위해 죽는 것은 의요, 용기 없음은 사사로움인데 사사로움으로 공적인 것을 해치겠는가?"라고 하고 마침내 갔다가 전투의 소리를 듣고 두렵고 놀래서 죽었다. 사람들이 말하기를 "부점은 어진 자이면서 용기 있는 자라고 이를 만하다."라고 하였다.(春秋齊人 崔抒弑莊公 不占聞難 將赴之 餐則失匕 上車失軾 御者曰 怯如是 去有益乎 不占曰 死君義也 無勇私也 不以私害公 遂往 聞戰鬪之聲 恐駭而死 人曰 不占 可謂仁者之勇也) (유향(劉向)의 『신서(新序)』 「義勇」 참조)

10 절악(節鄂): 절개를 지키고 곧은 말을 함.

11 삼학사(三學士): 병자호란(丙子胡亂) 때 척화론(斥和論)을 주장하다가, 인조 15(1637)년에 청(淸)나라 심양(瀋陽)에 끌려가 순절(殉節)한 홍익한(洪翼漢, 1586-1637)·윤집(尹集, 1606-1637)·오달제(吳達濟, 1609-1637) 세 사람.(『한국민족문화대백과』 참조)

12 김권이공(金權二公): 미상. '金'은 병자년에 절의를 지켜 77세로 순사하고 정려(旌閭)를 받은 시호 문충(文忠) 김상용(金尙容)인지 확실하지 않으나, '權'은 찾지 못함.

13 정 동계(鄭桐溪, 1569-1641): 본명 정온(鄭蘊) 자(字) 휘원(輝遠), 호(號) 동계(桐溪), 고고자(鼓鼓子) 시호(諡號)는 문간(文簡). 인조 5(1627)년 정묘호란이 일어나자 행재소(行在所)로 왕을 호종하였다. 1636년 병자호란 때에는 이조참판으로서 명나라와 조선과의 의리를 내세워 최명길(崔鳴吉) 등의 화의 주장을 적극 반대하였다. 강화도가 함락되고 항복이 결정되자 오랑캐에게 항복하는 수치를 참을 수 없다고 하며 칼로 자결했으나 목숨은

하고 더러움을 배척한 것은 김 청음(金淸陰)[14] 조 회곡(曺晦谷)[15]이요, 변방을 지키며 설욕을 도모한 것은 임 민충(林忠愍)[16]이다.

만약 펼치지 못했는데도 절의를 달갑게 여기고, 싸우지 않았는데도 대의가 나타났다면, 나는 또 동성(同姓)인 '대명처사(大明處士) 백천공(百泉公)을 사모하여 향함에 다함이 없다. 이는 그 사업이 혹 드러나기도 하고 혹 아깝기도 하며, 성취란 어려운 것도 있고 쉬운 것도 있으니, 곧 처한 바로써 처지가 다르고 가는 바 길이 다를 수 있으나, 그 마음은 일찍이 같지 아니한 적이 없다. 대개 또한 우(禹)와 후직(后稷)과 안자(顔子) 그리고 증자(曾子)와 자사(子思)는 그 처지가 바뀌었다고 해도 그렇게 했을 것이다.[17]

끊어지지 않았다. 그 뒤 관직을 단념하고 덕유산에 들어가 조[粟]를 심어 생계를 자급하다가 죽었음.(『한국민족문화대백과』 참조)

14 김 청음(金淸陰, 1570-1652): 본명 김상헌(金尙憲) 조선 중기 문신으로 정묘호란이 일어났을 때 진주사로 명나라에 갔다가 구원병을 청하였고, 돌아와서는 후금(後金)과의 화의를 끊을 것과 강홍립의 관직을 복구하지 말 것을 주장하여 대표적인 척화신으로서 추앙받았음.(『한국민족문화대백과』 참조)

15 조 회곡(曺晦谷, 1608-1670): 본명 한영(漢英) 자 수이(守而) 시호 문충(文忠) 본관 창녕(昌寧) 경기도관찰사 예조참판 한성부우윤 역임. 1640년 청나라가 명나라를 공격하기 위해 수륙군(水陸軍)의 원병을 청하는 동시에 원손을 볼모로 심양(瀋陽)에 보내라고 요청하자, 이를 극력 반대하는 만언소(萬言疏)를 올린 사실이 청나라에 알려져 척화파(斥和派)인 김상헌(金尙憲)·채이항(蔡以恒) 등과 함께 1641년 심양으로 잡혀가 심한 고문을 받고 투옥되었으나 굽히지 않았는데 1642년 심양에서 의주 감영으로 옮겨졌다가 풀려남.(『한국민족문화대백과』 참조)

16 임 민충(林忠愍, 1594-1646): 본명 임경업(林慶業), 시호 충민(忠愍). 첨지중추부사, 용양위부호군, 청북방어사, 안변부사, 의주부윤을 역임하고 진무원종공신 1등에 책록 된 무신. 이괄의 난, 정묘호란, 병자호란에서 활약하였다. 특히 명나라와 힘을 합쳐 청나라에 저항해 병자호란의 부끄러움을 씻으려 했지만 조국이 이를 뒷받침하지 못함.(『한국민족문화대백과』 참조)

17 우(禹)임금과 후직(后稷)은 백성이 곤경에 빠지거나 굶주린 사람을 보면 자기 때문에 빠졌거나 굶주렸다고 여기고, 안회(顔回)는 세상일에 관여하지 않고 누추한 시골에서 안빈낙도(安貧樂道) 하였는데 공자는 이들에 대해 모두 어질다고 한 것에 대해, 맹자는 "우임금과 직과 안회는 추구한 가치가 같았다. 우임금과 후직과 안회가 서로 처지가 바뀌었다면 처세 방법도 서로 바뀌었을 것이다.(孟子曰禹稷顔回同道 禹稷顔子易地則皆然)"라고 하였고, 증자는 노(魯)나라의 무성(武城)에 있을 때 월(越)나라의 도적이 침입하자 남들

아, 백천(百泉)의 맏형 휘(諱) 홍(泓)은 이미 창의하여 용사의 난(龍蛇亂, 壬辰·癸巳年 亂)에 순절하였고, 공(公) 또한 김 우송(金友松) 세규(世奎)[18] 조 구봉(曺九峯) 엽(熀)[19]과 함께 병자(丙子, 1636)년에 창의하였는데, 그때를 생각해 보면 위에서 화의(和義)를 결단(決斷)하니, 아래에서는 충용(忠勇)을 다할 수 없었지만 오로지 삶을 버리고 대의를 취하는 가르침에 따랐다. 시(詩)를 짓고 예(禮)를 기뻐하는 중에 형은 죽었지만, 동생은 후회하지 않고 힘을 모으고 뜻을 더욱 확실하게 하여, 비록 사시(蛇豕)[20] 같은 오랑캐를 섬멸하지 못하고, 요동(遼東)과 심양(瀋陽)을 말끔히 쓸어내지는 못했지만, 적개심(敵愾心)과 모욕을 막은 큰 절의는 또한 이미 밝고 뚜렷하게 드러나서 천하 후세에 세울 수가 있을 것이다.

진실로 품성이 뿌리가 있고, 효성과 우애가 있으며, 세상을 구제하고 충성으로 나아가며, 임금을 사랑하고 웃어른을 친히 하는 지조가 항상 초야에서도 절실하지 않았다면, 하늘을 찌르고 땅에 드리운

보다 먼저 피신했다가 돌아온 반면, 자사(子思)는 위(衛)나라에 있을 때 제(齊)나라의 도적이 침입하자 임금을 지켜야 한다며 피신하지 않았다고 한 것에 대해, 맹자는 "증자와 자사는 추구하는 가치가 같다. 다만 증자는 스승으로서 부형(父兄)의 위치에 있었고, 자사는 신하로서 미천한 신분이었으니 행적이 달랐던 것이고, 처지가 서로 바뀌었다면 모두 그러했을 것이다.(曾子子思同道 曾子 師也父兄也 子思 臣也微也 曾子子思易地則皆然)"라고 했다.(『맹자(孟子)』「이루(離婁)」하 참조)

18 우송(友松) 김세규(金世奎, 1538-1619): 본관은 부평(富平), 자는 경소(景昭). 선조 15(1582)년 식년 진사시에 합격하였다. 곤재(困齋) 정개청(鄭介淸)을 사사(師事)하였으며, 집안이 부평(富平)에서 화순(和順)으로 이주하고 우송재(友松齋)를 지었다고 하나 지금은 없음. 지봉(芝峰) 이수광(李睟光), 우복(愚伏) 정경세(鄭經世), 백천(百泉) 류함(柳涵) 등과 교유.(국역(國譯) 지봉집(芝峯集) 권18 「승평록(昇平錄)」 주석 참조)

19 구봉(九峰) 조엽(曺熀, 1600-1665): 1624년 사마시에 합격, 진사. 1636년 병자호란 때 류함(柳涵)과 종숙부(從叔夫) 조수성(曺守誠) 등이 의병을 일으킬 때 참여. 화친이 이루어지자 고향으로 돌아와 구봉산(九峯山)에 은거하였다. 1804년에 조수성과 함께 정려(旌閭)를 받고 쌍충각(雙忠閣)을 세움.(『한국향토문화전자대전』 참조) 조엽에게 준 서한과 그가 쓴 백천 만사(輓詞)는 『백천유집』에 있음.

20 사시(蛇豕): 뱀과 돼지.

대의가 본래 무리들 사이에 강구(講究)되어 그 결과가 이렇게 될 수 있었겠는가.

의희(噫嘻)라, 복의 실마리가 쇠미함이 비록 우리 류 씨처럼 심함도 없지만, 풍모와 교화를 전하여 물려받은 것 또한 우리 류 씨처럼 오래된 것도 없었다. 공(公)처럼 어질고 글이 있어도 마침내 성시(聲詩)[21]로 추천되고 전책(典策)[22]에 베풀어질 수 없었으므로 당세(當世)의 유경(流慶)[23] 후사(後嗣)가 꾸밈없이 다스려지고, 다만 난초 같은 향기와 눈같이 흰 행실이 오산(烏山)과 학도(鶴島)[24] 사이에서 인몰(湮沒)되었지만, 이는 곧 우리 종가에 봉록(俸祿)[25]이 없어서 오히려 다행이었다.

공(公)의 후덕이 더욱 빛나고 대의는 바야흐로 후세에 전함이 있으니, 지금에 이르러 자손의 세대에 그 가족 모두 언행이 겸손하고 신중하여서, 조급하여 두려워하거나 경솔하고 불경스럽게 시속에 물든 자가 없었다. 전에 20년 동안 공(公)의 후손들을 자주 보았지만, 은수(恩樹)[26]의 사람됨이 중후하고 장구한 것이 삼가고 화락하여 공경하고 친할 만하였다. 또 정수(貞樹)[27]와 사찬(思讚)[28] 보(甫)[29]를 보니, 또한 돈독(敦篤) 중후(重厚)하며 바르고 신칙(愼飭)하여 아름다움이 옛 가문의 풍취와 마음에 있어 속으로 기이하게 여겼다.

공(公)의 유집(遺集)을 읽음에 이르러서 마침내 공(公)의 '계자(戒

---

21 성시(聲詩): 시의 명성.

22 전책(典策): 전적(典籍).

23 유경(流慶): 이어지는 경사.

24 오산 학도(烏山鶴島): 백천재 팔경(百泉齋八景) 중 하나. 「학도모연(鶴島暮烟)」과 「오잠조욱(烏岑朝旭)」 시가 있음.

25 봉록(俸祿): 녹을 받는 벼슬.

26 류은수(柳恩樹, 1739-1815): 자(字) 춘지(春枝).(후손 류정훈(柳貞勳) 씨 제공)

27 류정수(柳貞樹, 1774-1825): 자(字) 내근(乃根).(후손 류정훈(柳貞勳) 씨 제공)

28 류사찬(柳思讚, 1767-1835): 호(號) 존성재(存性齋).(후손 류정훈(柳貞勳) 씨 제공)

29 보(甫): 보(甫): 예전에 평교간이나 아랫사람에게 성이나 이름 뒤에 붙여 쓰던 말.

子)' 등의 글이 있어, 주고받으면서 차차 알게 되었다. 공(公)의 후손으로 하여금 선조보다 더욱 독실하여 후손들이 실추하지 않도록 가정이 서로 권하고, 친척간의 화목을 서로 경계하여 하나같이 공(公)의 법을 본받고, 공의 가르침을 하나같이 따르니, 마치 귀로 그 음향을 듣는 것 같고, 눈으로는 그 위의를 보는 것 같아서 특별히 한 집안 한 종가 대대로 전하여 내려온 것이 아니라, 그 풍유(風猷)[30]가 장차 한 동네 한 고을에서 그 절의(節義)를 본받아 효칙함을 볼 것이고, 공(公)이 펼치지 못한 것은 아마도 뒷날에 바람이 있을 것이다.

정수(貞樹)와 사찬(思讚) 보(甫)가 공(公)의 시문 약간 편을 수집하고 편집하여 책 한 권을 만들어서 판목에 새겨 오래도록 전하려고 동성(同姓)의 후예인 나로 하여금 그 발문(跋文)을 쓰게 해서 욕되게 했는데, 그만 두지 못하고 마침내 받아서 그 일을 마쳤다.

대개 그 시는 단아하고 진솔하며, 그 문은 소박하고 곧아서 세속의 미려(靡麗)[31]하고 초교(噍巧)[32]한 자들이 발돋움하며 바랄 바가 아니다. 그러나 공(公)이 어찌 반드시 시문(詩文)을 기다려서 높고자 하겠는가? 다만 비유하면 위봉(威鳳)[33]의 한 깃 같은 것이라. 그 오색이 빠짐없이 다 갖추었음을 엿볼 수 있다고 하겠다.

경진(1820)년 음력 9월 상순
종손 후학 파재 흥경[34] 삼가 발문 씀
(歲庚辰菊秋上澣宗後學葩齋興慶謹跋)

---

30 풍유(風猷): 풍모와 인품.
31 미려(靡麗): 아름답고 화려함.
32 초교(噍巧): 애절하고 기교함.
33 위봉(威鳳): 위험 있는 봉황.
34 류흥경(柳興慶, 1771-?): 자(字) 순서(舜瑞), 순조(純祖) 3(1803)년 계해(癸亥) 증광시(增廣試)에 등과. 대승공(大丞公) 29세손, 좌상공파(左相公派) 문성군 종중 후손.(후손 류정훈(柳貞勳) 씨 제공)

발문(跋)

어떻게 하면 우리의 당당한 선비를 이끌고 가서 何當携我堂堂士
결박하여 취한 호한야35를 휘장 아래서 볼거나 縛取呼韓帳下看

이 시는, 생각해 보면 나의 9세조 백천공(百泉公)이 병란(丙亂, 丙子
胡亂)에 의병을 모집하여 청주(淸州)에 도착하였는데, 화친의 의논이
이루어졌음을 듣고 지은 것이다. 남쪽 고을 인사들이 지금도 공(公)
의 시를 외는 것은 그 충의에 탄복하고, 속 좁음이 너그러워지고 각
박함이 돈후해짐(寬鄙敦薄)36에 이른 후세들이 공(公)의 풍도(風度)를
마음속으로 우러러 사모했기 때문이다.

그 존주(尊周)의 실제 자취와 충효와 학문은 노사(蘆沙)37 기 선생
(奇先生)의 서문(序文)에 이미 다했으니 무슨 말로 군더더기를 붙이
겠는가?

---

35 호한(胡韓): 호한야(胡韓邪). 선우(單于)를 가리킴.
36 관비돈박(寬鄙敦薄): 『맹자(孟子)』「만장(萬章) 하(下)」에 유하혜(柳下惠)는 더러운 임금
   섬기는 것을 부끄러워하지 않았고 작은 벼슬을 사양하지 않았으며, 벼슬에 나아가서는
   능력을 숨기지 않고 반드시 도로써 했으며, 벼슬을 잃어도 원망하지 않았고, 곤란한 상황
   에도 걱정하지 않았다. 무지렁이 시골사람과 함께 있어도 여유작작하며 결코 떠나지 않
   았고, "너는 너고 나는 나다. 네가 비록 내 옆에서 웃통을 벗거나 벌거벗은들 네 어찌
   나를 더럽힐 수 있겠느냐."라고 하였다. 그래서 유하혜의 풍도를 들은 사람들이 감화를
   받아, 속 좁은 자들이 관대해지고 각박한 자들이 후덕해지게 되었다.(柳下惠 不羞汚君 不
   辭小官 進不隱賢 必以其道 遺佚而不怨 阨窮而不憫 與鄕人處 由由然不忍去也 爾爲爾 我爲
   我 雖袒裼裸裎於我側 爾焉能浼我哉 故 聞柳下惠之風者 鄙夫寬 薄夫敦)라는 내용이 있다.
37 노사(蘆沙): 기정진(奇正鎭, 1798-1879)의 호(號). 19세기 호남 유학의 마지막 거장.

근고(近古)에 문중의 선조 부형(父兄)이 저 선조의 자취가 인몰될까 두려워 장차 유문(儒門)의 작가(作家)들에게 글을 모아 판각하려고 의논했는데 친절하고 은근(慇懃)하게 했으나, 뒤 이을 결과가 없어서 항상 탄식한 바였다.

무릇 일이 한데 모여서 목적을 이루어 나아가는 것은 말없는 가운데 견주어 헤아리고, 미리 준비하고 기다리는 그런 자가 있기 마련이다. 이에 종의(宗議)에서 모두 같은 방향으로 말한 바, 선조의 자취를 맡겨 판각해서 널리 저장하고 오래 전하고자 하여 족질(族姪)[38] 태영(台榮)[39]과 동영(東榮)[40]이 또한 그 일의 간사(幹事)가 되고, 식(植)의 고과(孤寡)[41]가 유거(謬居)[42]를 감교(勘校)[43]했다.

삼가 살펴보니 삼현(三賢)의 유문(遺文)이 모두 화마[44]의 재앙에 걸려서 주워 모아 얻은 것이 겨우 얼마 되지 않았다. 정묵재(靜默齋)와 열역재(悅易齋)의 얻은 바는 더욱 엉성하고 적어서 한 권으로 엮을 수가 없어 백천집(百泉集) 뒤에 붙인 것은 적은 것이 많은 것을 따른 것이지, 선후가 어긋난 것은 아니다.

대개 백천(百泉)은 물이 마르지 않고, 환산(環山)은 무너지지 않아서 오랜 세대의 갱장(羹牆)[45]과 유치(流峙)[46]가 서로 끝과 시작이 되니,

---

38 족질(族姪): 조카뻘 되는 남자(族姪).

39 류태영(柳台榮, 1860-1934): 『백천유집』 발간 때 파재(葩齋) 류흥경(柳興慶)에게 발문을 요청한 류사찬(柳思讚)의 현손. 자(字) 자삼(滋三), 호(號) 언산(彦山), 75세 졸(卒). (후손 류정훈(柳貞勳) 씨 제공)

40 류동영(柳東榮, 1863-1935): 자(字) 향숙(鄕肅), 호(號) 만목(晩睦), 73세 졸(卒). (후손 류정훈(柳貞勳) 씨 제공)

41 고과(孤寡): 명리(命理)에서는 고진(孤辰)과 과숙(寡宿)의 통칭으로 쓰이고, 일반적으로는 고아(孤兒)와 과부(寡婦) 또는 외로운 과부를 가리키지만, 여기서는 류동식(柳東植)의 자(子) 류섭(柳燮)을 지칭한 겸사(謙辭)인 듯.

42 유거(謬居): 오류.

43 감교(勘校): 자세히 조사·대조하여 그릇된 곳을 바로잡아 고침.

44 울유(鬱攸): 화기(火氣), 화마(火魔).

45 갱장(羹牆): 선왕(先王) 또는 선조(先祖)를 추모하는 마음. 『후한서(後漢書)』 「이고전(李固

어찌 문자(文字)를 기다려서야 썩지 않겠는가? 비록 그렇지만 앞서 행한 것이 완료되지 못한 뜻을 끝내지 않을 수 없어서, 한두 동지가 유고(遺稿)를 벼이삭 줍듯이 모아 그 자획의 오류를 분변하고 바로 감히 조금 보탰다. 원집(原集)의 부록은 동류(同類)로 편집하여 합해서 한 권을 만들고 철저히 섭렵하여 걸러냈다. 그것을 따져본 연후에 붓을 잡은 자가 이로 인해서 추진하였으니, 거의 상고한 바가 있어 원고를 모아 책을 만든 날에 용납 못할 말이 한 마디도 없었다. 그러므로 나의 아들 류섭(柳燮)[47]으로 하여금 권(卷) 끝에 쓰게 해서 느낌을 붙여 놓는다.

기미(1919)년 2월 상순
9대손 동식[48] 삼가 발문 씀
(歲己未二月上澣九代孫東植謹跋)

傳)」에 "예전에 요(堯)임금이 죽은 후에 순(舜)임금이 3년 동안 추모하였는데 앉으면 벽에 요임금이 보이고, 음식을 들 때에는 국에 요임금이 보였다.(昔堯殂之後 舜仰慕三年 坐則見堯於牆 食則覩堯於羹)"한데서 유래.

46 유치(流峙): 산과 물. "공자 왈 '지자요수 인자요수'가 유치(流峙)를 취한 것이 아니라, 그 동정(動靜)의 체(體)를 취한 것이다.(孔子曰 '智者樂水, 仁者樂山' 非取流峙, 取其動靜之體)" (국역(國譯) 『숙종실록(肅宗實錄)』 권16, 숙종 11년 9월 30일 丁亥 2번째 기사)에서 보이듯이 유치(流峙)는 산하유치(山河流峙), 산천유치(山川流峙)처럼 쓰여 산하, 산천의 뜻임.

47 류섭(柳燮, 1890-1947): 자(字) 자섭(子燮) 당시 나이는 30세. 58세에 졸(卒).(후손 류정훈(柳貞勳) 씨 제공)

48 류동식(柳東植, 1856-1921): 자(字) 문칠(文七), 호(號) 송천(松泉). 발문(跋文)을 1919년에 작성하고 2년 뒤 66세 졸(卒).(후손 류정훈(柳貞勳) 씨 제공).

번역 후기

　선조들의 유문(遺文)이 화마로 거의 소실되어 백천공(百泉公) 문헌도 그때 유실된 것으로 짐작하고 있던 문중에서 2019년 7월 고사정(高士亭)의 보유 문헌목록에 백천공의 『백천유집(百泉遺集)』이 있다는 것을 알게 된 종중 사무국장 류정훈(柳貞勳) 씨가 이를 복사하여 종중에 알렸다. 당시 종친회 류광열(柳光烈) 회장님은 사무국장과 함께 한문 해독능력이 부족한 역자(譯者)에게 『백천유집』 번역을 직접 의뢰하였으니, 필자로서는 이보다 더 큰 영광이 없다.

　「해제」에서 밝힌 대로 『백천유집』이 유여곡절을 겪고, 발간된 지 1세기 만에 다시 세상에 빛을 보게 되었으니, 문중에서도 감개무량하였겠지만, 번역을 의뢰받은 역자 또한 유일본을 맨 처음 번역하여 학계에 소개하게 되었으니 큰 보람이 아닐 수 없다. 번역을 하면서 백천공이 추구했던 '고고(孤高)한 삶과 충의(忠義)의 이념(理念)'을 그의 문학작품과 의병활동을 통해 알게 되었으니, 이처럼 훌륭한 분과 글로써 인연을 맺게 된 것이 무엇보다도 기뻤다. 반면에 이처럼 훌륭한 분의 시문(詩文)을 번역하다가 행여 오류라도 범할까 노심초사(勞心焦思)하였지만, 사람의 일이라 잘못된 곳이 없지 않을 것이니 여러 학자들의 질정(叱正)을 바라마지 않는다.

급고세심재(及古洗心齋)에서

역자(譯者)

百泉遺集　影印

乙丑十二月　日

道谷柳基南来

羅鬱攸之灾得於收拾者僅僅靜默悅易齋所得尤畸零

不能成編附於百泉集之後以寡從多也非先後參差也

蓋百泉不竭環山不頹百世羹墻與流峙相終始豈待文

字而不朽乎雖然先行未了之志不可不了而一二同志

裒粹遺稿辨其字畫之訛舛輒敢稍加補葺原集附錄以

類編輯合為一卷極涉汰荒之誚然後之秉筆者因此而

推之則庶有所考編摩之日不容無一言故使兒變書諸

卷尾以寓感焉

歲己未二月上澣九代孫東植謹跋

何當攜我堂堂士縛取呼韓幕下看此詩惟我九世祖百
泉公丙亂募義到清州聞孀議中戌而作也南州入士至
今公誦服其忠義而至於寬鄙敦薄後世之所以嚮風景
慕者也若其尊周實蹟忠孝學問蘆沙奇先生亭交已殫
何辭以贅近古門中先父兄懼夫先蹟之堙沒將謀鋟梓
徵文於儒門作家而鄭重未果後承之所以尋常慨然也
凡事之湊合成就默有所準擬等待然者於是宗議僉同
向所云先蹟付之剞劂欲以廣藏壽傳族倨台榮東榮亦
幹其事而植之孤寡謬居勘校之列焉謹按三賢遺文皆

之則一式公之訓如耳其韻如目其儀則不特一家一宗

傳襲其風猷將見一鄉一州傚効其節義而公之未展者

庶有望於日後矣貞樹思讚甫袞輯公之詩文略十篇爲

一卷將繡梓而壽其傳以余忝同姓之裔令題其末辭不

獲遂受而卒業焉蓋其詩雅而眞其文朴而直非凡世之靡

麗噍巧者所可跂然公豈必待詩文而高哉但比如威鳳

之一羽可覘其五色之箶舉云爾

歲庚辰菊秋上澣宗後學龍齋裴慶謹跋

講於黨友者其果能此乎恭噫嘻祚緒之衰微雖未有如
吾柳之甚風猷之傳襲亦未有如吾柳之久如公之賢而
有文卒莫能薦聲詩施典策以裸治當世流慶後嗣而徒
使蘭薰雪白之行湮沒爲山鶴島之間是則吾宗之無祿
而尚幸公之德厚彌光義方有垂至今子孫之世其家者
舉遂言慎行無躁競輕惰之習浸漬於俗者而前二十年
時優覩公之後恩樹樹爲人甚長者兢兢乎侃侃乎可敬而
可親又見貞樹讚甫亦敦重整飭蔚有古家風心竊異
之及讀公遺集乃知公戒子等篇有必授受而馴致也使
公之後益篤于前無墜乎後室家胥勸親懿相戒一蹈公

不售義形於不戰則余又於大明處士同姓百泉公慕
嚮無窮焉此其事業或顯或悔成就有難有易者直以而
處異地所塗異徑而其心則未嘗不同也蓋亦禹稷顏于
曾子子思易地則然者歟嗚呼百泉之伯氏諱泓既已倡
義殉節於龍蛇亂而公又與金友松世奎曹九峯燒倡義
於丙子想其時和議才決於上則忠勇莫殫於下而惟其
捨生取義之訓服之悼詩悅禮之中兄死而弟不悔力藥
而志愈確雖未能殲滅虬豕廓掃遼瀋其敵愾禦侮之大
節亦既彰明較著而可樹於天下後世矣苟非性根孝友
世濟忠蓋愛君親上之志常切於草茅撐天亙地之義素

余嘗謂節義則一而所以成之者殊塗比之粉墨丹青彩

雖殊而其為畫則一也鍾石絃匏音雖殊而其為樂則一

也節梲欂桷杗雖殊而其為室則一也故蘇屬國洪忠宣

未必能揚武拓遠而忠貞之卓同歸於匡復征討之烈曾

汪錡陳不占未必能斬獲折衝而節鄂之大無愧於衛社

靖邦之勤是其不同者事而一者心也當丙子時威略未

及施而忠懇各自靖試以卓犖炳烺者言之義建天地則

三學士火身成仁則金權二公奔問制腹則鄭桐溪抗潔

斥污則金清陰曹晦谷守圍圖雪則林忠愍若其節甘於

附祭判公事蹟

公諱泓字弘度 諱偉容 嘉靖丁巳生 萬曆甲申登第 長子

官至淮陽府使壬辰倭亂公自衣從事至平壤賊騎辟易

勢將無奈與諸壯士奮臂自誓曰為國死義大丈夫之事

吾等俱以世祿之臣死亦何憾遂奮戈突入賊陣斬首數

級竟為殉節事聞之日 贈兵曹祭判立祠其地 祝文木刊

起之瑞之和之惠李德懋子李居震金時省子金尚立祭

奉崔瑞生子崔起宗縣監內外曾玄摠者干人嗚呼公之

嘉言善行可以爲後孫之模範斯儒之儀則而但屢經回

祿之餘文獻無徵今所錄者搜騰於他家篋笥則雖不得

至行之萬一而猗歟父子行實略八於海東三綱錄亦足

以徵信於大人君子執筆者云爾

純祖辛巳道內士林以公配享于靜默齋彥洞祠

春秋丁享文

行源理柢於公兼有福不盡食永以遺繼

判書李嘉愚撰

赴水皇皇四周而忽見一莖花出於塘水中卽取而和藥

親憂輒愈其時道伯開于 朝特除陽德縣監因以生孝

旌閭其後 贈兵曹參議公世居漢陽以參奉諱文沃之

子出繼校理分自京移寓於全州及金堤白鷗亭因以奠

接于和順卒于 隆慶戊辰七月二十八日享年九十三

配安東金氏縣監泗女婦德兼備御家有法有三男六女

長泓壬辰島夷之亂以白衣從事殉節立祠半壤 贈兵

曹參判次濟僉知季涵甲子慕義丙子倡起義旅女朴士

健僉奉韓孝參韓孝淵李德戀金時省僉奉季女適崔瑞

生丁酉亂歿死沙津浦事聞 旌閭涵五男長之性次泣

下至濂關之嫡傳其微辭奧旨無不心融理會遺文方冊

皆自鏃分爛照遂得斯文宗匠之名常設一齋爲講磨之

所揭其堂曰修齊軒日與後進討論經旨磨刮義理是以

當時學者往往稱吾師者蓋指公也尤工於易克闡微理

探蹟奧旨悅夫子晚喜之理發前聖之深意開後學之指

南因以悅易爲號且天性純孝至誠事親雖當晚暮自處

嬰兒凡諸供養之節惟力是視藥餌之奉必躬先嘗至若

色養忠養之方是公之庸行踈節而不足稱公之至行也

嘗親瘠孔祝百藥無效醫云蓮花和藥則必得效而時當

冬月滿塘蕭條舊莖凋零萬無可得之望號泣祝天挺身

朝日鮮明照寸誠　　　　　文谷金先生 諱壽恒

附悅易齋行蹟 使應良撰 公之孫府

粹子孝根撰 宰衡

公諱德容字仲符悅易其號也柳氏文化人靜默齋諱善

之玄孫兵曹參議諱孝眞戶曹參孫修撰諱瀍之孫校理諱

秀馮之子妣坡平尹氏郡守商老女素著閨範克修壺儀

公生於簪纓之家特守韋布之志氣度牢確志節耿介幼

時讀史書輒論其人之賢否行事之得失至於忠良被誣

諓佞得志必掩卷太息如將控訴不已此固忠義本性不

學而然者也及長不事舉業專心性理上接洙泗之淵源

附諸賢追慕甲契韻

聖與賢同甲契成千秋義氣激詩聲加於　殿號傳之

　壽必後人多興感誠

甲契君臣合義成河山帶礪有詩聲雲臺洛社非專美　慕堂洪先生諱履祥

三七風流際遇誠

契修花甲韻俱成上下相和承有聲尚齒德音加　殿　清陰金先生諱尚憲

號朝綱袞職戡微誠

花甲韻俱契帖成君臣義不墜家聲一時言志　瑢源　沙溪金先生諱長生

下垂裕後昆盡己誠

姓某名誰序齒成君臣義氣徹詩聲海東勝事於斯盛　尤菴宋先生諱時烈

開巖先生集卷之四　契帖　一四

李伯含　正月二十　日完山人
李陟　三月二十九　日茂朱人

閔壽山　四月二十六　日驪興人
張允和　六月初一　日丹陽人

黃允正　六月十三　日昌原人
曹致　七月初一　日昌寧人

朴礎　七月十三　日咸陽人
權希達　八月初六　日安東人

李揚　八月廿三　日德水人
完城君　八月十九　日全州人

卓愼　九月十三　日光州人
朴翱　九月十七　日竹山人

柳善　九月二十五　日文化人
朴實　十月初三　日咸陽人

柳濕　十月十七　日全州人
徐選　十月二十七　日利川人

金素　十一月二十　日豐陽人
金自知　十二月十一　日延安人

林滌　十二月二十　日羅州人

長孝順判官次孝眞　世祖朝策原從功臣執義兵曹恭

議次孝當次孝任別座孫以下姑不盡錄略敍此以俟後

之立言君子

兩湖士林慕公之勳德　　純廟二十一年辛巳立祠于

和順彦洞

春秋丁享文

才挺濟時政懷如冰十載風雲甲契龍光

判書李嘉愚撰

甲契案

太宗大王丁未　五月七　六日　李仲卿　正月十六　日陜川人

功文武光孝 太祖堯傳舜受中天龍飛于其潛邸之時

與攀鱗附翼贊相弘猷者二十英俊 千秋靈甲適相契

合講結丁未甲契而同時唱和故 睿眷隆重璇韻繼成

御製詩有曰漢封廿八大功臣創業當年頼此人今予甲

契惟三七三角山崩義不泯上句則言其協贊鴻業之義

下句則取其永久燕謨之道殆將與漢代雲臺廿八將上

應列宿之象千載四休而若其同德共庚一體君臣之密

契則反有所過爲著矣 太宗朝登第官至翰林以清直

著於朝出宰富平吏民懷其清德事在典翰錄配彥陽金

氏大司憲繼生女左相戀村貞烈公倫之曾孫也有四男

表端嚴自爲髫齡聰敏明粹承襲家庭之訓留心閭洛之
學及長確然有經濟之材爲時人所推服尤篤於孝友身
雖榮貴而定省之禮和翕之樂未嘗少弛　有閭正德九
年甲戌孟夏二十日夫人尹氏生辰也獻壽宴會集詩
並亭之子塿諸婦等十八人及內外諸孫或歌或舞竟夕
爲歡眞盛事也公有詩曰母也慈和德似蘭生於孟夏好
時間常懷孔聖三年養永奉鄭賢一樂歡獻壽同延欣蹈
舞連枝合氣得怡然各知引意尤敦睦莫使他人笑被彈
微孝友之出於天性發於咏歎者嘗如是深切也亦丁未
九月二十五日卽公之生辰也惟我　太宗恭定聖德神

使李鶴來謹撰

附靜默齋行蹟 <small>公之從子孝 根熙官大卿</small>

公諱善字德佑號靜默齋文化人也高麗明宗朝有金紫

光祿大夫政堂文學兼知政事文簡公諱權是爲公七

代祖匡靖大夫知都僉議使司事貞愼公諱陞是爲公高

祖僉議贊成事始寧君章敬公諱墩是爲公曾祖八我

朝大匡文化君 贈領議政諱鎭是爲公王考也 太宗

朝檢漢城判尹大司成諱元顯之子行領議政月亭貞肅

公諱廷顯之從子也妣坡平尹氏坡平君俊女少傅卿譜

孫大提學鈴平府院君琰曾孫也公之天性沉靜寡默儀

元明東明之起二男二女男曰惟明重明女適宋大奎村

冼之瑞五男三女男曰必明峻明震明昌明哲明女適梁

之濯梁碩夏尹之鳴之和三男四女男曰泰明夏明載明

女適朴三豪金運商許緒金誠九之惠三男一女男曰春

明遇明漢明女適李明奎曾以下多不盡錄墓有碑有記

年久磨泐不可稽公諸孫夏謀竪碣八世孫樂進士鳳

浩甫來請銘不佞辭不獲謹爲之銘曰忠孝節義兼之者

希公能承家有赫布韋敦尚天經率性匪覈處士之風山

高水長

通訓大夫行長興都護府使兼長興鎮兵馬僉節制

十里聞和事成北向痛哭罷義旅而還不出山外逍遙吟

咏以寓風泉之思有詩曰葉上春秋忠甲子心中日月保

皇川是可以蔽公之志矣及歿後人題其墓曰　六明

處士配于彥洞鄉祠詩文收拾歿後有若干編晃次陶山

齋四時詩韻及一悔三畏六勸十戒詩可想公樂道知命

矣　崇禎後三十四年辛丑正月十八日卒享年八十六

初葬黑土山甲子遷厝于檜洞向卯之原恭人昌寧曹氏

祔焉曹氏都事鼎谷大中女兵曹判書恰五世孫先公二

十七年甲戌歿年五十四男五人女三人男曰之性之起

之瑞之和之惠女適鄭穣李坡鄭光亨之性三男曰克明

縣監沭攵　中宗朝原從功臣牧使公望孫也公天性嚴

重學識宏博動靜有節喜怒不形養九耋兩親志體備至

不事科業專心性理與李芝峯晬光鄭愚伏經世許荷谷

篈爲道義交有理氣問答四書說當龍蛇之變伯兄泓以

白衣從事殉節平壤而祠季妹崔瑞生妻投死沙浦而

旌公年才弱冠奉叅議公寓居瑞巖山中結竹窩於泉上

爲終老計號百泉齋值丙子亂與族從孫諮議楫曁叅

曺守誠監役曺炡處士崔鳴海倡義馳檄列郡一旬間兵

至數千人糧近數百石星夜赴南漢至淸州時李興浡覘

敵被圍公誓士奮力斬賊酋奪兵器賊乃退卽趣兵進五

陽鄭穫謹撰 先生館甥 官別提

大明處士柳公墓碣銘 並序

公諱涵字子淨姓柳氏系出文化始祖諱車達高麗三韓

功臣大丞八我 朝有諱鎮然開 國功臣 贈領議政

文化君是生諱元顯檢漢城判尹是生諱善官翰林然

太宗大王甲契案是為公五代以上也高祖諱孝眞文科

兵曹然議 出祖朝錄原從功臣曾祖諱瀣文科修撰祖

諱秀馮文科校理以三從弟府使文沃子德容爲后官縣

監以壽躋僉中樞兵曹然議以孝 旌閭號悅易齋晚居

和順殁鄉人立祠彥洞以祀之寔公皇考也妣安東金氏

八十六配恭人昌寧曹氏內翰大中世有五男三女長之
性次之起之瑞之和之惠女鄭穫李坡鄭光亨縣監之性
子克明元明東明之起子惟明重明之瑞子必明峻明震
明昌明哲明之和子泰明夏明載明之惠子春明鄭穫子
鄭相周進士鄭宅周縣監李坡子李之休鄭光亨子鄭台
冑噫先生以魁偉之姿隱德不仕視世之汲汲焉匸著焉
何如兩第忠孝節義是家法先生先考生孝　旋閭伯氏
殉節立祠季妹死烈棹楔先生甲內慕兵倡義猗歟三綱
萃于一門何其盛哉何其烈哉世遠言湮後學無徵余惟
是懼略此敬誌以待後之知德君子歲丙午月日門人晉

226

行到清州聞城下之盟痛哭南還於是絶意從事隱居瑞
巖山中結環山亭逍遙吟哢盖寓風泉之餘思也嘗咏金
明枝曰葉上春秋点甲子心中日月保　皇明其所發於
詩形於言者無往非忠君憂國尊周攘夷之意也後人題
其墓曰　大明處士旣已藁錄於禮曹文記及海東三綱
錄等書則亦足爲百世明徵矣至若文章餘事也而第以
遺稿酬唱錄觀之謂之洛下絶唱南中獨步可也且以戒
五子書戒學者書等說觀之於家爲賢父兄任鄉爲明師
傅尚矣惟其事親惟一之誠至老彌篤八十年如一日則
京鄉稱百泉孝子者此也考終于辛丑正月十八日享年

鄉先生教育一時英才多有成就嘗著四書說有曰吾夫
子先言心與道子曾子繼言物與知子思子述言命與性
鄒夫子析言理與慾云其克闡心學綜理聖功殆無餘蘊
矣所居齋揭以百泉蓋取源泉寒泉之意點得自家境界
其超邁氣像灑落留襟檗可見矣遠至甲子适變與族孫
白石楫募義兩湖以為勤　王之計丙子金虜之亂又與
本縣諸賢倡起義旅而時族孫楫募兵檄文來到傳檄隣
邑不滿一旬兵至數千糧近數百石與諸壯士泣血誓心
曰伯兄殉節於平壤季妹死義於沙浦方今　國家存亡
迫在朝夕吾奚獨忍見君父之辱而偷生為也星夜赴急

朝錄原從功臣曾祖諱漩　中宗朝文科修撰祖諱秀焉

明宗朝文科校理考諱德容行陽德縣監以孝　旌閭

贈兵曹然議號悅易齋妣淑夫人安東金氏縣監㳰女上

洛伯方慶之后　萬曆丙子正月初三日生先生于館洞

精舍幼而俊異長益軒豁雅性沉潛喜怒不形志氣端凝

動靜有常嘗曰先君脫屣名利毫分理慾以道義爲律己

之符以忠孝爲傳家之寶余不欽念焉能免隆落之罪於

是棄其舉業專於理學趣舍以正永截物我教訓有方必

據聖賢與芝峯李睟光愚伏鄭經世荷谷許篈爲道義交

有理氣問答之說多吟咏酬唱之書寓居和順士林推爲

先生諱涵字子淨號百泉柳氏文化人高麗貴姓至文化

君諱鎮為我 朝開國功臣 贈領議政諱元顯 太宗

朝檢漢城判尹諱善文科翰林繇 太宗大王甲契號靜

默齋是為公五代祖也靜默齋之第五弟曰諱衡懷仁縣

監生諱孝中舉司馬以人地補 出子副率繇 成廟原

從功臣調三和昌平兩縣令諱仁汾侍講院咨議諱文沃

舉進士以學行除繇奉繇奉公三子長諱德潤進士仲諱

德粹文科校理洪州牧使季諱德容出後于校理公諱秀

馮即公之考也所後高祖諱孝眞文科兵曹參議 世祖

鄉人勸之仕答曰吾家官銜皆　皇明年號豈於吾身忍

見偽號終不起後人題其墓曰　大明處士其實蹟載湖

南倡義錄故祭酒金元行弁其錄前判書宋煥箕爲序以

美之而同時應募者舉蒙褒　贈之典特施旌褒　馳贈

之典事有此呼籲爲白臥乎所柳溭之誓心殉國秉義尊

周觀於先輩之薦剡儒賢之稱述尤見其實蹟之奇偉而

尚今湮沒宜有士林之齎鬱特施　旌閭贈爵之典恐合

樹風之政是白乎矣事繫　恩典臣曹不敢擅便　上裁

何如

時適以海變朝廷
多事不得進啓

有司旌其門閭　贈其爵秩以樹一代之風聲臣等不勝

祈懇屏營之至

禮曹襃　啟

事下禮曹禮曹回　啟曰觀此上言則以為和順故通德

郎柳涵當丙子虜亂倡起義旅傳檄隣邑義聲所暨未滿

一旬而兵至數千行到淸州聞虜騎逼在山谷間與湖南

募義有司李興浮合力衝進賊乃退變進五十里聞和

事成北向痛哭而歸遂絕意世事杜門自靖高尚其志尊

周攘夷之義蓋有昔人蹈海之風而爲世所推重文莊公

鄭經世以完伯襃　啟文忠公閔鼎重以繡衣襃　啟而

湖士林慕涵之忠義建祠于其隱居講要之所籲于儀曹

春秋香燭之需自官備給鄉人俎豆之而前判書臣李嘉

愚製其文曰奕世載德忠孝傳家尊義旅事光千秋此

亦非徵信之一端乎其慕義檄文行軍日記歷世流傳劂

厥胡南倡義錄也故祭酒臣金元行弁前判書臣宋

煥箕裘之序而美之則非臣一道之可得而誣也曹守誠

曹燧以一鄉之人同時倡義得蒙　旌褒之盛典而惟此

柳涵以主盟之大義闕而不舉豈不爲士林之抑鬱哉臣

矣身不避猥越冒萬死仰籲於天地父母之下爲白去乎

故通德郎臣柳涵一依　列聖朝勸忠賞節之例特　命

何當携我堂堂士縛取韓幕下看於是罷遣義旅而歸

遂絕意世事隱居縣東瑞巖山中不赴科場逍遙吟咏以

寓風泉之意嘗有詩云葉上春秋忘甲子心中日月保

皇明以學行節義道臣及繡衣使累爲薦襃而鄉人勸之

仕則涵答曰吾家官銜皆　皇明年號豈於吾忍見僞號

終不起焉及其歿也後人題其墓曰　大明處士此皆柳

涵之倡義大槩而又其爲　皇朝守節如彼其卓卓也以

布衣微蹤一朝倉卒徒以忠義感激不計刃之強弱惟知

死於　君爲急赴白刃如騖及兵罷之日棲遲林樊杜門

息交蓋有昔人蹈海之風是其言可謂百世之公證而兩

赴賊其至誠死　國之意有足以想像於千載之下矣義

聲所暨不滿一旬而兵至數百人糧近數百石地主柳萱

歎曰草野如是食祿可愧於是涵謂諸壯士曰國家存亡

在於朝夕當星夜赴難不可暑刻遲滯建旗鳴鼓定期將

發而向臣所謂五臣者同時舉義傳檄召募則涵領軍會

于礪山遂與五臣合兵趲程同赴南漢圍城之下行到清

州聞虜騎充斥山谷軍情洶洶時李興淳覘賊被圍柳涵

曹守誠等率勁兵百餘奮力合勢斬賊首奪兵器賊騎乃

退即與諸壯士奮進五十里聞和事已成皆北向痛哭志

氣未伸慷慨爲詩曰回首鰻岑白日寒胡氣妖氣暗長安

陳此臣倡義守節之始本於　戴纘之下是白齊通德郎

臣柳涵故文化君臣鎮六代孫大司成臣善玄孫旌閭孝

子兵曹參議臣德容予也其兄參判臣泓壬辰亂從事平

壤而殉節　貤贈立祠其妹爲崔瑞生妻而丁酉之變烈

死於興德沙浦而　命旌其閭則一門之內父而孝兄而

忠妹而烈三綱並之者也此臣以文章行誼不墜家風爲

南土之望矣及夫丙子北虜豕突南城月暈徵兵　教書

自圍中出來柳涵悲憤雪涕誓心起義率家僮傾家財設

義兵廳於本縣容舍門外與參奉臣曹守誠監役臣曹烇

通德郎臣崔鳴海等傳檄列邑各出有司募聚兵糧剋期

足以暴於天下後世則　列聖朝旌褒貤贈之典靡有餘

憾其所扶植風教之盛德孰不爲之興起哉殆所謂無忠

不顯而當時有義同五臣事同五臣績同五臣而獨未蒙

朝家褒贈之典者即和順縣居故通德郎臣柳涵也惟此

臣者忠誠義烈豈或有與五臣上下而然哉特人有幸不

幸時有遇不遇耳抑亦待我　殿下顯忠逐良發潛闡幽

之日以爲激厲頹俗之一端者歟臣矣身猥以同道家誦

而戶說耳慣而目熟感歎而仰慕之者惟此臣貞忠大義

而此臣之沒殆近二百年而尚不得一聞於　朝廷將使

泯沒於草莽之中則臣矣身竊爲此臣寃之謹據故實歷

不識何狀之人也則　朝家所以慰藉而褒美之者視諸

邊籍之士沾祿之臣尤當倍蓰而其事功之成與否固不

必強追提也湖南忠義之府庫也家傳忠孝俗尚義烈脫

值不幸之會則捐軀報國之士在在而起如光州之高敬

命金德齡羅州之金千鎰羅德憲諸人其所成就者尚至

今赫赫然照人耳目是乎則　臣等固無容讚床而至丙子

北虜之猖獗也　大駕移駐南漢則時有若縣監臣李興

浮崔蘊察訪臣李起浮柳楫待教臣梁曼容等五人者慷

慨投袂鼓倡義旅星馳勤　王以決北首爭死賊之志旋

聞講和之報痛哭而歸雖事功無所彰施而其風聲毅烈

一門三賢其蹟一廟豈不盛哉且旣設俎豆之享則其他
儀節不可不與他院等故茲以發文惟願僉君子呈于儀
曹以爲自官備給香燭之地幸甚

春秋丁享文

奕世載德忠孝傳家尊周義旅事光千秋

嘉善大夫弘文館提學藝文館提學兼春秋館事行工

曹判書延安本李嘉愚製

全羅道儒生請旌褒疏 權柱彥李象五等

右謹啓言伏以士有忠驅義感於板蕩之際奮萬死一生

之計惟摶一腔熱血以赴 國家危急之秋者出於草萊

右文爲通諭事年前因貴道通章有靜默齋柳先生諱善

建祠妥侑之意故卽爲回通矣今又見貴鄉士林呈單則

以爲祠院已設兩湖士林皆爲崇奉而但春秋享祀需

等節未及與他院同例故特呈儀曹欲得官給香燭之典

云竊稽公之至行義節翊贊　聖功殆將與漢代雲臺升

八將上應列宿之像千載匹休而至若　太宗大王御製

詩今予甲契惟三七三角山崩義不泯之句其志足以撑

天地其義足以盟帶礪則尤有所過焉者矣丗德實行已

悉於前通〔前通佚不傳〕今不必復事陳述而其玄孫悅易齋諱

德容事親至孝其五代孫百泉諱涵尊周大義炳烺日星

行

和順士人柳涵 擧行節義　前叅奉曹守誠 讀書守靜
進

士曹熿士人崔自海 才行　綾州士人安益之 梁禹甸鄭璿

鄭琰 孝悌行誼　實城士人安喜 學行

三賢祠剙建事實

烏城縣之東十里許瑞巖山下有彦谷邱鑿深邃水石清

厲百泉柳先生隱居講學之所也　純廟辛巳以三先生

享祠之意士論齊發館學及嶺湖通章相應踏至營門及

春曹之題教允協多士之所願故是歲十月日建祠于此

鄉人俎豆之

三賢祠剙立時館學通文

薦目

鄭經世完伯時襃　啓

臣竊惟舉賢薦能居一巡宣之職而和順士人柳涵學行

節義著於湖南足爲士林之模楷故謹以所睹爲　啓

閔鼎重繡衣時襃　啓

臣竊念爲國之急務惟在於收拾人材而遐遠之人不能

自拔淪沒虛老者甚多謹以所聞錄　啓

古阜前僉奉崔敬恒學行　長城士人奇振鐸學行　臨陂寓

居士人李世基學行　南平士人徐震明操行　士人徐祿孝

百泉柳公世譜

五世祖諱善 字德佑號靜默齋 緫 太宗大王甲契文科翰林大

司戍富平府使享于和順彦洞祠

高祖諱孝眞 字仁源 文宗朝文科 世祖朝緫原從功臣

兵曹叅議歷典五邑咸有惠政以清白載東國名宦錄

曾祖諱漢 字子雅 中宗朝文科修撰行仁川善山府使

祖諱秀馮 字 明宗朝文科弘文舘校理陽德縣監

贈司僕寺正

考諱德容 字仲符號易齋 以孝旌閭行陽德縣監壽秩僉樞

贈兵曹叅議配享丁靜默齋彦洞祠

理諡貞慎事載麗史

八世祖諱墩 初諱和 劫諱仁 登第僉議贊成事始寧君致仕諡章敬

公之父祖高祖及季弟是四世五公事載麗史

七世祖諱鎮 初諱立 大匡文化君八我 太祖朝策純誠佐

理功臣 太宗朝贈領議政

六世祖諱元顯 公之 太宗朝檢漢城判尹成均館大司成

大男是曾次顥吏曹判諡吏
次潚率豐次衡懷仁縣監懷仁
孝庸成史郡守曰孝良 進士補世子副率
愿從功臣曰和昌平 兩縣令 章文
次容議容平公三子長仁朱文科次仁
文舘校理昌平公三子文 靈光郡守
汾谷議容議公子文 又科奉華山府使府
日橋潤生貞曰德祥又科校理秀馮後
州牧使曰德容爲校理秀馮後洪

百泉柳公世譜

十二世祖諱公權字　正
高麗明宗朝登第金紫光祿大夫
政堂文學參知政事致仕諡文簡詩律載海東文選筆
蹟載海東筆苑事在麗史

十一世祖諱澤字　史字澤字上有慶字
明宗朝登第左僕射翰林學士
大提學承旨事載東國通鑑詩贊載海東文選

十世祖諱璥　初諱璥字天年又藏之
高宗朝登第匡靖大夫修文殿
集政太學士監修文國事世子師致仕諡文正事載麗
史

九世祖諱陞　字希　兀
匡靖大夫知都僉議使司事上護軍曾

前翰林　梁曼容

前察訪　柳楫

百泉集卷之三

聲痛哭求死而不得也惟願諸君子各自奮勵投袂而
起糾合同志資助兵糧剋期會于礪山郡期以一心
赴敵以救　君父之急如或遲回觀望越視秦瘠則非
但前日忠烈之風掃地盡矣且將得罪於倫紀不容於
鄉國書到無淹晷刻無相推調協心一力共濟　國難
不勝幸甚
崇禎九年十二月二十五日
玉果縣監李興淳
大同察訪李起淳
淳昌縣監崔　蘊

近處始得聞和議中成諸公與壯士皆北向痛哭罷遺義

旅而還公有詩曰回首鯷岑白日寒胡氛餘氣暗長安何

當攜我堂堂士縛取呼韓帳下看

附五賢舉義通文

國運不幸奴賊逼京　大駕移駐孤城賊兵合圍道路

阻絕號令不通存凶之機決於呼吸言念及此五內如

焚主辱臣死古今通義凡有血氣者固當忘身赴難而

惟我湖南素稱忠義之邦曾在壬辰義烈已著況此

君父枉圍之日乎即者通諭　教書自圍中出來無非

哀痛之語其責望於道內士民至深切矣讀來不覺夫

不止義兵諸將皆移於山下大村村人皆避亂而去士卒
留息於空舍○二月初一日平明犒軍送軍吏二人往探
前路消息命士卒閑習終日以待斥堠還報○二日午後
斥堠來報曰前路七十里未見賊兵南漢消息無聞云復
使伶俐者二人詳探消息進兵三十里○三日平明義兵
諸將復會一處點閱軍兵各陣凶者三十餘名而我軍道
凶者七人查其隊將決棍三度嚴申約束犒軍留止○四
日雞鳴造飯餉饋將欲行軍堠吏還報曰京城消息雖未
的知或云賊兵己敗歸 大駕還宮云諸將不信曰凶賊
豈有易敗之理此必訛言也逐夏進三十里次清州府內

十三

250

以義起畏死逗遛難免貽笑不如從間直抵南漢保守城

堞李公等皆從其議〇三十日平明遍募各陣中往覘山

谷中賊勢莫有應者梁曼容李起淳柳楫奮身請往即令

五六砲手隨後登山俯瞰賊騎數百聚於谷中以其所掠

牛馬旦宰且啗起淳欺其單弱使其從者一齊放砲賊騎

大駭散而復合圍住起淳正在蒼黃之際公與諸壯士將

勁卒五十躡其後見李公被圍挺身衝進與梁曼容柳楫

合力殺散賊騎斬首九級獲其所棄兵器而還我卒死者

五六人被傷者亦十餘人諸公皆設樂相賀公笑曰攘除

奸凶快雪君父之恥是臣子之職分是何足為賀時風雪

石弓箭三十部率數十騎勞軍○二十八日遇大風雪不

得進兵公誓諸壯士曰　國危方在朝夕星夜赴南漢背

城一戰建旗鳴鼓奮身上馬諸軍銳氣益壯遂進兵○二

十九日到淸州西平原聞遊騎聚山谷中軍情洶洶恐有

埋伏不敢輕進依險自守時列邑募兵多道凸且賊勢跳

梁義兵諸將皆聚一處相議彼衆我寡不如張旂幟於山

上金鼓相聞以為疑兵使賊知有援兵之續後不敢逼城

使南漢知有勤　王師之來到守陣益固則此為上計或

曰賊之遊騎已至此界必以重兵先截隘口以遏三南援

兵不可輕追不如移陣據險探聽消息以圖進兵公曰兵

大將與監司合力公與諸公議曰李公若與彼合則何以

處之曹守誠曰吾等倡數百義旅到此而豆受制於人乎

率我所募別爲一隊公曰正合吾意雖然第觀動靜以決

方略○二十日至礪山邑與李興浮諸公遇李公問行師

之期公曰軍糧不足以待本邑留米○二十一日大兩雪

終日○二十二日小歇操閱一次○二十三日操閱二次

○二十四日終日貰革○二十五日犒軍李公起浮來觀

○二十六日本邑留米九十石上來此本官發民丁輸至

長城云故送軍卒領來以明日進軍之意致書李公幕下

○二十七日到公州界忠淸監司鄭世規以牛二隻米十

公督後軍亦一齊登程主倅同至板峙上與諸公飲餞到

光州次北門外士人來見者四十餘人自當朝夕軍餉○

十二日到長城持牛酒迎勞者甚多○十三日到蘆嶺風

雪大作留宿嶺下○十四日到泰仁邑○十五日到金溝

邑○十六日到全州住兵西門外公有不豫色左右問之

公曰遭巳丑禍自京南下流寓於此言念昔自然傷悲

○十七日大雨雪午後少霽一次鍊習留宿○十八日李

興淳聞公至使人來曰事急不可遲滯是日將發行宿參

禮驛○十九日到礪山李興淳柳楫等先住礪山以待各

邑兵至時本道監司李時昉領軍在湖西鄭弘溟以義兵

器醬五十缾牛二隻以明日發行之犒置之一牛及諸肉

以軍中行饌計之萬淵寺僧進飯米三十斗山菜二十束

壯紙五束油紙二束麻鞋六十部○十一日雞三鳴招軍

吏分付曰今日必啓行促令士卒急起炊飯出給留庫酒

肉又命軍色飭其裝載所得馬五十四內八四以軍色吏

所騎除之其餘各載弓箭糧草復令五十丁負糧先發等

待於板峙糧米九十石留庫陸續送上之意托於主倅曰

此皆賚候之力倅曰否此皆諸公勤　王之誠也主倅

復送槍三柄令旛一雙是日鄉人來餞者數百人公及諸

有司一齊上馬使片成大金振聲伐鼓揮旗先導于崔林諸

子之瑞得來馬二匹南平有司徐荇綾州有司梁禹甸來

公曰今兵糧諸具略備可以啓行以十一日爲定諸有司

皆曰諾〇八日光州有司朴思遠來〇九日習射放砲於

南山下〇十日犒軍牛一隻酒五瓶曹熿家來牛二隻孔

亨吉林時敏家來酒六海青魚三十束曹守憲家來酒五

瓶大山魚十尾曹挺有家來雞十首酒二瓶林時泰家來

酒五瓶青魚十五束公之子之惠家來酒二瓶犢一隻朴

尚眞家來酒二瓶狗二首盧德量家來酒三瓶狗二首張

慶洽家來餠八器崔鳴海家來鄕中士友小民進酒肉什

物不可盡記合計酒八十餘瓶餠九十餘器魚肉七十餘

256

丁檢閱糧械等物軍卒五百二十四名馬五十四弓百

五十箭一千二百八十部槍八十五柄銃七十二火藥百

十斤劒六十二柄米百五十石十斗大五十石馬草三百

五十束公議諸有司曰數日後當啓行而餱糧之備太不

足奈何吉語曰倉無紅腐之積軍無投石之勇願諸君變

商量焉朴尚眞曰事至於此有何繫客當傾家助軍皆稱

善公先出米十石曺熀出十石曺守誠出十石林時泰出

八石崔鳴海出七石曺守憲七石曺燦七石朴尚眞七石

孔亨吉四石公之第五子之惠四石片成大等十二石馬

二匹主倅又送馬二四〇七日朴尚眞得箭三十部公之

賞之典豈可偷生於一時而終沒十載之名未巳自顧

赴義者十餘人主倅歎曰推其忠義置人腹中孰不感動

如我膚淺徒費廩祿十駕柰追○二日使片戚大教東伍

法衛統部部統旗旗統隊爲之分數緊束而井井不紊一

一行其號令而運用由已○三日光綾諸有司來觀其坐

作進退有度相謂曰不圖小邑有如此全材○四日大牛

一隻自崔鳴海家來一隻自公之三子之瑞家來崔主簿

送米五石醫三瓶崔鳴海自玉果義所來期以礪山相會

云○五日鍊習終日牛一隻曹守憲家來一隻曹燦家來

一隻公之第四子之和家來○六日大雨雪平明點考軍

麻鞋五十兩葛屨一百兩熟麻索五十把納使韓命男片

戍大點考軍丁習射分伍鄉儒朴尚眞來助家僮十七名

米十三石太三石刀一柄片戍大米二石醬一海納金魏

徵米十斗納軍丁米一斤義廳會員七合磨鍊○丁丑正

月元日雞鳴而起命官廚色宰牛醋酒大供具容弛門禁

醉飽讌樂一鄉老少來觀其會如林公布告于眾曰今日

吉日雖弛禁軍中無任閒散人出入軍律粗在自明日愼

之愼之旦以義氣激而諭之曰論語曰殺身成仁孟子曰

舍生取義此正其時也人孰無死死於　國事理所當然

死且有辭夫從軍者未必死幸得成仁則　朝家必有褒

官聚杆帳下不爲分軍僅備左右廳對使喚之任而已至
於軍卒則皆各官臨時起送村野之甿番替往來本不知
戰陣之事又無隊伍旗哨所隸之處紛紜雜沓諠譁蓁亂
手足耳目不知所措而猝然驅之於矢石爭死之地求其
力戰勝敵豈不難乎苟知束伍則雖市井烏合之軍皆可
教鍊而赴敵如不知束伍則雖挽強超乘之士皆望風而
奔潰以此知束伍一事爲軍之大綱而其在於紀効新書
者極爲明備有志之士苟得是書而依倣慕傚其於行軍
制敵之道思過半矣〇三十日戰笠四十二介綾州雙鳳
寺僧來納又納熟麻繩二百把油衫五件同福維摩寺僧

數之法爲之緊束而井井不紊則其何能一一行其號令

而運用由已耶者分數既明則如目之隸綱一綱足以統

萬目如枝之附根一根足以連萬枝故一司統五哨則所

號令者只五人而已一哨統三旗一旗統三隊則所令只

三人而已一隊統五伍則所令只五人而已伍則只率軍

四人耳故所統愈衆則所分愈細所分愈細則所察愈精

此軍法之綱領也故在平時以此馭衆則將卒相維易於

鍊習臨事必此節制則臂指相須不容先後所謂合萬人

爲一心者皆由此而致之始可謂節制之師今之爲將者

無一人識得此意凡所謂朝官兩班稍解操弓者名曰軍

族孫楫謹再拜上書于族大父主軒下伏未審氣體候萬
安而暮境軍務何以堪當耶伏悶伏悶族孫素無兵學且
學問粗淺而擔此全省之任憂懼憂懼曰前和順倅書札
來到本邑舉義大父主先倡而物議僉同云故以此已報
巡營耳兵家緊要一通書呈時時省閱則庶無大悔愼旃
愼旃左右諸公輪回摩淬曰此真兵家要訣也今日乃知
主盟自有其人其書曰兵家千言萬語其緊要大頭腦惟
在於束伍所謂束伍者即分數也束伍衛統部部統旗旗
統隊隊統伍之類是也蓋軍兵或千或萬以至於十萬百
萬亦已多矣而大將以一人之身其耳目精神有限非分

附錄

二

海出十石林時泰出八石曹守憲出十石曹燦出十石○

二十八日主降募丁八十名來其中邑居開良片咸大韓

命男金魏徵曾經軍任頗曉軍事使主鍊習事以裴弘立

金振聲主犒軍事鄉人張慶洽盧德量等贊力過人別請

八來語以同事不辭○二十九日鄉儒孔遇吉孔亨吉來

軍丁十五名米三石自當崔起宗軍丁十四名米八石自

當林時敏林時慶林時益林時儁林時啓來軍丁十八名

米二十五石鐵四十斤自當軍丁十八名米五石太五石

箭竹五百箇鐵五十斤公之子之起自當萬淵寺僧厚白

紙十束納午後玉果檄文又到而一幅書札隨至其略曰

資助者以此意遍告六面僉曰唯唯公謂主倅曰城主一

邑之長境內募丁事城主主之倅曰然一邊鑄兵器一邊

傳檄列邑各付有司綾州梁禹甸文悌克閔彭齡南平徐

荐鄭爍尹俶羅州柳浚崔震岡洪命甚李煥光州高傳立

朴思遠柳東煥申渾同福丁好敏金聲遠使長子之性守

義廳次子之起主文墨崔鳴海林時泰曰買馬鑄兵器饌

飼戎服等事吾兩人主之○二十六日發牌各寺軍中所

用諸般等物收納事論之午後李興淳柳楫檄文來到楫

公之族從孫也以學行登庸才兼文武爲湖南募義有司

○二十七日家儲出米二十石曹守誠出二十三石崔鳴

奴僕等曰捐軀報　國之志已決於胷中有何疑懼夫君

臣父子主奴其理一也臣死於君子死於父奴死於主是

萬古通天下大經大法汶汶等知之乎首奴尚貴等伏地奏

曰矣等皆知悉舉行次等待矣命毛金德辰甫今甫德玉

丹玉每等數十人導前擁後疾行至邑倅單騎出垌迎

之設募義廳于客舍門外坐定良久鄉儒曹守誠曹燒崔

鳴海林時奉諸公各率其家僮來公執諸賢手曰有志之

士不謀乃同遂與謀議舉義事公曰夫軍旅之事足食足

兵最初急務今日同志惟吾四五人也先傾家儲獎率家

僮設施規模嚴整威儀則一邑大小人民不無兵糧器械

地此誠　主辱臣死之日也吾雖老且病願倡一隊之旅
以赴　國家之急倅起拜謝曰此真丈夫之語吾亦協心
同力公曰　大事可濟未明前　教文輪示于境內無一民
不知吾當還家告廟曉諭家屬如干籌策默契以來倅曰
諸還家東方已明○二十五日也招諸子及奴僕諭以
教文辭意示以舉義之意長子之性跪曰　國步艱難事
雖當然桑榆暮景精力非復昔時莫重戎事豈可擔負小
子與鄉中諸賢同力濟事伏願老親勿慮焉公曰汝言亦
復嘉家中所藏寶劍一柄壬辰亂伯兄以白衣從事平壤
殉節時送還謹守者也開匣視之霜刃閃閃即帶腰分付

種甚於龍蛇之邊憂孰無哀痛切迫之志此誠危急存亡

之秋草野老朽樗櫟散材雖未學軍旅之事曾熟講春

秋之書披甲上馬縱之饗鑠之風與子同仇先修戈予之

利以啓十乘之行時日不可忱愒當增百倍之氣根株亦

能鋤治歃馬血而同盟無論貴賤士庶擇熊掌而取舍可

辯大小重輕宗社方危孰為李若水之抱主州郡皆潰不

見顏真卿之募兵主辱則臣不圖存當死於一戰父急則

子亦焉往無懷爾貳心臨難苟免鄙夫寧不愧于心見義

即行君子患有所不避其何息偃在床寧欲肝腦塗地是

以不揆卑賤乃敢遍告僉尊各自懷苫枕戈亦皆赴湯蹈

百泉集卷之二附錄

火如是布喻之後坐視後巡而若無敵愾之志得罪倫紀

而難免逋慢之誅庶竭心力廓淸妖氛檄到如章恭俟回

報

崇禎九年十二月二十五日和順慕義有司柳涵謹告

丙子舉義日記

崇禎九年丙子十二月二十四日夜子衙奴叩關獻書忙

手開坼無他所言只有事急遞柱四字而已卽起顚倒至

官柳候萱出門迎八示以一封書通諭　教文自圍中出

來者也尖讀數行哽塞不能讀喉中語看下畢倅曰　國

勢如此於尊宗所見何如公曰吾家世受　國恩欲報無

崇禎九年十二月十九日

舉義檄文

嗟我 君父方移駐于南城悼夜昊天不共戴與此虜乃

知臣子之赴 國家當如手足之捍頭目慘矣痛矣命耶

運耶文德誕敷尚晚于翊兩階之舞秘計難用誰解平城

七日之圍前春之僭號妄尊彼胡然而帝也今日之凶鋒

肆虐其不畏于天乎疆域三千里莫非億兆民王臣休養

數百年奚無一二人義士惟我胡南士夫園林忠義府庫

在昔壬辰巳多立懂死綏之節迨今丙子遜奮身勤王

之師不翅戍仁於一時亦皆有斛於萬世蠢爾攫狁之遺

爲 天朝者昭如日星此皆一國士民所共悉伊虜肆

虐輕兵豕突予出駐南漢期以死守存亡之勢決於呼

吸爾士民同受 天朝恩澤深以和事爲恥者久矣況

今君父危迫之禍至於此極此正忠臣義士捐軀報國

之秋也憶予惟智不能明仁不能博以負爾士民則有

之矣今茲禍亂之作非有所自取徒以不忍背君臣大

義也此心此義通天下上下爾亦安忍慭然於君父之

義不救予之急難茍宜力奮智力或紏合義旅或資助

軍糧器械奮勇北首廓清大亂扶植綱常樹立勳名豈

不快哉故茲教示想宜知悉

三

還巡湖南沿邑諸公領兵至清州聞南漢出城之報相向
痛哭而歸士夫慷慨之志未伸春秋尊攘之義為有逯絕
意世事杜門自靖

教文

王若曰我國臣事　天朝二百年于兹　皇朝覆育之恩
至于壬辰而極此萬古不可渝之大義也一自西虜猾
夏我國義在同仇丁卯之變出於猝迫上奏　天朝權
許覊縻者只為保全一國生靈之命故也今者此虜至
稱僭號要我通議耳不忍聞口不忍說不計強弱顯斥
其使只為扶植萬古君臣之義故也予之終始為生民

時以平壤庶尹不首朝議欲縛送十餘人諫臣爭之不得
乃以斥和首倡止遣三學士洪翼漢自平壤任所執遣行
到義州府尹林公慶業郊迎慰之曰此眞男兒事生能扶
大義死可光竹帛三學士皆遇害虜中當是時玉果縣監
李興浡大同察訪李起浡浡昌縣監崔蘊前翰林梁曼容
前察訪柳楫舉義玉果百泉柳涵清江曹守誠九峯曺燒
三胡崔鳴海玉林林時泰舉義和順二十五日傳檄道內
分定列邑募義有司一齊響應丁丑正月二十日合于礪
山時大司諫鄭弘溟以召募使在公州諸公乃定議合兵
且與本道監司李時昉合勢未幾弘溟又承號召使　命

幸南漢 中殿率大君元孫八江華金仙源尚容以舊相

從宗廟保江華主將金慶徵沉酗爲樂不爲備城遂陷金

公尚容自焚死虜騎圍南漢益急府尹黃公一皓請募人

潛出使徵諸道兵十九日 教書自圍中出吏曹判書崔

鳴吉刀主和議金淸陰尚憲鄭桐溪蘊疏斥主和人崔鳴

吉作和書金公哭裂其書鳴吉拾補之曰裂之者固不可

無補之者亦不當有耶及虜求首謀絶盟之人於是安東

金尚憲草溪鄭蘊坡州尹煌南原尹集海州吳達濟光州

金盒熙溫陽鄭雷卿坡州尹文擧安東金盒壽全州李行

遇南陽洪琢凡十餘人以斥和之臣自首請行而洪翼漢

百泉集卷之三附錄

丙子倡義事實

萬曆四十七年己未 光海十一年 光海主使姜弘立從劉鋌征

建州虜兒哈赤弘立遂降將軍金應河死之 天啓六年

丙寅虜使來我 國洋儒及諫院上疏請斬虜介函送

天朝翌年丁卯虜阿彌他水率數萬騎以前降弘立爲前

驅八安州未幾虜退去遣劉興祚請和 崇禎九年丙子

春虜弘他時稱帝遣使我 國洪學士翼漢請斬虜使奏

聞 天朝 上納其言虜使英俄兒代恐見誅凶歸瀋陽

是年十二月初九日虜兵大至十四日直犯京城 大駕

經己丑之禍又値壬辰之亂流寓南土者于今二十餘年

而未得歸鄉藐然孤露之生留作千里之客有時往省邱

墓不勝感淚之法□舊居第宅今作誰家之所居昔日田

畝不知何人之攸耕某水某邱不變童時之遊釣一盛一

衰無乃乃滄桑之世界感古傷今 遠客過古居之懷

獨垂斜日之涕泣

生涯專付汝有家不幸一種痘疫奄奪哲人之壽夭之不

必胡至斯極一未歸觀汝家之情景忍說元不產育身後

之事誰托寸腸斷盡無窮白髮之悲懷孤魂何依可憐青

春之夭冤事事想來心神如煙物物看去眼淚如雨呼之

無應言之不荅死者何如是茫茫無知也幽明有分今將

送輀只酹一奠永隔千秋物雖菲薄庶幾來歆

古居感懷

楊州即並州之故鄉也昔自儒州（今文化也）而居焉昌華紫霞

即先祖墳墓之所在豐壤舘洞即先祖第宅之依芊封君

者二世登第者五世簪纓華閥爲楊州之最家運不幸奄

稍遠楊墨之說從橫一世眩亂心與道之正鄒夫子以存

理遏欲之義孝悌性善之說扶其正斥其邪發明孔門之

心法於萬世天下孟子之功其至矣盡矣惟此四聖之書

豈可易言苐學者沉潛體得於深遠之旨然後可知是書

傳授心法之萬一云

哭子婦李氏文

雜年月日家翁文以哭子婦李氏之靈理有逆而痛有逆

痛之逆哭之痛理之難諶者死也痛之莫測者逆而豈如

我之理之逆痛之逆苐嗚呼痛苐自汝八門之後事親敬

夫之誠奉上接下之道卓出等夷以爲我門之矜式八口

一傳至曾子又一傳至子思又一傳至孟子四聖之書是
謂四書而吾夫子先言心與道予曾子繼言物與知子思
子述言命與性鄒夫子析言理與慾四聖之言似是有異
而統以言之則皆仁義禮智中一貫出來也天之賦心虛
靈不昧人之為道玄微不同故吾夫子首言心與道以明
修心體道之義其說簡而約其教渾而深曾子以格物致
知之說申申發明於心與道之本原三綱八條之目井井
秩秩無不泐合於心與道之說大學之道於斯為大矣子
思憂之道失傳述言天命率性之義其說以一貫之道釋
心與道之奧微中庸之德其非盛矣乎當孟子之時去聖

陷城據之其時伯兄白衣從事賊騎辟易勢將無奈與諸

壯士奮臂目誓曰爲國死義此是大丈夫之事吾等俱以

世祿之臣死亦何憾遂奮戈突入賊陣竟爲殉節季妹爲

崔瑞生夫人又值丁酉之變避亂於興德沙津浦醜虜餘

黨驅自海上標掠人物次至瑞生所乘之舟勢將不測故

夫人與家人訣曰與其死於醜虜之手不若投水托其幼

兒於家奴順童者遂投水而死嗚呼伯兄殉於平壤季妹

投於沙津吾家之厄連何其一至於此哉

　四書說

爲己之學莫過於是書而聖賢傳授之心沬也魯論一出

仲父校理公出宰善山小子隨往衙中其時李公山甫氏

按節本道柳公雲龍氏適宰仁同李公巡到善山慨然歎

曰冶隱先生之高節砥柱乎當今之世而無表節之顯跡

豈不慨惜吾儕況宰本道則可竪一片石以表萬古卓□

之節云云故仲父與柳公倡發此意伐石立碑於金烏山

下書之曰砥柱中流先生之節於斯益彰柳公成龍氏謀

其文記其立碑之實以壽其傳立碑之日小子往叅其盛

儀噫卓異之節至使後人觀感〔此以下缺〕

壬辰記事

痛哉壬辰之厄也島夷猖獗　大駕播越醜虜犯八平壤

句而己斜日傾山暝色生樹轉投旅店如夢飛仙仍向襄

城有石如甕此城之所以名之也遂登將臺北望中原心

如驅千兵萬馬直渡鴨綠江矣蓋云此城三韓時所築而

千丈高巖四面周回此所謂一夫當關萬夫莫開者也遂

向九峯山九峯山卽曹友之幽庄也八其亭則詩書滿架

梅竹盈庭黃菊又從而爛熳山醪一盃泛寒英而自酌不

覺日色之度嶺携手下山各自歸巢穎臥泉上心神飛越

於山水之間矣四老謂誰忍齋老人〔崔公弘字〕百泉隱者清江

處士〔曹公守誠〕九峯山人也〔曹公煋〕

砥柱碑創建事實

中矣又向瑞石石形如溜水懸於萬丈絕崖若墜而不墜

極其神異故山之名以瑞石者以此也及至上頂平如坦

路羣山星拱衆水衿回西南大海二千里之外湖南形

勝歷歷於一眄之間圭峯廣石臺及山卷之奇異實不盡

記是夕宿于安心寺寺是千年古寺也惱倚山窗夢魂飄

然若來往於層巖絕壑之間遂向赤壁之下金風蕭瑟玉

宇澄清一帶長江萬丈層壁抱列一面眞是別界江山無

乃黄岡之赤壁其以是夫孟德一去蘇仙不在戰塲之事

清遊之興欲問無處而山自默兮水空流令人只有羽化

之心無道士之顧笑徘徊虛汀暢吟望美人兮天一方之

知其幾許山水也山水之行惟我四老每以相隨疑然若

商山四皓之氣像嵩時值季秋庭菊垂黃山楓流丹正是

遊賞之時四老約以山水之行乃九月之望也身衣芰荷

手持藜杖行到萬淵之下凜凜水泉鳴來物外之心濛濛

山雲掃去塵間之念夕陽石逕之上多情山水如待四老

之行矣夕宿山寺月色交窓正是遊人不寐時也起剪燈

花坐數變鍾穩吐情話不覺秋夜之漫漫翌曉轉向松臺

則數間古菴寄在層巖之上迥出人烟之外此所謂蘭若

去天三百尺者也丹楓間於蒼松蒼松間於丹楓恍若丹

青影子又有老石怪巖峯峯露面依然山僧之來往於其

屏之間及乎秋冬之際眾水爭鳴奏管絃於萬壑如柾歌
吹之場此所謂遊人去而忘返者也千村萬落星列於眼
前分明某邑之某居長江大海羅布於膝下可知從某而
至某吳門南斫有馬如練蜀道西簪去天盈尺其他光景
不可具狀此山不幸而在乎東海之隅使吾夫子不得登
其上玩其景又不使子長來於斯遊於斯未得聖人之許
獎不八騷人之吟哎只使一箇處士略記其詳嗚呼惜哉

雜著

遊山錄

烏山之西有四老皆山水之人也周遊乎山水之間者不

瑞石山記

湖南有山儼然處之於一道中其高不知幾千丈其廣亦
不知延裒有峯翼然如削圭形高出煙雲之外化翁之奇
權難可測度也有石嶙然如築臺像布置峯巖之上仙人
之校履齊可盤旋也方丈在其東瀛洲在其南七山環其
西光山撑其北羅布四面如眾星環拱北辰湖南之高山
莫過於此而名以瑞石宜矣一登其上則留次灑落世念
頓清令人有羽化之心無塵土之情此所謂十巖競秀萬
壑爭流者也草木繁茂以澤生民之利鳥獸奇怪以供遊
人之觀當其春夏之交百花齊綻成錦帳於十峯若倚畫

山落照皆我几席間領略之物而此皆百泉之所助也時
與數三子逍遙乎泉上以濯以湘此吾齋之所以名之也
客曰唯唯余乃與客唱和百泉齋韻一絕云

記

竹窩記

叟之愛竹癖故使兒董營一間屋於泉上屋之材皆竹而
非松與木也棟以竹椽以竹瓦以竹庭之畔又種數莖以
邀清風窩之名非竹而何窩之成叟戴竹冠曳竹杖逍遙
乎竹窩之中偃息於竹床之上手執竹易一卷消遣世慮
時之人呼以泉上竹窩老叟云

百泉齋序

客有過於余而問曰君之齋之名以百泉者其取鄒夫子

源泉之義耶其體朱夫子寒泉之義耶齋之名奚取於泉

耶余應之曰余何敢竊比於古君子志趣乎余自洛流南

謝却塵念寄趣物外周遊乎東南山水之間思得暮年棲

息之地矣今夫烏城縣之南有百泉焉是水發源於瑞

石山下逶迤東流合而爲百泉者也淙涼鳴八於階間而

使我凊其骨髓潺潺瀉出於石間而使人爽其心神仍作

精舍數間盖取其百泉之光景也北望漢山則暮雲濃滴

於詹端東瞻烏山則朝暉轉上於窓外其他鶴島暮煙鍾

則其刊不知其幾何其文章亦不知其幾何也君之昔之
居城之南而今之居九峯何取其九峯之烟霞耶樂其九
峯之山水歟墻之外植松與竹庭之前種梅與菊儼然若
栗里之物色時誦風泉之章日讀俠客之傳隱然若徵士
之氣象時之人莫之知惟其友百泉叟識之叟亦自君居
此之後謝絕世事逐八縣之東瑞巖山中得一小邱而居
焉以山雲水烟爲友或山而採或水而釣但記葉間之春
秋不知山外之乾坤與君之居煙霞相接不過一息之地
也幸須相訪以叙不平之懷如何

序

懷稍以覓抑薄官餘廩時時饋給還切未安稍特易憂之

小歇往候爲計

恤窮仁人君子之道而病伏空山與世隔絕際此霜令米

與肉來饋於望表感謝無已然而栗里之黃菊徒賞而江

州之白衣不送遙想梅樽獨醉何爲好呵好呵一柱之示

預爲跂仰

火傘之下不勝苦熱芭蕉一葉忽落於此窗下清風之外

又得清風疑是故人來

　　與九峯山人　曹煐書

古之五千仞三峯以比人之文章而今君所居之峯其尤

夜寂虛堂隨月昨訪未穩餘懷迨今耿悵料外赤腳攜酒
一壺帶書尺素而來一盃而渴喉沃二盃而身憂忘三盃
而精神爽誰謂斗酒薄不忘寸心之貴良有以也故人知
故人之情一何至此多謝多感俄見曹友之書則會話淵
寺之意丁寧及至又見兄書亦有山寺共話之語古人云
知己之間心內事不謀而同者非此之謂乎曹友書中有
聯袂之言明日兄亦責然與之偕行如何

謝柳使君萱

流落江湖三十年適值高駕之蒞茲得敘源源之誼於時
時非徒百世之親少時顏面相對千里之外他鄉老境之

青春載陽景物惱人讀書之樂近得幾何意味耶書冊埋
頭無了日故古人云不如抛却去尋吾兄其知尋春之
意乎曾點之浴沂風雩明道之訪花隨柳恣是寄意於大
和生生之樂味而歸過前川則此是達人之一般自樂也
惟我庸人當此春和之節豈可虛度好光景耶鄙居雖曰
幽僻白石磷磷泉水決決堤花岸柳夾路開發松風竹月
此屋清朗趂此良辰歌於斯琴於斯渾風光之不盡忘曰
月之無窮則蘭亭盛遊豈專美於古人哉蒋明即出水流
觴之日也以續千古之盛事如何

謝崔友送酒 名弘字 號忍齋

青陽按節萬彙俱新獨臥空山時聞禽聲之上下不覺懷
人之正切前日過川浴沂之約豈可虛度耶幸與數三君
子振衣東皋佩酒賞花薄暮而歸則其樂如何

答諸友書

瑯石之行烏可已乎書中有山寺之約山寺之遊非不爲
好而瑞石湖南之壯觀際此天氣之清朗烟霞之霽歇一
登其上則山岳之層峻江湖之浩蕩歷歷於一瞬之間豈
無留次之灑落乎山寺之甌不過塑佛樓閣而止耳左右
何局於小而舍其大前者望日之約左右其圖之

與曹淸江 守誠 書

庸葸識之人乎浮薄之徒見困之辱安知不無於今日之
世俗乎執事當今之師表茲土之長老鄉論都在指揮之
間開論士友圖遞訓長之名

奉別頗久未審學履萬重僕流南十霜一無好況矣家兄
昨自京城而來傳洛中之消息出示諸公疏劄則己丑諸
賢快雪至冤　天恩遽及於泉壤之間子孫之感愴儕友
之歡喜無以敢言環東土數千里一自經兵之後幸見太
平氣像此所謂君子之道有時而明者也先以疏本仰呈
覽後傳之各家齊會一處以謝　天恩切冀切冀

寄友人書

云師之所存道之所存患人之爲師師之道爲難學之道
不易如僕之魯劣安敢望萬一之彷彿耶且見其教訓凡
例則每月朔望訓長率一鄉多士齊會校堂先行揖讓之
禮使直月一人先讀鄉約之書然後序以定坐開講問難
四十以上則以心經性理互相難疑十歲以上則以小學
四書反復曉論而其中如有慢怠其心不遵講規則年長
者付罰年稚者榎撻而年長者至再罰年稚者至再撻則
削出講案云當今士風渝薄師道弛葳安能效上古聖賢
之規模乎以困翁之碩德重望不能鎮定浮薄之徒以執
事學問之高明誠意之欵篤猶有前日之見困則況此庸

樣子也近者一鄉士友慨其師教之久曠以_僕議定鄉訓

長校報主倅主倅過開_僕之虛名付於訓長之名此果_僕

之所可擔當者乎第聞鄉儒以此意仰質於門下而執事

不爲之禁止教訓後學爲當今第一云故鄉儒以是報

官至有此境昨見曹友之書亦曰凡若辭避終不舉行則

後輩之徒未免貿貿訓長亦無可爲之人云師友間眷恤

之意何如是蔑如也顧余學問不足以教人誠歎亦不足

服人前日雖有師授之教訓挽近以來衰病日尋精神頓

喪全廢書冊任自放曠寄意於山水之間何可猝然收一

散之心當其任教其人乎大凡教師之道尊且重矣古人

以皇皇之華來訪病棄之人於林下思念曠昔之追遊不

覺感淚之縱橫吾子以文章碩德之望奉　命選士南州

素多宿儒才藝之士一見其文則可知其人勿尚浮華之

文幸取質厚之體以副南土之懸望幸甚皮張之設尚可

畏也孫山之譏亦不懼恭幸慎幸甚聊以短詞餞之曰煌

煌華旆兮來渡漢水戾止泉上兮載欣載喜相與翔翔兮

懷我好音掬我泉水兮清子神心不忍相別兮曰穎西山

與金友松書

頃因杖屨之一枉百泉光景一層生輝兒輩得承清誨之

後稍有向慕學問之意大人薰陶之力盍覺做人之一大

頃辱枉顧得敘十年之情懷於千里之外感念之懷不盡
於夢寐之間白雲窮山華翰適到再三披閱如和陽春暨
審政候鄭重慰賀萬萬僕臥病蝸屋虛度日月文字之間
雖覽苦積之鬱而竟復何益恳先瓏顧護事出於盛意
感謝無已惠貺之物依受多感明春欲作洛中省楸之行
其時歷敍烏計餘冀爲政加愛

呈許使官

余客於南士己至二十餘年而洛中親友以書信相報矣
數歲前李公號芝以光山倅來訪去秋鄭公滄愚以完伯
巡到暫敍積懷旋又中別落落之懷至今悵鬱何幸吾子

曰我師伏羲文王之書以八卦六爻之辭斷人之身數或

稱己去之吉凶或說未來之善惡人之專信乃喪本賦之

又論其風水者亦曰我知先天後天之理以陰陽山水之

談占人墳宅浮動富貴興敗之說世於斯偏惑不顧覆實

之地是學也似有而是無似實而是虛陷溺人心誤亂世

道者莫此為甚而近來士大夫偏惑是說不顧聖賢之學

嗚呼科場奪志之訓尚可戒也況此無根浮訛之說乎惟

汝數三子有志於學來余而問焉故先以數言示之勿以

我烏耄焉

答鄭巡相書

戒學子書

為學之道其揆不一有性理焉有科舉焉有術數焉窮天

理率天性之謂性理其學之道在乎潛究經籍追慕聖賢

以分理慾之邪正趨其正斥其邪則漸入於精微之境利

欲之亂不可窺其外此希聖希賢之學孔孟顏曾之聖廉

洛關閩之賢不外乎是矣揚名之文拔身之策謂之科舉

其學之業主於尋章摘句流涎名利不顧義理之深遠捨

其本捷其徑孜孜專心於榮欲之塲此捨本取末之學義

理趨向之正默識精一之工都喪於是矣至於術數也渠

所謂學而學其所學者也是學一出於世談其卜筮者皆

人曰遺子黃金萬籯不如教子一經幼稚之兒金不提撕
以致學問之空疎趨向之墻堵陷為輕薄子則是可謂人
樂有賢父兄耶貧者雖士之常而全不營產以至東貸西
乞妻飢兒凍難保家戶未免王順之無衣食之資俯仰於
人則此亦非可慎者乎其他可戒之言難以毫數而毛舉
焉又有一言之不可忘忽者先祖墳墓遠在千里之外雖
不得種種往省而庶可一年一省不絕蹤跡則子孫之情
理瞻聆之所在為如何哉余已過耄餘年不遠汝五子
者兄友弟恭湛樂依居以保門戶不墜老父之言則庶可
為後孫之一戒焉

故略以平日所畜乎中者戒之夫忠孝爲人之墓源也採
薇吞炭忠君之大節冰鯉雪筍事親之至誠而雖非人人
之所可體得一心之篤不忘於造次之間則可見平日用
心之誠惆且道學成人之全體也惜陰絕編聖人之大道
下帷圓枕哲人之勉學而異非俗士之效則向慕之誠不
捲動靜之間者猶爲謹勅之士矣奉祀接賓君子居家之
一大道理以誠敬爲主神之格矣介以景福詩㯺之所云
敬人著人恆敬之古人之格言可不愼哉世態不佳風色
愈勁一舉足而招拳慈踢一開口而攢眉努眼眾啾羣訕
令人攙頭不舉轉身不得則出處語默之間亦不愼哉古

書

戒五子書

陶靖節五子之責責其五子之幼而無知也余之戒五子異於靖節之責惟汝五子各聽余甲申之戒今惟汝性也起也瑞也壯而多聞曰和曰惠不幼而冠可知吾家之故事也居洛中封公科甲世世綿綿當時華閥莫如我家之爀矣嗚呼痛哉言之哽塞壬辰之亂厄於伯兄之殉丁酉之變慘於季妹之死家事零丁惟余流贅茲土生汝五人之稍慰流寓之感幸得門戶之傳雖然以教成人之道亦難

隆黃卷對聖何患牛毛之謬章青襟騰懽可謄蛾述之舊

業冬欣硯谷幾結四百儒之寃秋誦東庠必登三五代之

治揚白日於冥戶玉闡樸械之休振玄風於皆衢咸仰菁

義之化文自此述書可以觀念俱以驚姿幸際鴻遇潛心

古籍縱茂闥化之才拭目新章庶竭煥猷之惆

百泉集卷之一

典學之心文德時敏欽高皇撰書之意聖敬日躋惟其逮

古而明經庶幾造士而興教第念漢道之方盛未免秦失

之尚存挾書之令既嚴世久八於長夜爲法之弊至此事

可久於聖朝壁間殘篇噫無負笈之士灰中餘籍幾欲掃

地之歎肆聖后重吾道之心軫多士誦此書之念道欲天

喪瘝秦法之猶存學無曰將歎孔道之求替昔在創業之

際既未暇於鼎新今當誕文之初必有意於革舊果然勉

學之膚志特降隸業之溫音苛法盡除人無棄市之就戮

謬制昭洗士有膠西之隸工短簡牙籤復明六藝之術殘

經玉軸咸啟百家之言既除其令之不便將見斯道之靡

載之星霜莫非涕泣之跡上下一國之鼓舞擻是躍踴之
忱茍非聖上戀慕之念曷有今日會合之慶問寢依舊無
復睕離之懷同夢維新有此咸萃之喜乃知格天之誠意
能回慓悍之心是以割地之餘盟便成融泄之樂追思間
途之恥猶在楚百年試看中州之形亦爲漢太平欣瞻玉
色喜覩壺儀念俱以鹵姿獲見盛會龍樓定省竊仰孝思
之殫魚軒淵塞每欽后德之助

漢羣臣賀除挾書律

存道備斯文方仰貢熙化之治讀書使爲學幸觀革贏法
之休冥行幾年誦聲今日恭一變至魯三物與周體商宗

八年結西瞻之病路阻千戈兩宮有東歸之歡慶溢家國
憂解陟岵喜復宜家恭愛親誠深刑妻化洽日視周膳幾
殫子職於晨昏雲浮碭山每同辛苦於患難念二聖被拘
楚之辱而今日絕歸漢之望翁鼓凝情幾切龍顏之號泣
琴瑟相樂忍說虎口之淹留睢水之痛深曷月言返廣
武之軍斯舉靡日不思肆我后切跛余之懷命說士有返
駕之請悲哀為主懇懇性養之供廚危苦遣辭縷縷象掃
之返國鴻溝之約已定縱令無前若之言狹冠之心未知
安有今後返之望何幸一言之克副及致兩聖之遄歸龍
與歡迎復修起居之禮翟萌欣覩夋敍和樂之情中間八

波搖却馳騖之念聖明既邵於豎腳非忽動靜之方物我

易形於源頭詎議存養之義肆將安一字之意敢澈闢四

門之聰止於此乎宜輕動惕之念安然定矣盡察堅固之

謹泰天君而專精無忽寅畏之道貫眾理而着力克加乙

夜之誠是所謂於爾心安訊不曰得其所止毫釐易差於

所向豈動操守本源物慾難袪於既搖可靜造次實地堲

工之造諧既固雖知安宅之是居人心之往來無常竊恐

正路之或舛玄德對越可見垂月華之天體素分克齊宜

戀誕日宣之聖志思不妄動視其所安

漢羣臣賀太公呂后自楚歸漢

虞伯禹請安汝止

無疆休亦休方仰戀爾德之治於其止知止敢追安汝心

之言一念泰然萬理隨正欽動天其德烈風弗迷萃百體

而執中克察人心道心之典履萬機而御下咸仰精惟

一之工是以聖化日新可觀至治風動顧惟君心趨向之

際要在聖念操存之方內養之工夫克專宜宅至善之地

外誘之物累莫動可保本賦之天惟其危微之間自有湊

治之推去抑恐方寸之上易致摇攘之侵來故茲聖心之

或遷必有人慾之交蔽丹田瑞旭埋盡出八之時玉淵澄

西南峯美最多情柳門成業心誠賀李郡來時眼欲明

亭立依崗影縹緲宴高鎮日歌太平

謹呈新韻一律

天開赤壁孰任專仁智逍遙號百泉一世榮華投夢境

四時景物種心田先生遺址亭修葺太守式車禮慕賢

落宴初高重九日江山如畫建陽牟

題百泉先生環山亭　宗後裔禮烈　號四愚　知綾州

不羨生死孰爲專大義昭昭一百泉貫亘氣虹傾膽海

講磨性理治心田亭立環邱今復擴壁成奇象已猶賢

時値重陽兼有醉永言相樂太平年

精舍晚興

晝關看山戶晨開讀易窗塵氛近消散芳草滿春江

附諸賢詩什

　　輓　　　　　　　　　　　曹九峯　煡

九十遐年享子孫又滿堂一鄉何所恨無復丈人行

敬次言泉先生環山亭韻三　　　　　李道熙　號豐㙮德水人

臨水翼然依小峀瑞巖左列右龍生始覺赤壁懷古蹟

重建環亭慕先情野色通開留海爽山容奇秀眼波明

今成茅棟兼泉石別業君家永世平

巖形龜伏千秋瑞山勢龍盤一脉生六七里行何所讓

歲晏窮山百感長　無非觸目增悲傷　滾霄厭聽鵑啼月落
日愁聞鴈叫霜　瑞石年光頭上過　楊州物色夢中詳　虛堂

寂寞難成寐　強起呼童進一觴

勉學者

烏文不必慕浮榮　先正其心在意誠　真實工由勤苦得就
將業自擴充成下帷董子經三載　照雪康公到五更從古
窶儒書以達　浪遊莫使竟無名

送李芝峯 晬光

洛中消息自君知　諸益存凸問幾時　病伏空山忘歲月　今
朝始覺我將衰

落月歸軺曉題送哀詞淚滿裳

除夜

孤露餘生見此辰寒燈明滅對愁人妻醻酒需賓兒

折桃枝呪鬼神爆竹聲中爛舊歲寒梅影裏喜新春光陰

倏忽何須恨壽域乾坤老逸民

和金友松〔名世奎 進士〕

斯翁高趣松爲友天性平生獨率真滿壁詩書先聖業盈

庭花樹自家春幾多門下薰陶士可惜杯間樂道人清誨

承來無物累登迻還覺爽精神

有感

煌煌玉節訪林下我拂山衣子拭眸每憶追遊如昨日豈

料逢着在今秋十年洛社皆髫髮千里他鄉盡白頭此世

憂難逢兩老停盃挽袖故遲留

　　喜乙巳諸公召還

東壁淒涼問幾年文章竇達摠由天羽儀貢飾丹墀上魋

魅難逃白日邊平地風波從此息江湖霜髮始安眠清明

聖德中興世冠笏諸人莫不賢

　　輓完山李友

往歲旅窻共對面君胡今日遽云亡人無薦德噫公道理

不壽仁奈彼蒼後約妻凉塵刼地舊情微渺夢遊場完山

述懷

久臥窮村客不尋　自憐衰病日相侵　青編黃卷先師面流
水青山處士心　欲慰幽懷頻飲酒輒因清興每彈琴　洛中
故舊稀逢着但寄便書得好音

贈完山李友

旅館蕭條有所思　故人來會笑談時　青眸相挹欵心意白
酒多情眷眷厄　頭髮霜侵知子老他鄉歲久覺吾衰可憐
百里烏城客握手離亭淚若絲

奉別鄭巡相　名經世號愚汰以完伯誷于瑞巖環山亭傾倒底龍臨發出一首詩步韻以答

朝吸清泉夜倚床此翁生計最荒涼世間名利無奔走洞

裏煙霞任主張兒誦古書修學業妻釃新釀引壺觴山家

樂事知焉足肯向風波宦海檣

幽居

蕭然茅屋竹為關別樣乾坤任此間衰境暮懷嗟曰髮晚

年幽趣只青山物無馳念塵埃遠事不留情日月閒時往

清泉觀道體如斯逝者變無還

寄楊州李友

遠客離家滯此土夢魂只着漢江邊他鄉日月多歸思故

國風烟屬暮年英子青春騎竹馬獨吾白髮聽花鵑長安

驚起思歸夢依舊完山曉月光

登瑞石山

透迤一脉自崑崙峻極其高不可論大海襟前生百怪羣
巒膝下列千孫圭峯獨漏秦鞭跡廣石兀無禹斧痕遠客
登臨多感慨鄉山望處暮雲屯

感懷

流落南鄉閲幾秋中間家事痛悠悠雲悽平壤阿兄殉水
咽沙津季妹投杜宇愁深啼夜月慈烏傷誠切哺春邱人情
自古皆懷土千里長安夢裏遊

遣懷

千里吾行道路悠祗緣邱墓在楊州家聲世世鬟纓繼洞

號年年駕馬留忙把碑銘先細記更加莎草始完修三盃

椒酒恭伸奠不覺襟前感淚流

憶楊州先墓

流寓湖南歲月忙望鄉臺外路范范洞名駕馬家聲赫碑

刻麒麟世德詳追遠滾誠嗟我老繼先餘慶孰能揚遐思

山下屏孫在應護荒原老白楊

過全州有感

却望全州亦故鄉欲言古事只增傷前人基址生禾黍先

祖墳塋老白楊南土乃非生長地西門曾是寓流場旅窓

構得亭亭物爲愛巖巒節獨全

自遣

卜居窮巷取幽閒　寂寞柴扉晝尚關　消息長安千里外優

遊南土百年間江山待主深深闕風月爲寘夜還這裏

心懷難可慰時論經籍輒怡顏

寄洛中諸友

江山歲暮雨初晴望望長安道路長書札空傳十里面鉛

暫久曠百年情漢陽城裏繁華友瑞石山中老病生驛使

今朝歸便發強題短句寄音聲

拜楊州先墓

秋夕

蕭條秋色使人悲正值蟲吟鴈叫時見月如逢堯舜世烟

花萬國共熙熙

環山亭原韻

寒後操其誰識時與山翁和不平

庭有孤松階有菊學來栗里晉先生乾坤磊落違初計山

水幽閒托晚情葉上春秋忘甲子心中日月保　皇明歲

竹窩

竹以稱賢蓋似賢古人庭實取其然疎根穿入床軒隙密

葉清生案牘前碁局圍時聲自應酒盃傾處影相連新窩

竹依依但古墟

與鄭郎 公之婿名糭官 別提晉州人

數年甥館徃來頻見爾天姿出衆人富貴雖云眞樂好無

文何以庇其身

喜許荷谷□來訪

親友慇懃訪此翁少時顏面老來同逢場先問京消息握

敍樽前意不竆

送許荷谷之京

君是南州奉 命臣前程未挽北歸輪洛中舊友如相問

爲說窮鄉老棄人

贈柳使君 名萱號節初堂時為邑宰

相見疑然疇昔面 天恩亦及故人逢時時來訪林扉下

論懷不覺到瞑鍾

百世親情托契兼翩翩華蓋到山詹珍羞美酒分佳味多

謝高風最潔廉

登甕城 城在福川經丙亂志

氣未伸發於詩如此

殘郭高如劍閣門將臺遺跡至今存安驅壯士三千除掃

盡中原鐵馬屯

過白鷗亭 亭拄金堤公先考森鐵公旌孝之所壬屬寓居于此

憶昔移家此卜居十戈阻絕八年餘為尋往跡重來到松

柱巍巍萬古心

行到淸州聞講和

回首鼇岑白日寒胡氛餘氣暗長安何當攬我堂堂士縛

取呼韓幕下看

駕馬洞〔公先世世葬楊州于孫連乘駕馬而來故因爲洞名〕

湖南遠客一金鞭匹馬驅田王洞天落日行尋豐壤驛路

逢者老語相傳

洛中遇柳仁同〔名雲龍 號謙菴〕

憶昔南衙拜謁時烏山營立冶翁碑對公不覺情懷惡感

古傷今淚自垂

嶙响瑞石鎮羣峯雲出其間問幾重在洞潛藏雷雨澤溶
溶何日徔從龍

漢山晚楓

楓葉流丹昨夜霜滿山照耀盡屏光遊人兩以停車愛賞

盡峯峯己夕陽

細海秋稻

四野黃雲一望平田家時事役車行會將鍤刈登塲日躋

彼公堂獻壽觥

詠善山砥柱碑

冶隱先生有高節南州公議使人欽雲根一片傳難泯

淵寺曉鍾

鍾聲來自漢山北風便一時若盡尺把作同安三字符晤

翁遺訓此中覺

官衙曉角

東閣曚曨曉色開數聲官角引風來令人喚起思鄉夢西

望長安髮已皚

鍾山落照

落照山腰欲歛紅乾坤半入夕陽中向冥寞息隨時義體

得義經愷愷工

瑞石歸雲

草屋新成寓晚趣百泉之水泌而流詹端瑞旭烏岑出軒

外秋烟鶴島浮半世囂塵城市遠暮年漫興蹊林幽南來

始得棲身地野老溪翁日與遊

百泉齋八景

　鶴島暮烟

鶴去島空只有煙時時濃滿四郊天國師往跡傳奇異故

使林霏鎖百年

　烏岑朝旭

平明轉上海東頭起負朝暄望玉樓寄語書生無費日光

陰候候水同流

百泉集卷一

戒睡

南陽處士有經綸假試劉皇睡暮春此後敢誰能體得笑

他晝寢糞墙人

戒朋黨

嗚呼朋黨起何代自古讒人不得時對汝欲言元祐事至

冤當日有誰知

戒博奕

博奕優遊摠雜戲如何學者亂其心乃知此事徒無益莫

若推枰惜寸陰

一百泉齋原韻

禍甚於起疾烟

戒財

財利中人盡可憐孜孜貪慾喪彝天源於孝悌行於義欲

使兒曹作好田

戒奢

肥馬輕裘極盛飾揚揚過處市童憐雖然一敗家庄後行

乞其何老病丰

戒驕

驕其心奢失其身居在人中孰與親死後生前能善事莫

如謙德與推仁

大則傾城小敗家昭昭至鏡照無瑕是知色界移心性壞
了一身枉一差

戒酒

酒之為物伐人性狂藥難醫死與生荷鍤騎鯨皆誕妄未
聞飲者有其名

戒言

多言曾是眾人忌口若尖刀舌若鋸一發遽然招大禍潛
心守默慤無如

戒權

傲習驕心出好權何知輕重一聽天遽然若失真威福災

勸勤

君子持心道勤為藥石言孜孜與惺惺為業之根源，

勸誡

惟誠之一道凡事乃攸關無是為懶怠何忘造次間

勸敬

思無邪三字為敬之根源昔日吾夫子薇之有此言

勸正直

邪曲非吾道人皆鄙賤之用心以正直身無害及時

十戒

戒色

畏貧

於吾所乏是窮人無德無才亦一貧事事有餘真可樂如

斯然後卽安身

貧人行已最為難處世生涯不暫安白屋荒村天又暮妻

飢兒凍奈其歎

六勸

勸學

聖賢之為道學業以教人千載傳心法三綱與五倫

勸農

三農不可緩慎勿失其時以免飢寒道在勤斯務斯

悔惰

惰之為害繫凡事終始如斯竟不成老大悔心無所及應

知人自誤平生

三畏

畏天

霆之下雨霜時

高高在上若無知事事於人聽則卑福善禍滛皆主宰雷

畏人

人心險惡若冰淵難測何分愚與賢可畏寧非言語上吾

身毀譽以斯緣

蕩析天公造化理欲問太極起誦杜老詩屋漏床床滴

金烏山

千尋東洛水萬丈金烏山山水無頹渴忠魂在此間

東海烏山亦首陽古今高節振頹綱黃花每祭忠臣骨地

下應從作一行

渡漢江

遠客離鄉路遲遲故住行江波流不盡千里惜歸情

此去烏城問幾里殘花愁殺渡江頭如何更向南中土感

涙無緣水與流

一悔

斜陽竹裏路歸盖遲遲北闕分憂暇南州訪友時青春

滾契意白首乃福知且莫征鞭促應難受見期

春日山遊

媚春色鳥鳴喚友聲夕陽無限景詩句揔難名

勝日尋真客扶筇出古城風烟皆助興山水最多情花艶

風雨行

大塊噓一氣有風從西北四野雲冥冥萬里天漠口不辨

咫尺地物象互明滅雷霆動光怪已而垂雨脚鳥獸紛驚

呼草木盡飄拂初如睢水岸漢兵走霹靂天地爲晦冥拔

木又拔屋受如昆陽城賊騎奔悗惚虎豹皆股戰江水沸

愛爾雪中柏歲寒高節識所以吾夫子勉人垂戒勅

池蓮

愛爾池中蓮秋風色正鮮所以濂溪叟探芳咏一篇

拜仲父校理公墓

小兒來拜地衰草興殘花文字留縑篋令聲替室家至

冤天有感遺痛地無涯哭盡盤桓處雲愁日亦斜

感己丑諸賢雪冤

正值清明世　天恩及死人子孫悲感古士友氣復新

公議歸於正幽冤鬱則伸四方皆頌賀和氣滿乾坤

贈光山倅李芝峯睟光

羈籠鳥誰知臥雪籠天寒白屋裏詩酒度三冬

盆梅

愛爾盆中梅暗香臘雪催消息春先得柳枝不敢猜

園松

愛爾園中松根盤若老龍高節凌霜雪恥爲桃李容

階菊

愛爾階前菊黃黃得正色採採東籬傍泛醪獨自酌

庭竹

愛爾庭前竹四時不改色所以古君子取之多手植

冬柏

詩

謹次退溪先生陶山齋四時韻

春日幽居好獨知景物新青生鳴鳥柳紅落掃花茵肯作

偸閒者追思舍瑟人庭前草交翠自愛一般春

夏日幽居好薰風吹四野觀耕田畝間避暑樹陰下素是

清閒人豈爲襏襫者莫言炎熱多吾獨愛三夏

秋日幽居好田家事已休菊黃催酒釀棗赤爲親收志士

多悲感農夫解苦愁一年人世樂知是最宜秋

冬日幽居好寒風自北從築場曾納稼墐戶已休農乃作

百泉遺集目錄
經

卷之一

詩

終之必誨兒幹家言其事則常人皆可通行言其急則今
日便當用力而推言其極則有終身僶焉而不能盡者至
於希世取寵之事世俗之所父教兄勉者一無及焉此非
公之所以為公而子孫之所當似述而勿墜者耶思振曰
是固不肖之所願籍手發揮以告諸同祖者也既以病昏
辭其托不獲則敘次其語俾書于卷端

乙卯八月上澣幸州奇正鎮序

百泉柳公身經壬丙二燹壬辰兄及女兄皆殉丙子公又

墓義勤　王雖嫌議中成志節未伸尊周一念到老不衰

金明一聯腔血猶鮮雖謂三韓忠義萃于一門非侈言也

所著詩文厄於回祿存者無幾後孫思振氏與厥族人議

將剞劂以壽其傳問序於正鎮正鎮謹對曰子孫之於先

祖父雖落地咳唾猶將敬之況吟哦翰墨之餘乃精神心

術之所寓而可任其泯沒乎今日事固吾願聞但恐爲柳

氏徒知傳其語之爲重不知踐其實之爲急則其於繼述

之道落在第二義矣竊觀公戒子一書亮之以忠孝學問

高士亭

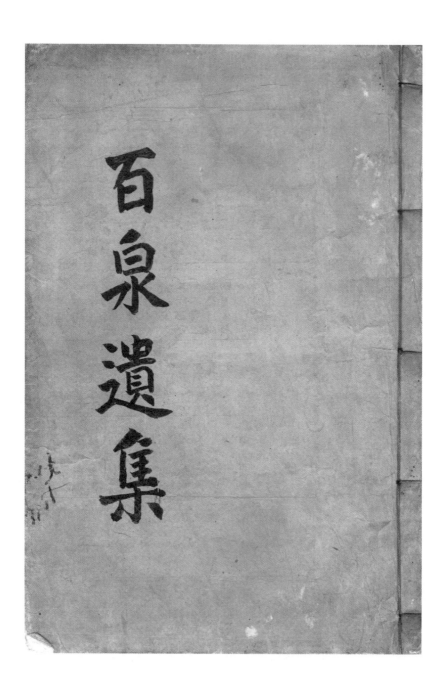

百泉遺集